BIENVENIDOS A DREAM LAND

RAQUEL M. ROCA

YOUNG KIWI

YOUNG KIWI, 2023
Publicado por Ediciones Kiwi S.L.

Primera edición, septiembre 2023
IMPRESO EN LA UE
ISBN: 978-84-19939-14-2
Depósito Legal: CS 685-2023
© del texto, Raquel M. Roca
© de la cubierta, Borja Puig
© de la foto de cubierta, shutterstock
Corrección, Carol RZ

Código THEMA: YF

Copyright © 2023 Ediciones Kiwi S.L.
www.youngkiwi.com

Para mi madre, Amparo.
Por ser una mujer de corazón fuerte, espíritu guerrero
y una madre excepcional.

—Y una mierda.

Fue lo único que pudo decir la agente Miranda cuando se topó por primera vez con aquella rocambolesca escena del crimen.

Apenas llevaba unos meses en la Policía, pero ya había visto de todo: robos de pedazos de carne a mano armada, mercados negros de bombonas de oxígeno e incluso una tentativa de asesinato al presidente de la Comisión de Recursos de Primera Necesidad. Sin embargo, nada de todo eso le había preparado para lo que acababa de caerle encima. Ni siquiera sus dos años en la Academia.

—No deberías decir palabrotas, Miranda —le recomendó RD-248. Su voz cantarina no contribuyó a disminuir su jaqueca—. No estará bien visto que nos presentemos aquí y lo primero que hagamos sea farfullar sobre la inconveniencia del caso.

Miranda miró a su compañero y se preguntó a quién se le debió ocurrir que todo agente policial tuviera designado un compañero androide.

—Tú y tus malditos reglamentos, Red —suspiró la chica.

Los ojos mecánicos del droide parpadearon. Miranda había apodado al robot como Red, ya que se negaba a aprenderse su número de lote. A Red le había gustado la idea; estaba convencido de que un nombre así podía contribuir a mejorar su apariencia humana a ojos de los ciudadanos.

Miranda tenía que reconocer que la gente de diseño había hecho un buen trabajo con los droides: quitando algunos gestos poco fluidos y la forma de decir ciertas frases —más bien propias de una tostadora con dientes—, Red podría pasar por un humano corriente. Lo único que le diferenciaba como androide era que sus pupilas nunca se dilataban y vistas de cerca denotaban un matiz cobrizo. Por lo demás, Red podría ser confundido con un chico de unos dieciocho años cualquiera; tenía la piel repleta de pecas, el pelo rojizo y unos ojos verdes cargados de curiosidad.

—Los Reglamentos son importantes, Miranda —respondió el droide empleando una de sus líneas programas más habituales—. Nos ayudan a organizar la sociedad, a dividir responsabilidades y...

—Y a aprender de nosotros mismos —completó Miranda—. Ya lo sé. No hace falta que me lo repitas.

Red guardó silencio mientras Miranda se recogía el pelo castaño claro en una coleta alta. Por encima de su rostro ambarino resaltaban sus enormes ojos de un color miel casi dorado, que en ese momento examinaban la escena del crimen con astucia.

Se encontraban en una vivienda de los altísimos edificios de los Barrios Exteriores. La puerta había sido arrancada de cuajo y un río de sangre manchaba gran parte del pasillo. Miranda caminó con paso firme hacia el interior, seguida de cerca por Red.

El equipo forense ya se había encargado de comenzar a recabar pistas. Cada uno de los puntos importantes del escenario del crimen estaban señalizados con números y eran fotografiados con cuidado, incluidos los cadáveres.

Miranda se encaminó hasta el cabecilla del equipo forense, quien en ese momento estaba dictando a uno de sus subordinados varias indicaciones para el informe del cuerpo de una mujer de unos treinta años.

—... sin duda, se trata de asfixia. Las marcas del cuello son determinantes. La ahogó cuando ella intentaba escapar. Después le desgarró el pecho con el cuchillo y la arrastró a lo largo del pasillo hasta dejarla ahí... —En ese momento, el jefe forense reparó en la presencia de Miranda y Red. Le hizo un gesto a su subordinado para que continuara él solo y se dirigió hacia los recién llegados—. Vaya, ya era hora. Llevábamos un buen rato esperándoos.

—Sentimos el retraso, señor... —se apresuró Red.

—Yon.

—Sentimos el retraso, señor Yon —continuó el droide—. Hemos venido tan rápido como hemos podido.

—¿Sí? Pues no lo suficiente —reprochó el forense, mientras se quitaba la mascarilla. Llevaba una barba mal recortada y le sudaba el cuello—. ¿Os han asignado el caso a vosotros?

—Sí —respondió Miranda.

—¿Cuánto tiempo llevas trabajando en la Policía? —le preguntó a la agente.

—Cinco meses.

Yon refunfuñó.

—Esperaba alguien más experimentado.

Antes de que Miranda pudiera replicar, Red se le adelantó.

—Si me permite intervenir, señor Yon, puedo asegurar que Miranda ya cuenta con un gran número de casos cerrados a pesar del poco tiempo que lleva en el Cuerpo. Además, se graduó en la Academia con la mayor puntuación posible en todas las disciplinas, algo que llevaba sin conseguirse desde hacía cinco años. Es toda una hazaña.

Miranda apartó la mirada. Los halagos la ponían nerviosa.

—Y por mi parte —continuó Red— he de decir que me considero un droide tan funcional como cualquier otro. No se deje engañar por mi aspecto aniñado, señor Yon.

El forense alternó la vista entre ambos un par de veces hasta que acabó por encogerse de hombros.

—Bien. Me vale.

Les hizo un gesto para que lo siguieran y los llevó hasta el primer cadáver, el de la mujer.

—Todo lo que vais a ver aquí es obra de Larsen Colt, el cabeza de familia. No tenemos muy claro a qué se debe. No había habido anteriores denuncias de ningún tipo. Los vecinos han dicho que hace un par de horas han escuchado gritos y varios golpes. Cuando hemos llegado, nos hemos encontrado con todo esto.

Miranda tomaba nota mental de todo lo que escuchaba. Red, por su parte, empleaba una pequeña libretita y un lápiz. Su cerebro mecánico guardaba todo de manera automática, pero solía decir que eso lo ayudaba a parecer más humano a ojos ajenos.

—Creemos que el orden fue el siguiente —continuó Yon—: Larsen estaba sentado en el sofá. Su mujer llegó a casa con los niños. En ese momento, aprovechó para ir a por ellos. Empezó con ella, a la que agarró mientras pedía auxilio. La asfixió y la devolvió dentro de la vivienda. Después de ensañarse con ella, fue a por los pequeños. Uno está en la bañera. El otro, debajo de su cama. Os ahorraré los detalles; está todo en el informe.

—¿Sabemos si había consumido algo? —se apresuró a preguntar Miranda.

—El informe toxicológico ya ha revelado que estaba limpio.

—¿Quién sería capaz de hacer algo así? —murmuró la agente, más para ella que para los demás—. Este nivel de ensañamiento... indica premeditación. O bien que estaba puesto hasta las trancas de ácido. Pero si dices que estaba limpio...

—Pues no sé qué decirte —comentó Yon, mientras se volvía a poner la máscara—. Averiguar por qué ese malnacido ha hecho todo esto es vuestro trabajo, no el mío.

—¿Qué ha pasado con Larsen? —inquirió Red.

—Saltó por la ventana hace diez minutos. Su cerebro está desparramado por todo el asfalto.

Dando las preguntas por concluidas, Yon volvió a ponerse a trabajar.

Miranda y Red caminaron hasta poder hablar en un lugar más apartado.

—¿Qué te parece? —preguntó Miranda.

—Pues muy grotesco, si te soy sincero.

—A mí también se me ha revuelto el estómago...

—¿Crees que podría estar relacionado con el caso del Paleontólogo y de la Carnicera? —preguntó Red, haciendo alarde de su habilidad para prever lo que debía estar pensando su compañera.

Miranda lo meditó por un segundo. No necesitaban nada más de aquella escena del crimen para averiguarlo.

—Vamos a comprobarlo.

Guio a Red hasta el patio de luces del interior del edificio. En el primer piso se encontraba el cuerpo de Larsen. Como bien había dicho Yon, su cabeza se había convertido en papilla.

Pasaron el cordón policial y se aproximaron con cuidado de no tocar nada.

Red se arrodilló junto al cadáver y examinó el antebrazo izquierdo del cuerpo. Ambos pudieron observar la pantalla holográfica que se proyectaba a un par de centímetros sobre la piel de Larsen Colt.

—El menú de Dreamland está desplegado, por lo que debía estar utilizando la red cuando enloqueció.

—Justo lo que me temía —murmuró Miranda—. Un sujeto que pierde la razón de sí mientras navega por la red, asesina a sangre fría todo lo que se le pone por delante y después se suicida.

—Si no te conociera, diría que estás buscando una relación.

—Es pronto para saber qué está pasando, pero creo que podemos afirmar que tres casos similares ya no son una coincidencia —comentó Miranda, rascándose la nariz.

—¿Un patrón de conducta? —inquirió Red, mientras pasaba su mano por encima del antebrazo izquierdo de Larsen para hacer un copiado de datos—. Hablas como si esto fuera cosa de una persona.

Miranda se cruzó de brazos, reflexiva.

—Te voy a ser sincera, Red; todo esto me huele a chamusquina desde el primer minuto. Un caso de este tipo podría pasar por algo aleatorio, pero... ¿en qué cabeza cabe que tres usuarios de Dreamland acaben sufriendo un trastorno así? Eres fan de los Reglamentos. Tú antes que nadie deberías saber que la primera ley de Dreamland es preservar la seguridad e integridad de sus usuarios.

—Existen los fallos informáticos. A mí a veces no se me actualizan los *drivers*, por ejemplo.

—Esto es diferente —negó la agente con la cabeza—. Ya son tres casos.

—Sin ningún tipo de relación entre ellos, debo apuntar.

—Por el momento.

Red hizo su mejor imitación de un suspiro humano.

—¿Quieres que recolecte su Memoria?

—Por favor —pidió Miranda.

Red se arrodilló junto al desastre que antes había sido Larsen Colt y escarbó con sus dedos desnudos hasta encontrar su Memoria, un pequeño chip del tamaño de un garbanzo que hasta el momento de su salto había estado instalado en su cerebro, bajo la oreja izquierda.

El terminal de mano de Miranda, rectangular y transparente, vibró con insistencia mientras emitía una serie de parpadeos en su pequeña pantalla. La agente descolgó mientras Red se encargaba de guardar el chip en una pequeña bolsa para pruebas.

—¿Sí?

—¡Miranda! —exclamó una voz al otro lado, tan alto que hizo a Red levantar la cabeza.

—Buenas tardes, inspectora —saludó la agente con cortesía—. ¿Qué tal va la tarde?

—¡Corta el rollo y escucha, Miranda! Tenemos un código 37.4 en la avenida del Oeste. ¡Ya estáis RD-248 y tú moviendo el culo para allá!

—Un 37.4 —murmuró Miranda a Red, haciéndole gestos para se pusieran en marcha cuanto antes. Red obedeció al instante y se encaminaron juntos hacia la salida del edificio—. Inspectora, si nos encarga una urgencia así casi al otro lado de la ciudad... ¿Es por lo que creo que es?

—Justo eso es por lo que os llamo a vosotros, Miranda. Se trata de otro sujeto enloquecido. Mujer, veintinueve años. Tiene una pistola.

Miranda y Red se miraron.

—Vamos para allá.

Miranda colgó.

Fuera del apabullante edificio, lo primero que hicieron fue saltar sobre su deslizador policial. Miranda cogió el volante; a Red le costaba mucho saltarse las normas de conducción aérea, por lo que la agente era la que solía conducir cuando tenían una urgencia como aquella.

Justo cuando arrancó comenzó la llovizna programada de las 19:03. Miranda conducía esquivando aerovehículos de todo tipo, saltándose semáforos en rojo y adentrándose en intersecciones sin mirar a ambos lados.

Red se tapaba la boca para insonorizar sus líneas programadas que le recordaban el peligro que suponía una conducción temeraria. Sin embargo, cuando Miranda llevó el deslizador por encima de un aerobús de dos pisos, aquello ya fue demasiado para el droide.

—¡Por Dios, Miranda, ten más cuidado! ¡La seguridad aérea es lo primero!

—¡Cállate, Red! —exclamó la chica, con un brillo divertido en los ojos.

Puede que las escenas del crimen fueran bastante crudas, pero... ¿a quién no le estimulaba un poco de adrenalina?

El deslizador llegó de una pieza a la avenida del Oeste. Red se apeó de un salto apresurado, con mirada agradecida de pisar por fin tierra firme. Miranda le siguió, arma ya en mano.

Avanzaron juntos a lo largo de la avenida. No tardaron en descubrir dónde estaba dándose el desastre: unos diez metros más allá, una mujer blandía una pistola en todas direcciones. Estaba apuntando a todos los peatones con los que se cruzaba, quienes huían despavoridos por donde podían. Miranda se fijó en que la mujer llevaba apretado contra el pecho un pequeño fardo.

Red fue más rápido que ella.

—Es un niño.

La agente se fijó en aquel bulto y vio cómo sobresalían unas manitas.

—Debe tener unos siete meses —comentó Red, quien analizaba con sumo cuidado la escena.

—Joder... —masculló Miranda.

No se entretuvo a pensar cuál era el siguiente paso: se irguió y guardó su pistola.

—¡¿Qué haces?! El Reglamento dicta que... —comenzó Red.

—¡El Reglamento me va a comer los ovarios, Red! —le cortó la agente—. Mantente a una distancia prudencial, contén a los ciudadanos y prepárate para lo peor. ¡Y pide refuerzos, coño!

Las pupilas de Red parpadearon adquiriendo por un segundo un color rojo intenso. En cuanto hubo procesado la orden, se puso en marcha.

Miranda se giró hacia la mujer, quien lloraba a lágrima viva y miraba a su alrededor sin llegar a comprender dónde estaba.

Comenzó a caminar hacia ella.

—¡Hola! —exclamó, llamando su atención.

De inmediato, la mujer le apuntó con la pistola.

—¡No te acerques! —gritó.

Miranda se detuvo con los brazos en alto. Ahora que la mujer se había fijado en ella, no estaría tan pendiente de los viandantes de su alrededor y Red podría sacarlos de la avenida sin problemas.

La parte mala, por supuesto, era que la vida que ahora pendía de un hilo era la suya.

La suya... y la del bebé.

—Hola —repitió Miranda, en un tono algo menos elevado—. Soy Miranda. ¿Cómo te llamas tú?

—Úrsula —respondió la mujer. Le temblaba la mano que sujetaba la pistola.

—Hola, Úrsula. Encantada de conocerte. ¿Es tuyo ese bebé?

Úrsula negó con la cabeza con gran ímpetu. Tenía el pelo revuelto y los ojos enrojecidos de tanto llorar. Un hilo brillante le colgaba de la nariz.

—No.

Miranda tragó saliva. Dio un paso en su dirección.

—¿Y no crees que debería estar con sus padres, Úrsula?

La mujer apuntó a Miranda con mayor decisión.

—¡Lo estoy protegiendo! ¡Eres policía! ¡No te acerques o dispararé!

—No me acerco más, tranquila.

Miranda hizo un cálculo rápido. Estaba a metro y medio de Úrsula.

—¿De quién tienes que proteger al bebé, Úrsula? —preguntó con calma.

—De ellas.

—¿Ellas?

—Las voces. No dejan de gritar que hay que matar al bebé. ¿No las oyes?

Miranda apretó los labios.

—Úrsula, necesito que confíes en mí. Yo también quiero proteger al bebé, pero para eso voy a necesitar tu ayuda. ¿Qué me dices?

Úrsula parpadeó un par de veces. Comenzaba a bajar su arma.

Un estallido cruzó el cielo. Miranda alzó la vista para contemplar el deslizador policial de gran tamaño que acababa de llegar, surcando la avenida y ensordeciéndolos a todos a su paso. Una enorme ráfaga de luz las iluminó a ambas, lo que hizo que Úrsula perdiera la poca compostura que le quedaba. Comenzó a apuntar en todas las direcciones: Miranda, el deslizador, el bebé, los pocos viandantes que quedaban en la zona.

Miranda maldijo por lo bajo. El bebé lloraba a pleno pulmón.

—¡PARA! ¡PARA! ¡HAZ QUE PARE…! —gritaba la mujer, golpeándose su propia cabeza con la pistola.

—¡Puedo ayudarte a que pare, Úrsula! ¡Pero primero tienes que darme al bebé!

La mujer alzó la vista y Miranda pudo ver unos ojos inyectados en sangre. Aquellas voces, o lo que fuera que estuviera escuchando en su cabeza, acababan de apoderarse de ella por completo.

Sin ningún atisbo de duda, Úrsula alzó la pistola y apuntó a la cabeza de Miranda.

Un disparo cortó el aire.

Miranda se encogió. Sin darse cuenta, había cerrado los ojos. Cuando los abrió, vio que su pecho seguía subiendo y bajando con normalidad. Nada le dolía.

Alzó la vista y se encontró con el cuerpo sin vida de Úrsula. A su lado, el bulto que antes había sido el bebé estaba empapado y manchado de sangre.

Ya no lloraba.

Miranda se giró con urgencia para buscar al agente que había disparado aquella bala que los había matado a ambos. Sus ojos se cruzaron con los de Red, quien bajó el arma y la observó con su mirada opaca de androide.

Hugo abrió los ojos.

Se encontraba en el porche de una preciosa cabaña en medio de un prado nevado. A lo lejos, un lago congelado reflejaba la resplandeciente luz del sol. Más allá, alcanzaba a ver unas montañas recubiertas en su totalidad del maravilloso polvo blanquecino. Se trataba, sin duda, de un paraíso terrenal; digno de fotografiarlo para una postal.

Hugo suspiró mientras observaba el paisaje. Su aliento flotó en el aire como una pequeña nubecilla de vaho.

El sonido de la cafetera silbando llegó a través de la ventana. Hugo se dio la vuelta y se adentró en la cabaña. Se trataba de un enorme espacio diáfano donde se encontraba una excelente cocina de estilo rústico, un acogedor salón con chimenea y una zona de ocio con diversas estanterías de libros. El hogar le dio la bienvenida con una temperatura cálida y agradable, mezclada con el suave aroma a café recién hecho.

Hugo apagó el fuego y vertió el negruzco líquido de la cafetera en su taza rojiza. Se embriagó con su olor y dio un par de sorbos. Estaba en su punto: ni muy caliente ni demasiado templado. Justo como a él le gustaba.

La paz que le producía aquel lugar se rompió de golpe cuando apartó la taza de sus labios y vio que, sobre su superficie, se habían impreso unas palabras.

¿Quieres un préstamo que te dé tanta tranquilidad como un café recién hecho de buena mañana?
¡Con NowBank puedes conseguirlo! Pide ahora todos los créditos que necesites y devuélvenoslo al ritmo que quieras. Solo aportarás un 37 % de intereses. ¡Wooow!

No lo pudo evitar. Sin pensarlo dos veces, lanzó la taza por el aire y la hizo añicos contra la pared.

Levantó el brazo izquierdo y en el menú holográfico que se había desplegado sobre su antebrazo seleccionó la opción «Salir del sueño».

Los ojos de Hugo parpadearon varias veces cuando despertó en su silla de escritorio. En la pantalla que tenía delante parpadeaba el código de la simulación que acababa de subir desde su terminal de sobremesa a la red de Dreamland. Después de frotarse los ojos, se lanzó para comprobar los comandos de la taza de café y encontró lo que estaba buscando: una línea de código que no era suya.

Se llevó la mano a la cara y se frotó los ojos. Los cabrones lo habían vuelto a hacer.

Hugo suspiró mientras alzaba la vista hasta el calendario que estaba colgado en la pared, cosa que solo sirvió para empeorar su malestar.

Dos semanas. Eso era el tiempo del que disponía para evitar que lo reclutaran para la Ascensión.

Cuando Hugo cumplió los dieciséis años y fue declarado como adulto a ojos del Estado, tuvo muy claro que iba a hacer el grado en Informática Virtual y a trabajar para Dreamland. Todos sus conocidos de mayor edad le habían advertido de lo difícil que resultaba una trayectoria profesional como aquella, pero Hugo estaba decidido a intentarlo.

Habían sido unos años muy duros. Su padre y él lo habían pasado muy mal. Aunque habían salido adelante, como siempre. Pero, a solo dos semanas de cumplir los dieciocho, Hugo estaba nervioso.

Muy nervioso.

En el momento en el que llegase la fecha de su cumpleaños, Hugo tendría que presentar un proyecto que le avalase como un miembro productivo de la sociedad. Era un proceso por el que todos los adultos tenían que pasar y para el que comenzaban a prepararse nada más cumplir los dieciséis. Su padre, años atrás, se graduó como Ingeniero Industrial y presentó como Aval de Valía una nueva técnica de cortado de carne que permitía a las procesadoras cárnicas aprovechar muchos más gramos de lo que hacían hasta el momento. Fue todo un hallazgo en su época.

Su hermana, Aisha, no tuvo tanta suerte.

Aisha había tenido problemas para estudiar desde niña y una visión de la vida muy distinta a la que había pensado la sociedad para ella. Intentó graduarse como farmacéutica presentando como Aval de Valía un proyecto para desarrollar unas vitaminas que permitían al ser humano vivir reduciendo su consumo de carne en un 97 %.

Fue un escándalo. No hubo lugar de la red que no se hiciera eco. Las industrias cárnicas protestaron y, aunque algunos de sus profesores estuvieron de su parte, el tribunal se inclinó por suspenderla.

Aisha fue Ascendida. Los profesores que la habían apoyado, también.

Hugo recordaba con claridad aquel día. Asistió a la Prueba de Valor de Aisha junto con su padre, donde la joven presentó su proyecto con maestría. Recordaba lo orgulloso que estaba de ella hasta que comenzaron a escucharse los malos comentarios.

Entonces solo pudo sentir miedo.

Cuando el jurado deliberó y decidieron suspenderla, la dejaron hablar con su padre y con él antes de enviarla a la Ascensión.

Aisha lo abrazó muy fuerte. Mientras que Hugo temblaba como un flan del miedo, su hermana le sonreía. Le besó las mejillas y le secó las lágrimas con los dedos.

—No llores, Hugo. Voy a estar bien.

—¡No! —Lloraba el niño—. ¡Nadie vuelve de la Ascensión! ¡Nunca!

Entonces Aisha sonrió todavía más y se acercó para susurrarle al oído unas palabras que lo persiguieron desde entonces:

—Pase lo que pase, ten siempre la cabeza bien alta. Pero nunca sigas mis pasos, hermanito mío. Nunca dejes que te envíen arriba.

Hugo admiró mucho a Aisha durante su niñez. Después, conforme entró en la adolescencia, empezó a detestarla. Al final, Aisha era una adulta que aportaba un ingreso para la familia. Desde que se había marchado, Hugo y su padre tuvieron que vivir solo con lo que el patriarca podía aportar hasta que el chico cumplió los catorce y tuvo edad para trabajar. Con el tiempo, conforme había ido creciendo, Hugo había pasado de odiar a Aisha... a comprenderla.

Desde su habitación, Hugo escuchó cómo la puerta del hogar se deslizaba.

—¿Hugo? ¡Ya estoy en casa!

El chico se levantó veloz como un rayo y fue al recibidor.

—Hola, papá —le sonrió.

—Hola, cariño —respondió él igual de sonriente, mientras se quitaba el abrigo. Hugo observó con preocupación el brazo izquierdo metálico de su padre. Siempre se preguntaba cómo se sentiría teniendo uno de esos en lugar de su extremidad original—. ¿Qué tal te ha ido el día?

—Bien.

—Me alegro mucho, hijo. ¿Qué tal marcha tu proyecto? —se interesó su padre, mientras empezaba a sacar sobres de procesado del armario.

Hugo extrajo un cazo y lo llenó de agua.

—Bien —repitió con sequedad.

—¿En serio? Pues por tu tono nadie lo diría...

—Bueno, han vuelto a meterme publicidad.

—Vaya, con lo que te gusta eso, ¿eh?

Hugo resopló mientras ponía el cazo a calentar.

Llevaba varios meses trabajando en su Aval de Valía, un proyecto que le estaba tomando más tiempo que a sus otros compañeros del grado. La mayoría habían optado por crear nuevos servicios para el usuario por ser una tarea no demasiado compleja. Hugo, por otro lado, pertenecía al grupo que se había inclinado hacia los sueños.

La red de redes tuvo muchos nombres antes de que se la conociera como Dreamland, y había sido diseñada para que el usuario promedio pudiera cumplir cualquiera de sus fantasías: compras *online* de todo tipo, viajes virtuales a lugares que incluso habían dejado de existir, conversaciones con personas de cualquier parte del globo como si las tuvieras delante de ti... Sin embargo, no era ninguno de estos el servicio que más disfrutaban los usuarios.

A muchas personas les costaba desconectar durante la noche. Los creadores de Dreamland se dieron cuenta de que cerca de un 70 % de la población padecía de terribles pesadillas relacionadas con sus problemas del día a día, por lo que crearon un servicio que se integró como parte de la red: los Sueños Inducidos. Con solo presionar un botón cuando te metías en la cama, Dreamland se encargaba de proporcionarte el sueño que quisieras. Había una amplísima carta organizada en miles de categorías, cada cual todavía más apetecible que la anterior. El resto de los compañeros de Hugo que habían elegido la misma rama estaban programando sueños de acción imposible, romances furtivos o comedias de lo más divertidas. Sin embargo, Hugo había decidido que su sueño iba a ser algo tan simple y tan necesario como un lugar donde reposar. A pesar de las pedorretas que había recibido de sus compañeros cuando les había comentado su tema, él estaba convencido de que sería un éxito. A todo el mundo le gustaba una historia trepidante, pero también les encantaba tener un lugar donde ser ellos mismos. Donde descansar y embriagarse de olores maravillosos. Un paraíso donde cada imagen, cada sonido, cada sensación fuera casi un poema para la mente que estuviera recorriéndolo. Porque Hugo tenía claro que, al final, cuando las personas abrían los ojos por las mañanas, lo que les hacía sonreír eran esas sensaciones, por simples que fueran.

El problema llegaba cuando Dreamland aprovechaba una versión beta de su proyecto para hacer pruebas de publicidad.

Hugo y su padre comenzaron a echar pastillas de procesados dentro de la olla.

—Podrían esperar por lo menos a que terminase el sueño, ¿no? —se quejó el chico, lo que hizo reír a su padre.

—Eres como tu madre. Todo un artesano. —Sonrió—. Y, además, has heredado esa manía suya de dejarte crecer el pelo sin parar. ¡Mírate!

Hugo rodó los ojos. Su pelo era de un tono tan rubio que casi parecía blanquecino. Además, se lo había dejado crecer hasta los hombros. A su padre no le gustaba porque decía que le hacía parecer más infantil, pero a Hugo le encantaba recogérselo en una coleta cuando estudiaba para evitar que el más mínimo mechón entrara en contacto con sus ojos castaños. Justo como lo llevaba en ese momento.

—A mí me gusta así, papá.

—Solo digo que deberías arreglártelo un poco para tu Prueba de Valor. ¡Tres dedos, nada más!

—Bueno, ya veremos.

Ambos sonrieron.

En la pantalla de la cocina había comenzado el telediario. Después de un breve resumen de noticias del Estado, aparecieron unas imágenes grabadas con un dron donde se veía a unos policías intentando contener a una mujer con una pistola. La reportera relató cómo la joven había dejado de lado el Reglamento Policial con tal de salvar la vida de un bebé.

—... Testigos del suceso afirman —relataba la periodista— que la policía perdió el control de la situación en el momento en el que decidió poner la vida de un infante por delante de su deber. De haber seguido los Reglamentos como es debido, hubieran podido atrapar a la mujer con vida, lo cual hubiera servido para esclarecer a qué se debía su estado psicótico. El caso de la Madre de la avenida del Oeste, por tanto, sigue abierto y a la espera de...

—Es increíble —comentó su padre—. Aún le echarán la culpa a esa chiquilla por intentar proteger a un bebé. Cómo se nota que no han tenido hijos.

—Bueno, a ojos del Estado, es una muerte insignificante —comentó Hugo, encogiéndose de hombros.

Su padre le atravesó con la mirada.

—Que seamos muchos no significa que sea insignificante —espetó su padre en tono de advertencia.

Hugo apretó los labios. Tenía razón.

La música del reporte de la Ascensión comenzó a sonar y su padre dio un salto de alegría.

—¡Ay, ya empieza!

Sus ojos se iluminaron cuando comenzaron a aparecer las imágenes promocionales de la Ascensión y se volvieron a apagar cuando el reporte anunció que todavía no se tenía noticias de ninguno de los grupos que surcaban las oscuras aguas del firmamento.

—Lamentamos afirmar que hoy tampoco será el día en el que podamos anunciar que nuestros exploradores han encontrado un nuevo planeta habitable. Sin embargo, no queremos que los ánimos decaigan. Todos estos hombres y mujeres, nuestras madres y padres, hijos e hijas, hermanos y hermanas, amigos y amigas están luchando contra el universo en sí mismo por encontrar un segundo hogar para la humanidad. Cada segundo que pasan fuera de casa estamos mucho más cerca de hallar una respuesta a nuestras plegarias. ¡Celebremos su generosidad como se lo merecen! ¡Ánimo, exploradores!

El reportero dio dos palmadas y, acto seguido, besó sus manos e hizo el gesto de enviar aquel beso hacia el cielo. El padre de Hugo hizo lo mismo, sincronizado con él a la perfección.

—Y ahora conectamos con la Plataforma de Despegue, donde nuevos exploradores van a unirse a la maravillosa misión...

—¡Mira, Hugo! ¡Se marchan con tu hermana!

Hugo dejó de mirar la pantalla.

—¿Alguna noticia? —preguntó, mientras comenzaba a extraer los pedazos de pan, maíz, queso y manzana que la reacción entre las pastillas y el agua habían generado.

Su padre, que observaba la pantalla embelesado, negó con la cabeza.

—Nada. Examino los informes de Ascensión a diario, pero la nave de Aisha sigue de camino a su nuevo destino de exploración. Según dicen, quedan cuatro semanas hasta que lleguen. Imagino que entonces le dejarán enviarnos algún otro vídeo. —Suspiró mientras se sentaba a la mesa dejando que su hijo les sirviera a ambos. Hugo recordaba aquel vídeo; apenas diez segundos donde Aisha hablaba mirando a cámara y contando muy rápido que estaba bien y los echaba de menos. Solía escuchar a su padre reproduciéndolo todas las noches antes de acostarse—. Es fascinante, ¿no crees? Aunque me duele pensar que esté allí arriba. El espacio debe sentirse tan... solo.

Hugo observó cómo su padre comenzaba a devorar la comida. Él dejó el cubierto a un lado; se le había pasado el hambre.

Hugo salió a la calle.

El suelo estaba todavía encharcado de la lluvia programada de las 17:40. Aun así, los comercios ya comenzaban a abrir de nuevo y los transeúntes empezaban a abandonar sus casas por la razón que les motivara a hacerlo.

En el caso de Hugo, tenía que hacer la compra. Llevaba consigo una bolsa grisácea, que compaginaba a la perfección con su aburrido atuendo del mismo color. Recorría con calma la avenida del Sur. Como siempre que se aventuraba a pisar fuera de casa, las calles estaban abarrotadas de gente. Siempre estaban así, sin ninguna excepción horaria. De hecho, había momentos en los que todavía se llenaban más y se creaban atascos de personas que quedaban atoradas durante largos minutos como sardinas en lata. Por ese motivo, el Estado había modificado la estructura de todas y cada una de sus calles: siempre se circulaba por la derecha. Una pequeña franja para transportes no deslizados separaba el río de personas en dos direcciones, que incluso así llegaban a apelotonarse.

Hugo caminaba con tranquilidad. Había aprendido a controlar su genio y a ver aquella agobiante sensación como un mero trámite por el que tenía que pasar hasta llegar a donde quisiera ir. Aquella tarde estaba siendo un paseo especialmente lento, tanto que muchos de los transeúntes a su alrededor iban usando Dreamland mientras caminaban. A su lado, una chica entraba en una sala de chat virtual y comenzaba a hablar a viva voz con una amiga suya sobre las novedades más frescas de su último ligue. Delante de él, un señor navegaba por una tienda *online* buscando la alfombra ideal para su recibidor. Un chico de su edad, justo delante de él, estaba viendo una película de tiros que se proyectaba a unos treinta centímetros de su rostro, con seguimiento de los movimientos de su cabeza incluidos. En lugar de visualizarla en modo privado sobre sus córneas para no molestar a los demás, había optado por generar delante de sí el holograma de una pantalla aérea curvilínea, para mayor sumergimiento en la aventura.

Hugo suspiró. Estiró el cuello para ver a qué se debía el atasco, pero solo vio un mar de cabezas.

Consultó su terminal personal por hacer algo de tiempo. Era transparente hasta que se activaba con el tacto de los dedos;

entonces pasaba a mostrar el menú de inicio de Dreamland sobre un fondo translúcido. A Hugo le subió la bilis a la garganta cuando vio que la notificación que le acababa de llegar era otro de sus insufribles anuncios para que se alistase en la Ascensión.

Apagó el terminal. En el pasado había disfrutado bastante de navegar por la red, pero desde que había cumplido los dieciséis años las cosas habían cambiado: el bombardeo para que se convirtiera en explorador era constante, hasta el punto de que habían conseguido que solo tocase Dreamland para estudiar. Aun así, era uno de los pocos casos que conocía; todos sus compañeros de clase estaban tan enganchados como los viandantes que le rodeaban.

Alzó la vista hacia el cielo y observó las fachadas de los edificios, tan altas que era imposible ver su final. Observó la publicidad que aparecía en las enormes pantallas que las decoraban: productos que comprar, nuevas experiencias que disfrutar en Dreamland... y la maldita Ascensión.

Tú puedes ser nuestro salvador.

El anuncio venía acompañado de la fotografía de un chico y una chica de su edad, uniformados y sonrientes, que le observaban con complicidad.

Por fin parecía que el atasco mejoraba más adelante, y pocos metros más allá pudo ver a qué se debía: un hombre de mediana edad y rostro desesperado se había asentado en mitad de la calle para pedir oxígeno.

—¡Por favor! —exclamaba—. ¡Una limosna para oxígeno! ¡Nos han cortado hoy el chorro! ¡Por favor, tengo niños a mi cargo!

Hugo se detuvo a su lado y observó al hombre. Había escrito en una chapa de aluminio que el día anterior había perdido el trabajo. Tanto su mujer como él habían estado donando para pagar las facturas, pero ya no les llegaba ni para el oxígeno de la semana.

—Muchacho —le suplicó el hombre cuando vio que salía del mar de gente para detenerse junto a él—, por favor. Lo necesito de verdad.

Y tanto que lo necesitaba. Hugo se preguntó, para sus adentros, si cuando su padre tuvo que salir a pedir limosna a la calle cinco años atrás la gente se paró para ayudarle o le ignoraron y siguieron caminando.

Hugo alzó su brazo.

—Toma, con esto tendrás para los próximos días.

Al hombre le brillaron los ojos cuando extendió su brazo. Hugo tocó los comandos del menú de su antebrazo y le transfirió trescientos créditos. Al señor se le humedecieron los ojos de la alegría.

—Gracias. Millones y millones de gracias. Que Dreamland te lo pague, hijo.

—Me conformo con volver bien a casa —contestó Hugo—. Y márchese ya de la calle. Ya habrán dado el aviso de que está aquí en medio y la policía no tardará en llegar.

El hombre le dio la mano muy agradecido, recogió sus cosas y se perdió entre la gente.

Hugo siguió caminando. En el enorme reloj digital que se proyectaba sobre la fachada del edificio más grande de la avenida pudo comprobar cuánto quedaba para la bajada de oxígeno. Eran las 19:47. Tenía algo más de una hora para terminar sus compras antes de que las calles dejaran de ser respirables y se llenaran de dióxido de carbono. Siempre dejaban unos cinco minutos de cortesía para los más rezagados, pero Hugo prefería no arriesgarse. Cuando comenzaba el aviso de que en quince minutos iban a cerrar el oxígeno comunitario, las calles se volvían una auténtica locura. Para ese entonces, él siempre estaba ya en casa, respirando su oxígeno particular sin ningún tipo de ansiedad por regresar a tiempo.

La noche se convertía en el único momento en que las calles se quedaban completamente vacías. Dejaba de escucharse el murmullo de la ciudad, los pitidos de los aerodeslizadores y las sirenas de la policía. Toda la ciudad se iba a dormir. Y los que esa noche no tenían recursos para mantener el oxígeno de sus casas, como el hombre al que acababa de dar la limosna, tenían tres opciones: donar, Ascender o morir por asfixia.

La calle se ensanchó conforme llegaba al supermercado. A sus pies se alzaba una clínica de donación, con carteles coloridos, vídeos promocionales y azafatos y azafatas muy sonrientes que repartían panfletos y saludaban a los viandantes con alegría.

—¡Hola! ¿Quiere donar para conseguir créditos?

—No, gracias —respondían la mayoría, si es que respondían, justo antes de apretar el paso.

Hugo se detuvo para observar a una madre que iba de la mano de su hijo. La madre, de unos veinticinco años, tenía todas sus extremidades artificiales. Se inclinó junto a su hijo, que tenía cara de asustado.

—No quiero ir, mamá.

—¿Por qué no, cariño?

—Porque no quiero, mamá. ¡No me hagas hacerlo, por favor!

El niño comenzó a llorar a pleno pulmón. La madre, que hacía malabares con su rostro para no romper también a sollozar, se inclinó para limpiarle los mocos.

—Venga, cariño, serán solo cinco minutitos. No vas a notar nada.

Hugo sintió cómo el corazón de la madre se partía en dos cuando cogió de la mano a su hijo, que aún lloraba, y se adentraron juntos en el interior de la luminosa clínica.

El chico sacudió la cabeza. No se podía ayudar a todo el mundo.

Siguió caminando y llegó al mercado. Como esperaba, apenas quedaban ya suministros a esas horas. Recogió varios paquetes de pastillas de procesados, que fue metiendo en su bolsa. Ni siquiera miraba qué alimento emulaban; todas tenían la mala costumbre de no ser alimento suficiente y de saber muy parecido. Plátanos, arroz, judías... todo provenía de pastillas completamente iguales, pero que reaccionaban de forma distinta cuando se les aplicaba agua.

Todo menos la carne.

Hugo se dirigió al enorme refrigerador que había en medio del mercado, donde revoloteaban la gran mayoría de los compradores. Se acercó con cautela y comprobó la cantidad de piezas que todavía quedaban: rodajas de carne colocadas en grandes bandejas de plástico, apetitosos muslos enteros, antebrazos fuertes y tiernos, manos y pies huesudos ideales para cocidos...

Si había algo que nunca faltaba en los supermercados, era la carne humana.

Hugo cogió una bandeja de un muslo y leyó su etiqueta con atención:

MEAT P R O D U C T S

NOMBRE: Carmina Sánchez.
EDAD: 30 años.
DIETA: en esencia, carnes humanas. Las pastillas de maíz son sus favoritas.
NÚMERO DE LOTE: 24.
Carmina es una dependienta de una tienda de animales eléctricos a la que le encanta hacer feliz a los demás. Por eso decidió donar una pequeña parte de sí... que está riquísima. ¡Ñam!

La descripción venía acompaña de una fotografía de una chica pelirroja, que miraba sonriente a cámara. Daba la sensación de estar la mar de contenta. Demasiado para tratarse de una persona que había donado un miembro de su cuerpo a cambio de créditos.

Era hasta grotesco.

Siempre leía la descripción de los productos cárnicos. Pensaba que era lo menos que podía hacer por aquellas personas: si iba a comerse una parte de su cuerpo, por lo menos les debía leerse la pequeña biografía de su vida. Incluso si esta era ficticia.

Hugo se guardó el pedazo de carne en la bolsa con la mirada perdida. Siempre que se llevaba alguna de esas piezas pensaba en lo mismo: en qué sentiría si un día llegase al mercado y encontrase bandejas de carne con la cara de su padre impresa en ellas.

3

El jefe del ejército orco observaba a Suki con mirada desconfiada.

—¿Y cómo podemos estar seguros de que no nos traicionaréis? —preguntó, cruzándose los brazos—. Las guerras entre humanos y orcos llevan repitiéndose durante generaciones. ¿Qué te hace pensar que esta vez va a ser diferente?

Suki sonrió. Su armadura de oro resplandecía reflejando la luz del sol.

—¿Qué me hace pensarlo? —rio entre dientes—. Oh, Kershak. No asumas, ni por un segundo, que soy como los demás reyes que han reinado sobre la Ciudad Dorada hasta ahora. Para empezar, soy una mujer.

Kershak hizo un bufido.

—Tienes sentido del humor. Me gusta. —El orco apretó sus grisáceos labios mientras meditaba la propuesta. Al fin, dejó salir una media sonrisa y extendió el brazo—. Está bien, Suki de la Tormenta, princesa de la Ciudad Dorada y digna heredera del trono; me has convencido. Pongamos en marcha ese acuerdo y enterremos el hacha de guerra.

En cuanto Suki encajó el apretón de mano, los demás miembros de la asamblea exclamaron en vítores. Una emocionante música se fue elevando hasta terminar ensordeciéndolo todo y la luz se apagó de forma lenta y continuada. Unas enormes letras aparecieron para anunciar que ese era el final del capítulo.

—Salir del juego.

Suki pestañeó varias veces hasta que se aclaró su visión.

Estaba en su enorme despacho. Los últimos veinte minutos habían sido una interesante experiencia que le habían dado mucho sobre lo que hablar, pero sabía que lo que tenía que decir no iba a gustarle demasiado al técnico que tenía delante de ella.

—¿Y bien? —preguntó el chico entusiasmado.

Suki torció el labio. El equipo de desarrollo de *La Ciudad Dorada*, el videojuego más grande de la enorme plataforma virtual de Dreamland, estaba a punto de sacar su nueva temporada. Suki era la encargada del Departamento de Calidad, un puesto que había conseguido hacía apenas un mes gracias a su trepidante Aval de Valía, una apuesta arriesgada que al final había valido cada una de sus noches en vela. El jurado había valorado su Prueba de Valor como «tremendamente favorable» y había entrado a trabajar en uno de los departamentos más codiciados de toda la red social.

Suki estaba encajando con maestría todas las labores del nuevo puesto. Sin embargo, todavía no había aprendido cómo decirles a sus empleados que algo en lo que habían puesto mucho empeño y sudor era una completa basura.

—Veamos... —comenzó, enlazando los dedos de ambas manos mientras pensaba cada palabra antes de pronunciarla—. Se nota una gran mejoría en el apartado gráfico, sin duda. La iluminación es tan real que te hace olvidarte por completo de que se trata de una virtualización.

—¡Estupendo! —exclamó el técnico.

—Pero debo decirte —continuó la chica— que, por muchas mejoras que note, hay algo que no me convence.

El técnico frunció el ceño sin comprender.

—¿No te convence? ¿El qué?

Suki suspiró. Se acomodó con una mano su largo cabello negro como la noche antes de continuar.

—Pues... ¡no lo sé! Lo juego y me da la sensación de que es un juego Estándar, ¿entiendes? *La Ciudad Dorada* es el título número uno de la tarifa Prémium y se debe programar como tal. Si yo, una usuaria Prémium, jugase a este capítulo, sentiría que me están tomando el pelo.

El técnico abrió y cerró la boca como un pez fuera del agua. Sus mejillas se tornaron rojizas de la vergüenza, así que Suki se apresuró por añadir:

—Mira, vamos a hacer una cosa. Llama a los de Guion y diles que le den un par de vueltas.

El chico comenzó a apuntar en su terminal portátil.

—¿Quieres que cambiemos el final?

Suki lo meditó por un segundo. Se levantó y comenzó a andar a lo largo de su despacho con las manos a la espalda.

—Quiero que penséis más a lo grande. Conforme está planteada la historia, es inevitable que los orcos y los humanos terminen haciendo migas. Pero tiene que haber una forma mejor de conseguirlo. Necesitan unirse por una razón más interesante que un mero tratado de paz... —Detuvo sus pasos y se giró hacia el técnico—. Una alianza contra un enemigo común.

El chico dio un brinco en el asiento y abrió mucho los ojos.

—¡Brillante! —exclamó, tomando nota todavía con mayor rapidez.

—Y diles de mi parte que están haciendo muy buen trabajo. Tienen hasta el jueves para presentarme un manuscrito en condiciones del nuevo final.

—¡Sí, señora! —exclamó el técnico, que se levantó de un salto y se esfumó del despacho en un abrir y cerrar de ojos.

Suki volvió hasta su mesa y apoyó ambos brazos sobre ella.

Mentir era agotador. Por mucho que los manuales reglamentarios de la empresa mencionaran lo importante que era hablar sin pelos en la lengua, Suki pensaba que los refuerzos positivos siempre tenían mejores resultados. El jueves comprobaría si estaba equivocada.

Observó el reflejo de su propio rostro sobre la pulida superficie. Le devolvía la mirada una chica de labios finos, nariz respingona y ojos rasgados y de tonalidad violeta —alterados genéticamente por una de esas estúpidas modas adolescentes que habían estado en su apogeo hacía varios años, por supuesto—. ¿Notarían sus subordinados su mirada agotada cuando se dirigían a ella o también era capaz de ocultar esa parte? Suspiró, apartando la vista y acariciándose el puente de la nariz.

La puerta del despacho se volvió a abrir. Esta vez, quien entró era el director del Departamento de Innovación, que traía un par de carpetas en la mano.

—Hola, palomita —saludó con una sonrisa.

—Hola, papá —respondió Suki, mientras se dejaba caer en la silla.

Su padre, cuyo físico era clavado al de ella, pero con unos veinte años más —aunque aparentaba rondar los treinta y pocos—, dejó salir una carcajada.

—¿Qué? ¿Se te ha atragantado el nuevo becario?

Suki negó con la cabeza.

—Te miro y no sé cómo lo haces. Nunca has tenido problemas para decirles las cosas a los demás.

—Oh, claro que los he tenido —respondió, mientras colocaba las carpetas sobre la mesa de su hija—. Aprendí a hacerlo cuando me casé con tu madre.

—Por cierto, te manda saludos —recordó Suki de golpe—. También mencionó que esperaba que Luke se intoxicase con el caviar en vuestro aniversario.

—Muy propio de ella.

—¿Qué son estos archivos? —preguntó Suki, echando mano de las carpetas.

—El Estado ha conquistado nuevos territorios de las Colonias Independientes. La Junta quiere hacer un comunicado por todo lo alto y esperan que Calidad se encargue de que suene lo más emocionante posible. Tiene que estar listo mañana.

—¡¿Mañana?!

—A primera hora.

—Maldita sea. Esos energúmenos no perdonan.

—Eh —le regañó su padre—. Ese lenguaje.

—Perdón —se disculpó Suki, echando mano de los datos impresos. Solo los informes que la empresa juzgaba que merecían la pena se pasaban a papel, ya que era un bien escaso. En el caso de los reportes del Estado, siempre se imprimían copias para todos los departamentos—. Vaya, veo que no han escatimado en recursos.

—Sí, se han venido arriba.

Suki fulminó a su padre con la mirada.

—Por Dios, papá. No hables como si estuvieras en el siglo xxi. Es lamentable.

El hombre soltó una alegre carcajada.

—Pues a Luke le encanta.

Suki rodó los ojos y devolvió la mirada al informe. Recorrió los nuevos territorios que se acababan de unir al Estado y no pudo evitar dar un respingo.

Alzó la mirada observando a su padre con los ojos como platos.

—¡Japón!

El padre de Suki dejó salir una radiante sonrisa.

—Así es.

—Ya sabía yo que si venías a entregarme esto en mano era por algo...

—¡Eh! ¿No puede apetecerme hacerle una visita a mi hija?

—Papá, esto es...

—¡Maravilloso! —exclamó su padre. Irradiaba la energía propia de alguien de la edad de Suki—. Los preparativos comienzan en apenas unas horas. El Estado va a comenzar a penetrar en los nuevos territorios cuanto antes y a importar todo lo significativo. Vas a poder conocer la cultura de tus ancestros de primera mano, Suki.

La chica se sentía muy confusa. No dejaba de pensar en lo emocionante que aquello sonaba, pero al mismo tiempo sentía una leve opresión en el pecho.

—No sé qué decir.

—No digas nada —respondió su padre, mientras se dirigía hacia la puerta—. Van a traer esta misma noche los primeros cargamentos de pescado. Los japoneses se las han apañado para criarlos en una pequeña región del sur.

—¡¿Pescado?! —preguntó Suki, abriendo mucho los ojos.

Su padre se detuvo a la altura de la puerta.

—Te va a encantar el *sushi* —sonrió—. Nos vemos esta noche para cenar.

Y, tras guiñarle el ojo, salió del despacho silbando con alegría.

Suki había tenido suficientes emociones por lo que llevaba de tarde, así que decidió ponerse en pie y dar un paseo.

Las instalaciones de Dreamland eran tan extensas que de por sí podrían ser tan grandes como una ciudad. Estaban situadas hacia la parte exterior de la Capital, cerca de su frontera al este, y eran tan enormes que Suki nunca había estado en todas sus salas. De hecho, estaba segura de que no había pisado ni siquiera todas las de su planta. El primer día había tardado media hora en encontrar su despacho y le costó una semana conseguir sentirse cómoda en un espacio tan grande. Todo el lugar estaba conectado entre sí con varias filas de elevadores que se desplazaban tanto en vertical como en horizontal, dependiendo de la zona a la que quisieras ir. Cuando Suki necesitaba desconectar un rato, le gustaba pasear por la planta de Diseños Naturales. Justo en el centro se encontraba un enorme árbol; una secuoya que se alzaba metros y metros hasta tocar el techo. Era una auténtica reliquia: la habían traído hacía mucho tiempo atrás, poco antes de que se perdiera casi todo el oxígeno natural y la mayoría de los seres vivos del planeta muriesen.

A Suki le encantaba pasear por aquella planta porque podía comprobar la gran labor de los diseñadores en vivo y en directo. Se proyectaban imágenes de extensos bosques y de animales de todo tipo y tamaño: serpientes, ovejas, elefantes y tigres con el pelaje blanco. También ballenas, orangutanes y seres prehistóricos. Cualquier cosa que un humano pudiera recordar o imaginar, allí se encontraba.

Por otro lado, la planta de Diseños Naturales también entristecía a Suki. No dejaba de ser un recuerdo viviente de todo lo que había desaparecido del planeta: sus flores, sus árboles, su diversidad. Ahora solo quedaban ellos, los humanos, junto con algunas especies casi extintas y conservadas como si fueran oro, que habían sobrevivido por estar bajo protección de la humanidad.

Suki contempló una recreación holográfica de una bandada de salmones, que nadaban a lo largo de la sala y se perdían atravesando la pared del fondo, para volver a aparecer justo en el lado contrario y repetir su trayectoria en un bucle infinito. Se preguntó cuál sería el sonido de su nado, el olor de sus escamas y el sabor de su carne. En casa llevaban bastante tiempo comiendo pasta y patatas. Al principio le pareció que se trataba de un cambio para bien, pero después de meses y meses siendo ese el plato principal empezaba a sentirse cansada.

Aun así, ella no era quién para quejarse. «Nunca comemos pastillas de procesados. Es algo por lo que debo estar agradecida», pensó para sus adentros.

Continuó con su paseo. Sin apenas darse cuenta —o quizá sí, pero no lo admitiría—, sus pies la guiaron hasta uno de los ascensores que llevaba directo hacia aquello que se escondía bajo tierra.

Con el paso de los años, el Estado se había dado cuenta de que la población mundial no dejaba de crecer y crecer. Y, como las políticas de control de la natalidad no parecían ser suficientes, Dreamland había ofrecido una solución que podía ayudar a suplir la carencia de espacio: un servidor privado al que solo las personas criogenizadas tenían acceso, conocido como la Cámara del Sueño. Los estudios habían señalado que mezclar a usuarios de a pie con mentes profundamente dormidas provocaba demasiados errores y colapsos como para que pudieran coexistir en un mismo lugar; esa era la razón de que los usuarios de la Cámara del Sueño tuvieran su propio espacio seguro en uno de los rincones más recónditos e inaccesibles de la red.

Todos aquellos que no podían costearse el alto nivel de vida del Estado tenían como opción pasar el resto de su ciclo vital en la Cámara del Sueño. Se trataba de un lugar al que solo les gustaba recurrir a los fanáticos de la red social, pero que otros contemplaban como alternativa a la Ascensión. El Estado se comprometía a no enviarles a buscar planetas y a mantenerles sanos, cobijados y felices siempre y cuando accedieran a ser almacenados como sardinas en lata mientras utilizaban Dreamland en un sueño sin fin... que duraba todo lo que les quedase de vida.

Por supuesto, las visitas a la Cámara del Sueño estaban prohibidas, por lo que los familiares de las personas que estuvieran allí criogenizadas solo podían contentarse con recibir informes periódicos acerca de su estado de salud. Suki recordaba varias ocasiones en las que grupos de familiares habían solicitado que se implementase algún medio para poder comunicarse con los criogenizados a través de Dreamland; todas ellas sin éxito alguno.

El ascensor descendió a lo largo de las decenas de pisos subterráneos que componían la Cámara del Sueño. Suki tenía bien claro a qué piso subterráneo se dirigía, y cuando el ascensor se detuvo y las puertas se abrieron, el corazón le dio un vuelco.

Estaba en un piso con miles de cuerpos criogenizados, organizados a lo largo de estantes interminables, sumidos en un coma profundo. Caminó a lo largo del pasillo con las manos en los bolsillos. Giró varios recodos, dando con más extensos pasillos de cuerpos aletargados, hasta que a unos treinta metros más allá vislumbró una preciosa melena ondulada y rubia.

Se acercó dejando que sus tacones se escucharan. La chica, vestida con una larga bata y unos guantes de plástico, se dio la vuelta y la recibió con una sonrisa de lo más coqueta.

—Hola, señorita Planker —saludó la rubia—. ¿Qué la trae por aquí?

Suki le devolvió el gesto.

—Buenas tardes, señorita Castillo. He pensado que era un buen momento para pasarme a admirar su belleza.

La chica rubia se ruborizó, dejando salir una risita.

—Ya has venido esta mañana a verme, Suki —respondió, aproximándose a ella. Ambas chicas se fundieron en un suave beso—. Si sigues así, voy a acabar pensando que te gusto y todo.

—¿Gustarme? ¿A mí? ¿Después de estar saliendo siete meses? —bufó Suki con sorna—. ¡Ni en broma!

La chica volvió a reír mientras regresaba a su trabajo. Estaba enfrascada descifrando los códigos de unos archivos.

—Cualquiera diría que necesitabas escaparte de tu despacho un rato —comentó—. ¿Está siendo un día muy duro?

Suki suspiró mientras recostaba el cuerpo sobre la pared de cápsulas de criogenia.

—Uno de tantos, la verdad.

—Es lo que tiene un puesto con tanta responsabilidad. —Se encogió de hombros—. No sé cómo lo haces. Yo no podría llevarlo.

—Ya. Qué sería de Dana sin sus bellos durmientes, ¿verdad? —comentó Suki con una sonrisa.

El tiempo que llevaban saliendo había sido suficiente como para entender que a Dana no le gustaba estar rodeada de gente, dando grandes discursos y organizando cosas importantes. Se sentía mucho más a gusto allí, rodeada de personas condenadas a un sueño eterno. Incluso teniendo un sueldo que la obligaba a comer pastillas de procesados con cierta frecuencia.

Aquella tontería, que estaba pensada para que Dana volviera a soltar una de sus risitas, no surtió efecto. En lugar de eso, consiguió que la rubia frunciera el ceño.

—Sobre eso… —comenzó a decir la chica, sin alzar la mirada.

—Oh, déjame adivinar. ¿Vas a solicitar un traslado para que deje de venir a visitarte todos los días? —cuestionó Suki.

Dana negó con la cabeza y dejó el terminal de lado. Se giró hacia Suki, a quien observó con gravedad.

—He estado dándole vueltas últimamente…

La sonrisa de Suki se congeló en un momento. Se apartó del estante y dio un pasito hacia Dana.

—¿Dándole vueltas? ¿A qué?

—Pues no lo sé, supongo que a todo. ¿Te ha llegado ya el último reporte?

—Sí, hace un rato. ¿Por qué lo dices?

—¿Te parece bien? ¿Que, en lugar de centrarnos en mejorar todo lo que tenemos, nos estemos peleando por los últimos recursos del planeta?

La pregunta dejó a Suki sin habla. Balbuceó hasta que logró continuar hablando.

—Estamos mejorando lo que tenemos, Dana. El Estado está destinando más recursos a la creación de…

—No me refiero a eso, amor —le cortó Dana, llevándose una mano a la cabeza.

—Entonces, no entiendo a qué te refieres…

Dana hizo un breve silencio que cortó con un suspiro.

—Creo que este no es mi sitio. Que podría estar haciendo mucho más que estar aquí sentada vigilando a estos fiambres.

—Puedes solicitar un cambio de puesto, Dana. Seguro que la Junta lo ve con buenos ojos, tienes méritos de sobra para…

—No, Suki. No es a eso a lo que me refiero.

La chica ya se podía imaginar lo que venía después. Aun así, no pudo evitar que aquellas nueve palabras cayeran como plomo, aplastando su corazón hasta hacerlo añicos.

—Creo que voy a alistarme en la Ascensión, Suki.

Miranda apenas había pegado ojo aquella noche, pero se encontraba muy despierta. No dejaba de observar de reojo a Red. El androide tenía la vista clavada en su pantalla, leyendo interminables líneas de código a una velocidad que no era humana.

Estaban en el cuartel de Policía. Sus escritorios, pegados uno junto a otro, eran los únicos ocupados aquella mañana. Los demás miembros del Cuerpo debían estar enfrascados en algún caso sobre el terreno.

Mejor. Así podrían hablar con tranquilidad.

La agente intentaba concentrarse por todos los medios en los informes que tenía delante, pero estaba siendo una actividad complicada; la vista no dejaba de írsele hacia el droide. Tanto que, al final, consiguió que fuera Red quien rompiera el silencio.

—¿Quieres preguntarme algo, Miranda? —cuestionó, sin apartar la vista de la pantalla.

Miranda apartó la vista muy rápido, apretando la mandíbula.

—No.

Solo necesitó un segundo para darse cuenta de lo estúpido que resultaba seguir aplazando aquella inevitable conversación. Dejó los informes sobre la mesa y soltó un leve suspiro.

—Sí —rectificó. Red la escuchaba sin dejar de trabajar—. No dejo de pensar en lo del otro día.

—Eso es muy poco específico —señaló el chico—, pero asumo que te refieres a lo que ocurrió en la avenida del Oeste porque llevas rehuyéndome la mirada desde entonces. ¿Voy por buen camino?

Miranda asintió con la cabeza. Red apartó la vista de la pantalla y se giró para contemplar a su compañera.

—¿Qué es lo que te incomoda?

La agente se fijó en los ojos del droide. Solía ser capaz de hacerse una idea bastante acertada de qué era lo que Red pensaba con solo mirarlo a la cara. «Si es que pensaba algo y no eran simples líneas de código dictándole cómo debía actuar en cada situación», se recordó. A ella le gustaba asumir que se trataba de lo primero, porque era la única forma de sentir que compartía su día a día con otra persona y no con una máquina.

Sin embargo, en momentos como los de la avenida del Oeste, la realidad golpeaba a Miranda como una jarra de agua fría. Los droides estaban programados para obedecer las órdenes del superior de mayor rango. Y, cuando Red escuchaba una orden, ya fuera suya o de cualquier otra persona del Cuerpo que estuviera por encima de ambos, dejaba de ser Red. Sus ojos se vaciaban de toda emoción, programada o real, y se convertía en un cascarón que solo era capaz de ejecutar sin pensar con las siglas RD-248 impresas a la espalda.

En esos momentos, Red dejaba de ser su compañero y se convertía en una herramienta. Y la sensación que verlo así le producía era similar a un regusto amargo.

—¿Miranda? —insistió el droide.

La agente carraspeó, como si de esa forma pudiera borrar aquellos pensamientos de la cabeza.

—¿Fuiste consciente de lo que hacías en todo momento?

—Por supuesto —respondió Red.

—No creo que me hayas entendido. —Hizo una pausa mientras reformulaba la pregunta—. A lo que me refiero es... ¿por qué disparaste a aquella mujer?

—Ella te iba a disparar a ti. —Asintió el droide con convicción—. El epígrafe tres del Reglamento Básico del Droide dicta que todo androide deberá proteger a su compañero humano de cualquier peligro a su integridad física o personal, incluso si haciéndolo pone en peligro su propia existencia.

Miranda torció el morro.

—No quiero que te sacrifiques por mí, Red.

—Tú casi te sacrificas por un bebé que no conocías de nada —espetó—. ¿Debo recordarte que tú también tienes un Reglamento de Acción Policial?

La agente apartó la mirada, resoplando. Era como hablar con una pared.

—A estas cosas me refiero, Red. Llegado el momento, decidí por mí misma lo que iba a hacer. Tú no tienes decisión. Solo sigues unos códigos rígidos.

Red parpadeó sin comprender.

—¿Es eso algo malo?

—Es malo cuando no eres capaz de darte cuenta de que estás haciendo algo malo —contestó Miranda con brusquedad, dando por zanjada aquella conversación.

Red no dejaba de observarla. Su procesador debía estar yendo a mil por hora mientras intentaba comprender el significado de aquella oración.

Miranda rodó los ojos.

—Vamos a continuar con el caso, ¿vale?

Red asintió, devolviendo la vista a la pantalla.

—He estado echándole un vistazo a la Memoria de Úrsula Cano y no parece haber ningún archivo de Dreamland corrupto.

Miranda suspiró con desánimo.

—Entonces, ocurre lo mismo que con el caso del Paleontólogo, el de la Carnicera y el de Larsen Colt.

—¿Sigues empeñada en demostrar que se tratan de casos conectados?

—¿De verdad te parece una conclusión tan remota?

—Ten en cuenta que estos individuos no tienen nada en común entre sí, más allá de lo extraño de su repentina locura. Para poder conectarlos y tacharlos como crímenes premeditados, haría falta una conexión.

Miranda cogió sus informes y comenzó a leer en voz alta, repasando todos los datos y fotografías que acompañaban el documento.

—El día 3 de septiembre, a las 3:48 de la madrugada, Ashanti Essien, conocido paleontólogo del Museo Central, mete mano a la entrada de oxígeno de su edificio y deja sin suministro a todos sus vecinos. 1.857 muertos. —Cambió de informe al de una mujer de mediana edad—. Tres días después, a las 16:04 de la tarde del 6 de septiembre, Paola Santoro enloquece en medio de una clínica de donación y empieza a cortar en rodajas a clientes y personal del local. Cuando no queda nadie más a su disposición, termina con su vida metiendo la cabeza en la cortadora de carne. 327 muertos. —El siguiente informe es el de Larsen Colt, que ya han rotulado como «Padre de Familia»—. A las 16:34 del 10 de septiembre, hace apenas dos días, una madre y dos hijos regresan a casa y el padre los destroza sin miramientos, saltando después por la ventana. Apenas unas horas después, Úrsula Cano mata a su compañera de piso, una agente de Tráfico Aéreo. Roba su bebé y sale a la calle, pistola en mano. Dispara a varios civiles, aunque no de forma mortal. Su cabeza está luchando contra la necesidad de matar al bebé de su compañera. Según dice, algo que le ordenan unas voces. Después... —Se detiene a mitad frase, recordando para sí cómo continuaba la historia—. El bebé murió en la caída. Entre ambos casos, un total de siete muertos.

—Lo único que estas personas tienen en común entre ellas es que enloquecieron después de usar Dreamland —concluyó Red—. Así lo señalan todos los registros de Memoria.

—¿Y de verdad te parece una coincidencia?

—¿Recuerdas aquel droide que enloqueció después de actualizar su sistema?

—Eso no tiene nada que ver, Red. Para empezar, se trataba de un androide. La unidad, por corrupta que estuviera, no hizo daño a nadie. Solo se suicidó.

—Lo cual fue una consecuencia directa de que los droides sigamos unos códigos tan rígidos.

Miranda leyó entre líneas lo que Red acababa de insinuar: los droides necesitaban escuchar una orden, pero los humanos eran capaces de volverse los unos contra los otros porque sí. Miranda y Red lo habían visto en varios casos anteriores, pero el hecho de que el droide lo mencionase en ese momento no le hizo ni pizca de gracia. Sobre todo, teniendo en cuenta cómo había ido la conversación anterior. Miranda se cruzó de brazos, cosa que hizo a Red disipar la leve sonrisa que se había formado en sus labios.

—Entonces, ¿qué sugieres? —preguntó él—. ¿Que todos estos casos fueron provocados? Pero ¿quién haría algo así?

—Alguien muy cabreado, desde luego.

—¿Un antisistema?

Miranda se encogió de hombros, comprobando una vez más los informes.

—No debería sorprenderte a día de hoy que el Estado tuviera detractores.

—Puedo entender que haya personas que no estén de acuerdo con las políticas de nuestro Estado. Pero ¿Dreamland? Todo el mundo está suscrito a la red. Está diseñada para que todos la amen.

Esa era la cosa sobre Dreamland. Estaba diseñada con tanto empeño para que todos se desvivieran por ella que las personas eran capaces de hacer auténticas locuras con tal de comprar la suscripción del mes siguiente. Y Dreamland lo había devuelto pidiéndole a la policía que investigase quién estaba detrás de aquellos ataques con la excusa de proteger a todos sus usuarios.

Y un cuerno. Miranda lo había tenido claro desde el primer día. Aquellos casos no estaban teniendo toda la visibilidad que deberían. De ser así, la gente ya estaría empezando a entrar a la red con mayores precauciones. Y la cantidad de usuarios en línea no había hecho más que aumentar desde entonces, como siempre había ocurrido. Estaba claro que lo sensato hubiera sido dar un aviso y restringir el acceso durante un tiempo, hasta que se hubieran aclarado las cosas.

Dreamland no protegía a sus usuarios. Dreamland se protegía a sí misma y a sus intereses como la corporación más grande del planeta.

Miranda repasó por encima los datos.

—Podríamos acercarnos a Dreamland a hacer algunas preguntas —sugirió.

Red torció el labio.

—¿A quién?

—No lo sé —respondió la agente—. Pero mira esto: todas estas muertes tienen un mismo patrón. Un sujeto usa la red y acto seguido asesina todo lo que se le ponga por delante hasta que, por último, se suicida. Sin embargo, con cada caso se ha ido reduciendo el número de muertes de forma bastante drástica. —Miranda examinó de cerca los números. No dejaba de pensar en la mujer enloquecida de la avenida del Oeste—. El caso más llamativo es el de Úrsula. ¿Cómo es que no mató al bebé?

Red se encogió de hombros.

—Era una humana enloquecida. No sabemos qué podía estar pasando por su cabeza.

—Dijo que escuchaba unas voces. Unas voces que le decían que matase, pero ella evitaba hacerles caso. —Se detuvo un momento justo antes de elevar la vista hacia su compañero droide—. Hablamos siempre de personas enloquecidas, pero a mí Úrsula me pareció que estaba bastante cuerda, Red. Luchaba contra sus propios impulsos.

Miranda pidió a su terminal de sobremesa que le mostrara las grabaciones de aquel suceso. La ciudad contaba con cámaras en casi cualquier rincón, por lo que ningún acontecimiento ocurría sin que quedara constancia de ello. Solo había que saber buscarlo bien.

La pantalla le mostró, desde varios ángulos, cómo Úrsula abandonaba su hogar, bebé y pistola en mano. Disparaba a los primeros civiles que se encontraba, provocando una avalancha de personas que intentaban huir a toda costa, incluso si eso suponía pisotearse unas a otras. Los disparos no eran mortales y los civiles huían mientras Úrsula se golpeaba la sien con la culata del arma.

Después giraba sobre sí misma, observando en varias direcciones.

Como si pensase hacia dónde debía ir.

Como si buscase algo.

Úrsula echaba a andar, guiándose de forma poco consciente hacia el lugar donde se había encontrado con ellos. El lugar donde Miranda intentó persuadirla para entregarle al bebé y donde Red...

Sacudió la cabeza.

—Úrsula buscaba algo. O a alguien.

Red parpadeó varias veces sin comprender de qué hablaba. Examinó los vídeos por sí mismo un par de veces antes de inclinarse a darle la razón a su compañera.

—He de reconocer que resulta extraño que no acabase con ese bebé en cuanto llegó a sus manos —concedió, por fin, sin apartar la mirada de las grabaciones, que se repetían una y otra vez ante sus ojos.

Miranda se acarició el mentón. Si querían avanzar algo en su investigación en lugar de esperar a que el siguiente caso ocurriera, debían atreverse a mirar más allá.

—¿Qué estaban haciendo todas estas personas antes de enloquecer?

—Navegar por Dreamland —contestó Red de inmediato.

Miranda negó con la cabeza.

—No. Eso ya lo sabemos. —Se inclinó hacia él, bajando la voz a pesar de que no hubiera nadie más en la oficina—. Quiero saber *qué* estaban haciendo. Qué servicios estaban usando. Qué fue lo último que compraron. La última persona con la que hablaron. Quiero ver a qué dedicaron sus últimos momentos de cordura.

Red negó con la cabeza.

—Eso está prohibido, Miranda. Aunque quisiéramos verlo, existen normas. Dreamland podría adoptar medidas legales si viera que hemos estado...

—Somos la policía, ¿no? Nos han encargado ellos mismos que resolvamos estos casos.

—Sí, pero una cosa es resolver un caso y otra muy distinta es fisgar donde no podemos. Ni siquiera nos han concedido ese acceso, Miranda. Todo lo que realizan los usuarios se guarda siempre a buen recaudo para mantener su privacidad. Es parte de los Reglamentos de la red.

Miranda observó a su compañero con gravedad.

—Si no hacemos esto, Red, va a morir más gente.

Red parpadeó de nuevo. Su cerebro metálico se esforzaba por procesar aquella información.

—Y eso es... —hizo una pausa— ¿malo? —se aventuró, por fin, con un tono tan dubitativo como el que podría tener un humano que empieza a aprender sobre ética y moral en el colegio.

Miranda asintió.

—Por favor, Red. No te lo estoy ordenando. Te lo estoy pidiendo.

El droide se giró hacia su pantalla. Una leve sonrisa cruzó su rostro.

—Me gusta trabajar contigo, Miranda.

Red abrió un pequeño orificio que había en la palma de su mano, del que extrajo un fino cable que conectó a su terminal de sobremesa. Después se quedó tan rígido como una piedra, salvo por sus ojos, que brillaban de color rojizo mientras indagaba en la enorme base de datos que había en cada una de las Memorias pertenecientes a los homicidas que habían recuperado.

Miranda aguardó conteniendo la respiración mientras su compañero analizaba toda la información. Tras unos veinte segundos, el pecho de Red volvió a recuperar sus funciones de simulación básicas y a fingir que el droide era capaz de respirar.

—He encontrado algo que te va a gustar —anunció, deshaciendo la conexión y desconectándose del terminal—. Tenías razón, Miranda. Todas estas personas estaban haciendo algo muy concreto en el momento anterior a que sus mentes se trastornaran.

A Miranda le brillaron los ojos.

—¿Qué? ¿Qué era?

Red giró hacia ella, muy sonriente.

—Estaban empleando el servicio de Sueños Inducidos —asintió—. Soñaban, Miranda. Todos ellos.

La agente recordó cómo se respiraba y exhaló una gran cantidad de aire.

—Pues vamos a tener que hablar con alguien que entienda bien del tema.

Suki se detuvo antes de cruzar la puerta.

Al otro lado le esperaba la Junta de Dreamland, compuesta por los directores de cada uno de los enormes departamentos que constituían la empresa. No era la primera vez que acudía a una reunión de ese calibre, por supuesto. Sin embargo, para Suki era todavía un reto sentir que pertenecía al lugar. Que era digna de llevar la responsabilidad del Departamento de Calidad, a pesar de su poca experiencia. Que podía pertenecer a la Junta con el mismo orgullo con el que lo hacían los demás miembros, mucho más adultos y experimentados que ella.

Exhaló, tratando de calmar sus nervios.

—Uno, dos, tres, cuatro, cinco —contó para sí en voz baja.

Y, cuando llegó al último número, ya había recobrado todas sus fuerzas.

Colocó la mano sobre el lector digital, que leyó su código genético e hizo que la puerta se deslizara lateralmente.

Ahí estaban.

La primera en alzar la mirada hacia ella fue la directora del Departamento de Servicios, una mujer de cabello cenizo con el pelo peinado a la perfección y mirada de halcón. Le siguió el director del Departamento de Coordinación Central, un hombre de barba cuidada con sonrisa condescendiente. Justo después la observaron los directores y directoras de los Departamentos de Seguros, Administración, Creatividad, Comunicaciones y Publicidades, Realidades virtuales, Diseños y Personajes, Programación Base y Sueños. Más allá de ellos se sentaban varias personas a lo largo de la enorme mesa, cada cual con un cartelito con el nombre de su correspondiente departamento. A Suki todavía le costaba asociar caras con responsabilidades, por lo que si le preguntasen habría jurado que era la primera vez que veía a muchos de los que estaban allí sentados. Sin embargo, no lo era. Calculaba que, contándola a ella, en esa sala se habrían reunido un total de unas cincuenta personas. Y Suki era, sin lugar a dudas, la más joven de ellas.

Todos los presentes habían dejado la cháchara al percatarse de que acababa de entrar y habían vuelto sus ojos hacia ella, en un silencio de lo más juzgador.

Suki se obligó a carraspear.

—Siento haber llegado tarde. Estaba terminando de preparar unos informes urgentes —se disculpó, echando a andar de inmediato hacia la única silla vacía que encontró.

Sobre la mesa esperaba el cartelito de Calidad. Mientras ocupaba su asiento, vio que delante tenía a su padre, con su respectivo letrero de Innovación. Le guiñó un ojo con complicidad y Suki sintió que por un momento dejaba de temblar de los nervios.

Poco duró.

—Se ve que Calidad todavía no se aclara con los pasillos —comentó el director de Coordinación Central con socarronería—.

Igual necesita que los nuevos becarios de Creatividad le dibujen un mapa.

Varios miembros de la Junta le rieron la gracia. Suki se notó hervir la sangre. Estaba segura de que su rostro había enrojecido.

Su padre se giró hacia Coordinación.

—Bueno, a todos nos pasa algo así durante los primeros meses. Es más, si no me falla la memoria... ¿No fuiste tú el que irrumpió en aquella reunión del sesenta y cinco tan borracho que no podías ni sostenerte en pie, James? ¿Cuántos años llevabas ya en la empresa?

Otro coro de risitas se adueñó de la sala.

Coordinación entornó sus crueles ojos negros.

—Cuidado, Alexei —replicó con dureza.

Sin embargo, al padre de Suki no le importó lo más mínimo aquella amenaza. Se giró hacia su hija con una sonrisa triunfante. Esta vez, fue Suki la que le guiñó un ojo.

La figura del final de la mesa se puso en pie. Solo la había visto una vez antes, pero la reconoció enseguida. Era una mujer que rondaba los ciento veinte años, pero que aparentaba no tener más de setenta. Vestía una elegante *kurta* de color turquesa con un exquisito bordado dorado. Llevaba el pelo canoso recogido, excepto por un par de mechones, que colgaban en un tirabuzón a cada lado de su rostro. Sus ojos eran de color avellana, y su mirada era astuta como la de un general y cortante como mil cuchillos.

Se llamaba Uma Sharma. Descendiente directa de los Sharma, la familia fundadora de Dreamland, quienes llevaban haciendo crecer el negocio desde hacía cerca de cuatro generaciones. Suki no podía hacer otra cosa que admirar la forma en la que Sharma arrebataba hasta la respiración con solo un pestañeo. Todos la respetaban y la temían a partes iguales. Incluida ella.

La gran cabeza de Dreamland también tenía su propio cartelito. En él se leía «La Madre».

—Si no os importa, agradecería que aplazarais lo de ver quién mea más lejos para cuando acabemos con esta reunión. —Nadie dijo nada. No se atrevían ni a moverse. Suki observó de reojo que tanto su padre como Coordinación habían apartado la mirada—. Muy bien —continuó la mujer, pausándose para tomar aliento—. Vamos a dejar de lado esa estúpida teoría que salió hace unos días de que solo se trataba de un fallo del programa. Alguien está usando mi red social para matar. ¿Qué tenéis que decir al respecto?

El primero en hablar fue Sueños, un chico que tendría unos cinco años más que Suki. Su pelo largo y oscuro le llegaba hasta los hombros y hablaba con una voz muy calmada y agradable.

—He de decir que me siento responsable de todo lo que está ocurriendo —comenzó, tras un suspiro—. Tengo a mis trabajadores buscando cualquier rastro que haya podido quedar atrás, pero va a llevar tiempo. Bastante tiempo.

—Tu opinión —exigió Sharma. Ni siquiera le hacía falta formular aquella petición como una pregunta—. Como profesional.

Sueños lo pensó por un momento antes de continuar.

—Cerrar el servicio de Sueños Inducidos hasta que esta situación esté controlada.

Aquella afirmación arrancó más de un bufido y alguna que otra risa sarcástica. Uma Sharma fue la única que no reaccionó: estudiaba a Sueños y su sugerencia con la mandíbula apretada.

—Eso sería un disparate —intervino Servicios, que toqueteaba en su pantalla portátil para mostrar unos datos—. No podemos hacerlo. Es decir, el 74,82 % de los usuarios suscritos usan este servicio a diario. Cerca de un 30 % de ellos, en varias ocasiones a lo largo del día. Y solo un 13 % da uso a otros servicios. Los datos hablan por sí mismos —concluyó.

—Aun así, puede ser una oportunidad interesante —añadió Seguros, un hombre enjuto con pinta de hámster—. Quiero decir, la población ya conoce que está habiendo fallos en Dreamland. Podemos usarlo para que contraten alguno de nuestros *packs* de seguridad especializada.

Comunicaciones soltó una risotada. Era un tipo rubio con una sonrisa arrebatadora.

—¡Justo estaba pensando en lo mismo, Seguros! —exclamó.

Seguros se giró hacia él y ambos hombres chocaron las manos. Servicios rodó los ojos. Programación no pudo contenerse. Era una mujer con orejas puntiagudas y el pelo rizado.

—¿Y qué os hace pensar que esos *packs* no están también contaminados? —espetó, cruzándose de brazos—. La organización que esté detrás de todo esto no tiene por qué limitarse a los Sueños Inducidos. Ha sido su patrón hasta ahora, sí, pero, si ha accedido hasta ahí y consigue ir más allá, podría emplear otras vías de ataque.

—¡Buah, organización! —exclamó el padre de Suki—. ¿No es asumir mucho que hay todo un complot detrás de esto?

—Ni de coña —negó Programación—. De hecho, es asumir mucho pensar que esto se trata solo de una o dos personas.

—Estoy de acuerdo —intervino Administración, un hombre con gafas y una gran alopecia—. No parece un ataque propio de pocos individuos. Apostaría a que se trata de algo más grande.

—Dreamland no tiene competencia —dijo Coordinación, casi con regocijo en su voz—. Nadie tiene tanto poder como para hacer esto.

—Sea lo que sea que decida la Junta, creo que debemos hacer algo al respecto —comentó Creatividad. Llevaba el pelo de punta y tintado con un degradado de color rojo, naranja y amarillo para que pareciera que estaba en llamas. Se giró hacia Realidades Virtuales y Diseños y Personajes, que estaban sentados junto a él—. ¿No os parece?

—Algo que calme los humos de los usuarios —asintió Realidades, una mujer con un corte de pelo mohicano y *piercings* en ambas orejas—. Una nueva aventura, pero con todas las letras. Que dure tanto tiempo como tardemos en resolver esto.

—El antagonista puede ser un villano insatisfecho con su vida que busque una manera de destrozar la red —se aventuró Diseños, un chico con unas gafas de culo de vaso que le aumentaban el tamaño de los ojos—. Seguro que funciona.

—Dios mío, no —se escuchó al fondo de la mesa.

Todos se giraron en su dirección. Suki estiró el cuello para ver de quién se trataba: la directora del Departamento de Guion, una mujer con el pelo rosado y mucha cara de mala leche.

—¿Qué queréis? ¿Que se sientan identificados con él? — bufó—. No habrá un villano. Será un fallo del sistema. Una autocrítica. Una dedicatoria a las víctimas de la sociedad de la Era de la Modernidad. Una manera de decirles «El sistema se equivoca, pero vosotros no tenéis la culpa. Es nuestra, y somos los encargados de corregirlo». Se sentirán tan satisfechos que no correremos el riesgo de hacerles pensar más de la cuenta.

Creatividad, Realidades y Diseño asintieron con convicción. Las ideas ya se agolpaban en sus mentes.

La señora Sharma, que llevaba hasta entonces escuchando la conversación en silencio, exhaló con tranquilidad. Giró el cuello en dirección de Suki y la contempló, clavándole la mirada.

—Calidad parece ser el único gran Departamento que todavía no ha dado su opinión —dijo sin pestañear.

Suki notó cómo se le cortaba el aire y sus mejillas volvían a enrojecer.

—Bueno —comenzó, sin alzar demasiado la voz—. Parece una idea sólida para conseguir calmar las...

—No —cortó la Madre con sequedad—. Tu opinión —exigió.

Suki tragó saliva.

Era la primera vez que Uma Sharma se dirigía a ella, y no podía evitar notar el peso de la responsabilidad que se cernía sobre sus hombros en ese mismo momento. Se dio cuenta entonces de por qué Dana prefería estar entre cuerpos dormidos en lugar de tomar importantes decisiones día tras día.

Dana. Que iba a alistarse a la Ascensión. Que parecía imposible hacerla cambiar de opinión.

¿Uma Sharma quería saber lo que pensaba? Pues se lo iba a decir. No importaba que no le gustase, a ella o a cualquier miembro de la Junta. Iba a perder algo mucho más importante que su orgullo.

Cogió aire antes de comenzar a hablar.

—Mi opinión es que, tal y como están las cosas, estamos en una gran encrucijada. He repasado todos los informes que han caído en mi mano. Desde Calidad a día de hoy no tenemos los medios para averiguar quién hay detrás de todo esto. Pero sí tenemos las herramientas para conseguir que Dreamland vuelva a ser un lugar seguro. —Hizo una pausa antes de decir lo siguiente—. Quiero que la policía colabore con nosotros. —Escuchó varios bufidos a su alrededor, por lo que se apresuró a continuar—: ¿Quién si no? Ellos son los que han estado más cerca de los casos.

—La policía ya está trabajando en esto —espetó Coordinación, con una ceja alzada.

—Pero en limpiar el nombre de Dreamland, no en conseguir ir más allá. Es evidente que todos los casos están conectados, pero no les estamos dejando hacer su trabajo como toca. Les hemos cortado las alas para proteger a Dreamland y les estamos impidiendo conseguir todo lo que necesitan. —Suki volvió a girarse hacia la Madre, que la miraba sin ninguna expresión en el rostro—. Tenemos que coordinarnos con ellos, conseguir atrapar a alguno de los trastornados con las manos en la masa y examinar su Memoria mientras todavía está funcionando. Quizá así Programación pueda averiguar de dónde viene el código corrupto.

Programación asintió, con una mano sobre la barbilla.

—Pero eso implica que no podemos cerrar los Sueños Inducidos —objetó Sueños—. Podría haber más muertes.

—De ahí lo de que la policía colabore con nosotros. Si nos coordinamos bien, podrán contener la amenaza antes de que suceda algo que haya que lamentar —continuó Suki, haciendo que Sueños meditara en silencio aquella propuesta—. Mientras tanto, Creatividad, Guion, Realidades, Diseños y Comunicaciones trabajarán codo con codo para conseguir que la población siga con su vida con normalidad. Los demás estaremos preparados para actuar en cuanto sea preciso.

Concluyó, dando por terminada su estrategia. Podría decir muchas más cosas, como conjeturar quién podría estar detrás de todo aquello. Pero eso implicaba echar más leña al fuego y los ánimos ya estaban bastante candentes en la Junta. Prefería reservárselo para sí misma por el momento.

El rostro arrugado y contemplativo de Uma Sharma se movió hasta dejar salir el atisbo de una sonrisa. Suki miró a su alrededor. Los demás miembros de la Junta la observaban con una mirada tranquilizadora. Casi parecía que la reconocieran como uno de ellos. Y su padre, que no le había quitado la vista de encima desde que había comenzado a hablar, le dedicaba una auténtica sonrisa repleta de orgullo.

La Madre tomó asiento en su silla presidencial y cruzó ambas manos sobre el regazo. Alzó la vista y observó a sus trabajadores con curiosidad, como si acabase de darse cuenta de que la sala seguía llena.

—¿Qué hacéis todavía aquí?

Hugo observaba el ir y venir de la gente.

Desde lo alto de su ventana, situada en el piso 108 de la calle Henry Fonda, las personas tenían el tamaño de microbios y los aerodeslizadores eran pequeñas hormigas que se movían en fila india.

Alzó la vista. Siempre se había sentido maravillado y abrumado por la inmensidad de cada uno de los edificios de la Capital. Aquella enorme ciudad, situada en el corazón del Estado, estaba protegida por un extenso campo invisible que regulaba las temperaturas y mantenía las partículas de oxígeno en su interior durante el tiempo en el que los gigantescos generadores que abastecían a la Capital estaban en marcha. A simple vista se percibía una fina capa blanquecina que recubría la ciudad y que se extendía hasta rodear los centenares de kilómetros que medía la misma. Hugo no dejaba de escudriñar el cielo preguntándose cuándo llegaría el momento en el que los edificios chocasen con el techo de la cúpula y ya no se pudiese seguir construyendo en vertical. Por lo pronto, no parecía que fuera a ser un problema inminente.

Por maravillosa que fuera aquella obra de ingeniería, Hugo detestaba la ciudad. No dejaba de preguntarse cómo serían las cosas más allá de la Capital, en otras ciudades algo menos abarrotadas —aunque nunca lo suficiente espaciosas para todos sus habitantes— o incluso en las poblaciones más desérticas, donde los lugareños apenas sobrevivían rellenando bidones de oxígeno en las gasolineras más cercanas y caminando por el vecindario con máscaras para no morir ahogados. Desde hacía años, el oxígeno se había convertido en un bien privilegiado. En algunos lugares, incluso, no contaban con el suministro comunitario y cruzar la puerta de casa cada día para ir a trabajar se convertía en un riesgo mortal. Además del coste que eso suponía, por supuesto. Incluso viviendo en la Capital y estirando los créditos para que su padre y él llegasen al final de cada semana, Hugo se sentía afortunado. O, por lo menos, debería hacerlo.

Miró la hora. Eran las 19:02. Tenía un rato para estirar las piernas antes de que salir de casa fuera un suicidio.

Se marchó, no sin antes despedirse de su padre a voces desde la entrada. No le contestó, por lo que supuso que estaría escuchando música o algo por el estilo. Se montó en el veloz ascensor que le condujo hasta pie de calle y echó a caminar, sin un rumbo demasiado claro.

Anduvo durante varios minutos sin pensar en qué dirección estaba yendo, meditando sobre las últimas incorporaciones para su Aval de Valía. Había decidido que iba a dejar de contar el tiempo que le quedaba para la Prueba de Valor hasta que se despertase y viera en el calendario que solo le quedaban veinticuatro horas. En ese momento, y no antes, empezaría a preocuparse.

Aunque, si era sincero consigo mismo, ya estaba nervioso.

Sus pasos le llevaron hasta un pequeño puestecito donde dos ancianos preparaban humeantes y apetitosos guisos. El aroma era tan maravilloso que nadie hubiera dicho que se trataba de una básica combinación entre pastillas y carnes variadas.

—¡Acérquense! ¡Acérquense a probar nuestros guisos! ¡Recién preparados!

—¡Una receta secreta que lleva generaciones en nuestra familia! ¡Que no se lo quiten!

Hugo echó un vistazo rápido a los créditos que les quedaban para esa semana. En otra época, pensar en gastar dinero en algo así le hubiera parecido un disparate. Pero, ahora que su Prueba de Valor estaba al doblar la esquina, era un riesgo que podía asumir. Incluso si no suspendía, podían Ascenderlos a su padre y a él de un día para otro si el Gobierno así lo decidía. Limpieza de bloque, lo llamaban. Solo se hacía cuando había que renovar un edificio, y por suerte el suyo todavía tenía los cimientos fuertes. Aun así, no te podías fiar. Si algo como eso ocurría, sería un pecado marcharse a explorar planetas a punta de pistola sin haberse concedido un último capricho.

—Deme dos raciones —pidió sonriente.

De vuelta a casa, los guisos le caldeaban los dedos. Era una sensación agradable. Resultaba increíble cómo algo tan mundano como pensar en la deliciosa cena que iba a compartir con su padre podía hacerle tan feliz.

Llegó a su planta, colocó la mano sobre el lector y el calor del hogar le recibió como un abrazo.

—¡Papá, ya estoy en casa! ¡He traído la cena!

Sin siquiera quitarse el abrigo, Hugo se encaminó hacia la cocina. Antes de llegar a la encimera, un sonido le detuvo.

Parecía una especie de gorgoteo extraño.

—¿Papá? —preguntó.

Al asomarse al pasillo, Hugo vio que la luz del baño estaba encendida. Se aproximó con paso decidido, pensando que debía ser que la cadena del váter había vuelto a quedarse atascada.

—Papá, te he dicho muchas veces que...

La imagen que vio ante sí cuando llegó a la altura del baño le dejó sin habla. Su padre estaba ahí, solo que se encontraba inclinado con la cabeza dentro del váter.

Pataleaba como un perro, casi como si se hubiera caído dentro.

—¡PAPÁ! —exclamó Hugo, dejando caer los guisos al suelo.

Corrió hacia su padre y le agarró de los hombros, tirando de él con fuerza. Su cabeza estaba tan dentro del inodoro que se había quedado atascada en el agujero que lo conectaba con el desagüe. Aun así, Hugo no dejó de estirar hasta notar que alguna parte del rostro de su padre cedía y salía del interior de la hendidura.

El cuerpo de su padre se extendió a lo largo de todo el cuarto de baño, empapado hasta la altura del pecho y con una oreja menos, que ahora flotaba en el agua del inodoro.

—¡Papá! —exclamó Hugo, palmeándole para que reaccionara.

Al principio no sucedió nada, pero de pronto su padre comenzó a toser y a escupir agua. Se incorporó, inhalando aire con necesidad, como si llevase años sin ser capaz de respirar como es debido.

Hugo se dejó caer a su lado, suspirando del alivio.

—Papá, ¿qué cojones ha pasado?

Los ojos del hombre estaban perdidos en el interior del váter, siguiendo cada movimiento de la oreja flotante mientras recobrara la respiración.

—Carne... —alcanzó a susurrar, todavía con la voz ahogada.

Y, ante la horrorizada mirada de Hugo, su padre metió la mano en el váter, extrajo la oreja y se la llevó directa a la boca. Comenzó a masticarla con vehemencia, con un hilo de sangre precipitándose desde su boca.

—¡PAPÁ! ¿QUÉ HACES? —exclamó Hugo, poniéndose en pie del horror.

La mandíbula de su padre dejó de moverse. Había dejado de masticar y lo observaba a él, con mirada repleta de miedo, odio y, sobre todo, mucha hambre.

—Carne —musitó.

Hugo aguantó la respiración.

—¡CARNE! —volvió a exclamar su padre, lanzándose en su dirección.

Hugo se apartó de él, pero el enorme charco en el que se habían convertido los dos guisos le hizo trastabillar y caer de espaldas al suelo.

Su padre saltó encima de él. Le salía espuma por la boca, como un animal enfermo de la rabia. Hugo se removía debajo de él, intentando quitárselo de encima.

—¡Déjame! ¡Déjame en paz!

—Todos somos su carne... —susurró aquella bestia, que no hacía ni cinco minutos había sido la persona más encantadora del mundo—. Somos su carne...

Hugo sintió cómo su padre hincaba las uñas en su cráneo y comenzaba a tirar de él, tal y como si quisiera abrir un coco. Los pulmones de Hugo se llenaron de un grito que inundó toda la casa. Las uñas de su padre perforaban su piel y más allá, avanzando con crueldad y sin descanso.

Hugo tanteó con la mano a su alrededor y fue capaz de alcanzar una de las cacerolas del guiso. Era un plástico lo suficiente duro como para desestabilizar a cualquiera.

No lo pensó dos veces y la golpeó contra la cabeza de su padre.

El hombre no debía esperar aquel golpe, ya que le aturdió lo suficiente como para que le soltara y dejara de estar aprisionándole a horcajadas. Hugo aprovechó el momento para darse la vuelta y reptar lejos de él. Sin embargo, su padre fue rápido y volvió a sujetarle de la ropa, agarrando su abrigo. Esta vez, Hugo tuvo la habilidad de quitárselo en un par de tirones, ponerse de pie y echar a correr. Su padre se quedó con cara de pasmado con el abrigo en la mano.

Mientras Hugo corría a lo largo del pasillo, intentaba comprender qué ocurría. De una cosa podía estar seguro: ese no era su padre. Marcó el teléfono de emergencias en el menú de su antebrazo y una voz metálica le contestó al momento.

—Hola, ha llamado al teléfono de emergencias. ¿Qué puedo hacer por usted?

—¡Mi padre se ha vuelto loco! —exclamó— ¡Está intentando matarme!

Hugo llegó a la altura de la puerta de salida. Colocó la mano sobre el lector, pero esta no se abrió. En su lugar, realizó un molesto pitido. Volvió a ponerla un par de veces con el mismo resultado.

Al darse la vuelta, se encontró con que su padre, al final del pasillo, le sonreía con unos cables en la mano junto al cuadro de luces.

Había arrancado los circuitos de cuajo. La puerta no iba a abrirse.

Hugo corrió hacia la única habitación que estaba libre en su trayectoria: la cocina.

—¡Creo que se ha trastornado usando Dreamland! —siguió informando—. ¡Ha intentado abrirme la cabeza con sus propias manos, joder!

Abrió varios cajones hasta dar con lo que buscaba: un cuchillo de carnicero. Después se movió hasta el rincón más cerrado de toda la estancia, con la espalda pegada a la pared.

Los pasos de su padre avanzaban por el pasillo en dirección a la cocina. Un pitido extraño derivó en una voz humana al otro lado de la llamada.

—¿Hola? —exclamó el operador—. Muchacho, ¿sigues ahí? ¿Dónde estás?

—Henry Fonda, 27N46. Piso 108. Puerta 90B —murmuró—. Dense prisa, por favor.

Los pasos de su padre se detuvieron cuando este llegó al umbral de la cocina. Tenía una enorme sonrisa de encajada en el rostro y su mirada seguía tan desorbitada como antes.

A Hugo le temblaba el cuchillo en la mano.

—Una patrulla va para allá, chico —dijo el operador—. Resiste. Estarán ahí en dos minutos.

—No tengo dos minutos —susurró Hugo antes de colgar la llamada.

Padre e hijo se observaron en silencio durante unos segundos que parecieron eternos. El miedo era casi tan respirable como el oxígeno e impregnaba los pulmones de Hugo de un veneno que le hacía retumbar los oídos.

Su padre echó a correr hacia él.

Hugo gritó.

—¡PARA, PAPÁ!

Hugo extendió el cuchillo, pero su padre le agarró de la muñeca y lo obligó a darse la vuelta. Después usó ambas manos para rodear su cuello con los cables que había arrancado y comenzó a estrangularle.

Hugo se ahogaba.

Ahí no iba a quedar la cosa. Su padre reanudó aquella dolorosísima tarea de perforarle el cerebro con la uña. Mientras que con una mano le ahorcaba con los cables, con la otra seguía hincándole los dedos en el cráneo.

Hugo no tenía claro qué le dolía más: la cabeza o los pulmones. De lo que sí estaba seguro era que estaba muy próximo a desmayarse.

Cuando supo cuál era la única solución, comenzó a dolerle otra cosa: el corazón.

—Lo siento, papá —musitó con la voz ronca, justo antes de hundir el cuchillo entre las costillas de su padre.

7

El Estado cuida de ti. Y Dreamland también. Por esa razón, desde ahora puedes pedir un plan de Expansión Familiar si deseas tener más de un descendiente. Por el módico precio de 59.999,99 créditos, disfruta de una fertilización personalizable y llévate un pack Dreamland Prémium para toda la familia... ¡de por vida!

Red observaba cómo Miranda tamborileaba los dedos sobre el volante del deslizador.

Esta vez estaban respetando el tráfico. Todo había ocurrido mientras Miranda y él hablaban sobre los casos, en la oficina. No habían sido la patrulla que había recibido la llamada de aviso. En su lugar, habían contactado con otro agente y su respectivo droide para controlar la situación, por proximidad al lugar de los hechos. Habían hecho su trabajo de manera eficiente, por lo que en el momento en el que Miranda y él se habían enterado del nuevo episodio ya no era necesario acudir a toda pastilla. Esto era algo que Red agradecía, por supuesto.

Pero hasta un droide como él podía notar que Miranda estaba, sin duda, molesta.

Todavía les quedaba unos cinco minutos para llegar. El tráfico estaba siendo bastante poco gentil con ellos.

Red carraspeó antes de comenzar a hablar.

—Anoche retransmitieron en directo el último episodio de *Juntos hasta el ocaso*. Dicen que tuvo una audiencia del 83,4 % de todo Dreamland. ¿Lo viste?

—No —respondió la agente con sequedad.

Red siempre había dado por hecho que, cuando los humanos contestaban con aspereza, significaba que no querían continuar con una conversación. Pero, gracias al tiempo que había pasado junto a Miranda, había llegado a comprender que ese no era siempre el caso. Algunos humanos, cuando se mostraban taciturnos y distantes, recibían de buen grado una conversación que les hiciera olvidarse un rato de sus preocupaciones. En ocasiones, llegaba a darse el curioso caso de que, dependiendo de la preocupación en sí, el humano estaría más o menos dispuesto a cambiar su actitud y escuchar el intento de mejorar su ánimo que efectuaba su interlocutor. Se trataba de un complicado proceso que, al final, había llevado a Red a la conclusión de que lo más importante era conocer al humano, sus gustos y preocupaciones, y saber cómo explotarlos en su favor. Una habilidad que perfeccionaba día tras día, recogiendo información de todas y cada una de las conversaciones que mantenía con Miranda.

Los Reglamentos, por supuesto, no hablaban con tanta extensión sobre todas estas posibilidades. A veces Red se preguntaba si los otros droides estarían consiguiendo aprender también todos esos matices con sus compañeros humanos. O si estarían cultivándose en aspectos que él todavía ni siquiera era capaz de imaginar.

Red hizo un respingo elocuente y alzó el dedo índice, un gesto que había visto hacer a un humano una vez en una entrevista de Dreamland TV que le había gustado y que su CPU había juzgado como útil para ampliar su repertorio de muecas y expresiones.

—¡Ah, por cierto! —exclamó, al tiempo que realizaba aquel gesto—. He estado pensando sobre nuestra conversación acerca de ser capaz de entender cuándo algo está bien o está mal. Me ha llevado a leer sobre ética.

Miranda arrancó una risa muy marcada por la sorpresa.

—¿De verdad? No me digas que ahora vas a recitarme a Kant, porque no podría soportarlo.

—No lo haré, porque sé que sería algo que detestarás. Sin embargo, estoy aprendiendo mucho sobre el pensamiento humano. No deja de fascinarme la diversidad de opiniones que puede aparecer en una misma especie.

—¿Y qué te hace pensar eso? —preguntó la agente.

Una de las cosas que más apreciaba sobre Miranda era que siempre le planteaba preguntas. Los droides tenían sus propios códigos, pero estaban programados para ser capaces de recibir nueva información, procesarla y extraer conclusiones basándose en sus experiencias previas. Muchos teóricos de la robótica habían defendido con ferocidad que esta nueva etapa de la inteligencia artificial había destapado aquello que siempre habían estado persiguiendo los humanos: la creación de toda una personalidad a partir de acontecimientos, aprendizaje y relaciones con otros sujetos.

Todo esto dependía, por supuesto, de quién fuera el agente encargado de instruir al droide. Red conocía de otros compañeros metálicos que apenas habían comenzado a dar pasos en la asociación de ideas, ya que sus humanos al cargo estaban más pendientes de resolver los casos que de ayudar a progresar a sus droides. Observando a Miranda, Red se daba cuenta de que no podía sentirse más afortunado de compartir sus días con una humana tan despierta, humilde y apasionada.

—Me hace pensar que la afirmación de que «es malo no darte cuenta de que algo es malo» se trata, en realidad, de un pensamiento personal que tú percibes como una verdad absoluta, pero que otros no tienen por qué considerarlo así.

Miranda hizo un ruido con la garganta.

—Bueno, es un paso. Cada persona tiene su propia opinión, Red. Por eso es importante que tú encuentres también la tuya. Es lo que te hará único.

—A pesar de ello, todavía se me resiste esa afirmación.

—No te preocupes. Conseguirás comprenderla.

Red sonrió.

—Aunque opines que debería desarrollar mis propios códigos emocionales, he pensado que podría ser una buena idea descargar un *pack* de respuestas físicas.

Miranda frunció el ceño sin apartar la mirada del tráfico.

—¿Un qué? —cuestionó con un timbre de diversión en la voz.

—Entiendo que a veces te resulta complicado notar que no dejo de ser una máquina y esperarías que tuviera respuestas más humanas a ciertos eventos. —Miranda pareció removerse algo incómoda en el asiento, pero Red le quitó hierro al continuar hablando—. Me parece comprensible. Por eso, me ha parecido una buena idea contar con algunas emociones automáticas que te hagan sentir más cómoda. Por ejemplo...

Red examinó los archivos del *pack* y ejecutó uno titulado «Llanto_desconsolado_01». De inmediato, todo su cuerpo comenzó a convulsionar, su rostro se enrojeció y sus brazos se torcieron para abrazarse a sí mismo. De su garganta, además, salía un llanto tan profundo que haría estremecer a cualquiera. Lo único que se echaba de menos era que cayeran las lágrimas, pero los droides policiales no tenían instaladas esa clase de modernidades.

—¡Joder! —exclamó Miranda, asustada por un momento, muy impactada justo después—. Parece muy real.

Red detuvo la ejecución del archivo.

—Tengo muchísimos más. Puedo reír a carcajadas... —Ejecutó el archivo correspondiente y, de pronto, prorrumpió en una risa terriblemente contagiosa—. Parecer muy preocupado... —Su ceño se frunció, adoptando una postura pensativa—. O incluso puedo ofrecer la mirada de un completo granuja —dijo, pasando a continuación a observar a Miranda con ojos hambrientos y una sonrisa de lo más picarona, para terminar mordiéndose el labio sin quitarle la vista de encima.

Miranda dio un volantazo. Un poco más y se hubieran metido en dirección contraria.

—¡Red! —exclamó—. ¡Ya vale! ¡No molestes al conductor!

Sus ojos estaban muy abiertos y un leve rubor había cubierto sus mejillas. Era la primera vez que veía a su rostro adquirir ese tono carmín. Red abrió la boca para preguntarle al respecto, pero Miranda se le adelantó.

—Ya hemos llegado —dijo, haciendo descender el deslizador.

Era la primera vez que Red pisaba la calle Henry Fonda. Lo más probable es que, dadas las dimensiones de la Capital y su velocidad de crecimiento, nunca dejara de conocer nuevos distritos.

Siguió a Miranda hasta el interior del edificio marcado con el número 27N46. El ascensor los llevó al piso 108, donde les esperaba un enorme cordón policial que rodeaba la puerta 90B. Miranda mostró su placa identificativa y ambos se adentraron en la vivienda.

Lo que evidenciaba aquel lugar es que allí había acontecido una pelea. Red vislumbró varios elementos que le hicieron darse cuenta de ello, pero lo más significativo era la sangre que bañaba el suelo de la cocina. Ahí estaba Yon, el jefe del equipo forense, quien acudió hacia ellos para recibirlos en el vestíbulo y los saludó con mayor amabilidad que días atrás. Red todavía tenía que decidir si eso se significaba que había habido más o menos cadáveres en comparación con el caso anterior.

—Ah, vosotros dos —dijo Yon, aproximándose—. Ya me preguntaba cuándo ibais a llegar. Venid conmigo, esto os va a encantar.

El droide no pudo evitar preguntarse por qué el forense debía pensar que tanto Miranda como él disfrutaban de los escenarios de un crimen, pero como Yon echó a andar no pudo hacer otra cosa que dejarlo pasar. Los tres se adentraron en la cocina, donde les esperaba el cuerpo de un hombre moreno de unos cuarenta años de edad. Varios datos comenzaron a llegarle a Red en el momento en el que posó la vista sobre el rostro del hombre y los leyó en voz alta, para que Miranda también dispusiera de ellos.

—Varón, cuarenta y dos años. Luice Molving. Trabaja como cortador de carne en la Gran Avenida. Tiene una hija biológica, Aisha, Ascendida hace cinco años tras su Prueba de Valor. Ha tenido dos matrimonios. Con su primera mujer tuvo a Aisha, pero ella murió en el parto. Después se casó con Jéne Kórberg, también Ascendida hace ya trece años. Vive con el hijo de Jéne, llamado Hugo. Diecisiete años.

—El chico de la llamada —asintió Miranda.

—Padre e hijo no comparten sangre, pero según el informe llevan tratándose como una familia desde que los cónyuges de Luice y Jéne murieron y se desposaron para criar juntos a sus hijos.

—Un caso inusual —comentó Yon—. Hoy en día casi nadie se casa dos veces. A mí no se me ocurriría: cuanta más gente en casa, más bocas que alimentar. Si yo tuviera que cargar también con el hijo de otro matrimonio, me pegaba un tiro.

Red observó a Yon con confusión. Una de las medidas del Estado para controlar el crecimiento de la población era que los humanos solo pudieran tener un hijo por pareja, siempre tras pagar el correspondiente impuesto matrimonial y la licencia de descendencia. Si querían tener un segundo hijo, estaban obligados a pagar el plan de Expansión Familiar, un impuesto abusivo que triplicaba el del primer hijo. Y en caso de que el matrimonio se separase por cualquier razón, ninguno de los dos podía tener más descendencia con otra persona, incluso si su nueva pareja no había tenido todavía un primogénito. La medida llevaba implantada desde hacía treinta años y parecía que comenzaba a dar sus frutos, pero no dejaba de ser un proceso lento y complicado. Había personas como Yon que celebraban que el Estado fuera tan restrictivo. Sin embargo, los humanos como Miranda, que todavía eran capaces de ver belleza más allá, no parecían estar del todo de acuerdo.

El androide observó a su compañera, quien clavaba la mirada sobre Yon con el labio torcido.

«Diversidad de opiniones», se recordó Red.

—Eso que acabas de decir es una burrada, Yon —replicó Miranda—. Entiendo que no quieras tener más de un hijo, pero hay gente que sí. Y no todos se pueden permitir los precios de la ley de Expansión Familiar. El coste que supone la licencia de un solo hijo ya es abusivo. Imagínate cómo estarán de ahogados los padres que hayan decidido tener más de uno. Lo más inteligente son alternativas como esta.

Red parpadeó, asimilando aquella información con curiosidad. Por fin entendía por qué había personas que volvían a casarse: la licencia de matrimonio era mucho más barata que la de un segundo hijo. Hablando en números, te salía mucho más rentable hacer como Luice y volver a casarte con alguien que ya hubiera tenido su descendiente, a quien tratar como tu segundo hijo. Y, aun así, había muchos casos de bancos que se aprovechaban de esta situación, concediendo préstamos de intereses desorbitados a personas que, cegadas por la ilusión o por la falta de información, se endeudaban con el plan de Expansión Familiar hasta morir de hambre. Se escuchaba por lo menos una historia así a la semana en el cuartel de Policía.

Yon carraspeó.

—Ya, pues también es verdad. —Soltó una risa incómoda y dio una palmada—. Bueno, ¿qué os parece? Yo tengo que decir que estoy la mar de contento. No está de más acudir a la escena de un posible crimen y que resulte que no ha habido ningún muerto.

Red devolvió la vista hacia Luice. Varios paramédicos revoloteaban a su alrededor, asegurándose de taponar bien su herida antes de subirle a una camilla que acababa de entrar por la puerta.

—Está bien, por variar un poco —continuó Yon—. Aunque el que no parece estar bien del todo es el chaval. Uno no acuchilla a su padre todos los días. Seguidme.

Yon les guio a través del pasillo de la casa hasta un pequeño salón, donde un chico observaba la alfombra con la mirada perdida y una manta echada sobre los hombros. Tenía el pelo de un color rubio precioso, un rostro de lo más armónico y un cuello marcado por la cruel mordida de un cable con el que parecían haber intentado estrangularle.

Apenas se inmutó cuando entraron. Red permaneció pegado a la puerta mientras Miranda se acercaba al chico con delicadeza.

—Hola, Hugo. Soy Miranda.

—Hola —respondió el chico, sin dejar de mirar la alfombra.

—Me gusta tu casa, Hugo. Se parece mucho a la mía.

—Oh, ¿de verdad? —bufó él—. ¿Tú también tienes a un padre apuñalado en la cocina?

Red frunció el ceño. Aquella respuesta era un sarcasmo. Lo había visto en más de una ocasión, pero todavía se le escapaba cuál era la forma correcta de responderlos. Por suerte, Miranda estaba más que curada de espanto.

La agente tomó asiento en el sofá, junto a Hugo. Él la observó de reojo, pero no llegó a moverse.

—En la cocina no —continuó Miranda—. Pero a mi madre le volaron la puta cabeza en un salón idéntico a este por no querer ir a la Ascensión. Todavía hay una mancha en la pared que me lo recuerda todas las mañanas.

Hugo alzó la cabeza de golpe y clavó su mirada en la agente. Ella le respondió con una sonrisa ladina.

—Hola —volvió a saludarlo—. Me presento otra vez, ¿te parece? Soy Miranda, y este droide es RD-248. Aunque yo lo llamo Red, por abreviar.

Hugo alzó la vista hacia el droide, y Red no pudo hacer otra cosa que mantenerse erguido mientras el chico le escrudiñaba con la mirada. Intentó sonreírle, pero la situación le había hecho olvidarse de dónde estaba aquella línea de código.

—¿Un androide pelirrojo que se llama Red? —comentó Hugo con una sonrisita—. No es muy original, ¿sabes?

—En realidad, es por las siglas —contestó Miranda—. Lo otro es una feliz coincidencia.

La chica se dio la vuelta para mirarlo también y alzó una ceja.

—¿Qué haces ahí tan rígido, Red? Ven a presentarte.

Red parpadeó un par de veces antes de que su cuerpo comenzara a moverse por sí mismo hasta llegar al sofá.

—Lo siento —se disculpó, mientras tomaba asiento—. Es la primera vez que presenciamos un caso de supervivencia por parte de un familiar de un trastornado. Francamente, estoy sorprendido.

De pronto, Miranda y Hugo parecían muy incómodos. Miranda se llevó una mano a la cabeza, y Hugo no pudo hacer otra cosa que carraspear y encogerse de hombros.

—Bueno. Gracias, supongo.

Aunque la palabra «gracias» era positiva, Red sabía que había metido la pata.

—Hugo —intervino Miranda, haciendo que el chico se girase hacia ella—, ¿tienes alguien con quien quedarte mientras tu padre se recupera?

—Me quedaré aquí —respondió—. Ya tengo casi dieciocho años. Puedo cuidar de mí mismo.

—Muy bien, pero nunca está de más que tengas a alguien a quien llamar si ocurre algo —dijo, tendiéndole la mano. Hugo la encajó y conectaron ambos terminales—. Ahí tienes nuestros números.

—Gracias —asintió el chico—. Oíd, sé que pensáis que tengo las respuestas que necesitáis, pero no es así. Llegué a casa y ya estaba así de ido. Intentó matarme y me defendí.

—¿Tienes idea de qué hacía tu padre momentos antes de enloquecer? —se apresuró a preguntar el droide.

—No lo sé. Supongo que debía estar usando Dreamland, porque no respondió cuando me despedí. Pensé que estaría viendo alguna película o escuchando música, pero también habría podido estar soñando. Qué sé yo.

Red intercambió una mirada con la agente de policía, quien también lo observaba en ese momento.

—¿Notaste algo extraño en él? —preguntó Miranda, mucho más interesada que antes—. ¿Algo fuera de lo común?

—¿Aparte del hecho de que intentó matarme? —contestó Hugo, de nuevo tirando de otro sarcasmo. Red comenzaba a sospechar que debía tratarse de algo arraigado a su personalidad—. Dijo algo raro. «Todos somos su carne», eso dijo. Y luego intentó abrirme la cabeza con sus propias uñas.

Miranda se llevó la mano a la barbilla en actitud pensativa. En ese momento, se escuchó cómo unos pasos se aproximaban por el pasillo y una figura se adentró en la pequeña estancia.

—Buenas tardes —saludó.

Red la reconoció en un instante. Frente a él aparecieron todos los datos de aquella chica de ojos rasgados.

—¿Quién eres tú? —preguntó Miranda.

—Soy Suki Planker, directora del Departamento de Calidad de Dreamland.

—No nos habían notificado que vendría alguien de Dreamland... —empezó Red.

—Porque le he pedido a vuestra inspectora que me permitiera informaros en persona. —Suki se aproximó a Miranda, a quien le tendió la mano—. A partir de ahora, vamos a trabajar juntos en este caso.

Miranda observó la mano de Suki con cierto recelo, pero terminó por estrecharla. Red, en cierta medida, le copió el gesto cuando le llegó su turno.

—Y tú debes ser Hugo, ¿verdad? —se aventuró Suki, con una sonrisa de lo más amigable en su rostro. Quizá demasiado, dada la naturaleza del caso—. ¿Qué tal?

Miranda rodó los ojos.

—¿Qué tal? —repitió Hugo—. ¿Cómo que qué tal? ¿Tú qué crees, tía?

Suki se apartó de golpe. Sin duda, no debía esperarse aquella respuesta. Debió de recordar de pronto dónde estaba, porque se golpeó la frente con la palma de la mano.

—Claro, perdona. Esto está siendo muy nuevo para mí y quizá me he pasado de diplomática. —Le tendió la mano—. Estoy aquí para ayudarte a averiguar qué le ha pasado a tu padre, Hugo. Mucho gusto.

Hugo estrechó su mano con desgana.

—Lo que sea.

—Bueno —continuó Suki—, ¿qué es lo que tenemos aquí?

En pocas palabras, Miranda y Red pusieron a Suki al corriente de lo que habían averiguado sobre los otros casos y lo que había pasado con Hugo y su padre, evitando los detalles que hicieran sentir incómodo al chico. Y, por supuesto, sin mencionar las sospechas de Miranda de que aquello se trataba de un acto criminal organizado y no de un error en la red.

—Entiendo —asintió Suki, una vez procesó toda aquella información—. Es un alivio que hayas salido ileso, Hugo. No te preocupes por tu padre. Vamos a cuidar bien de él.

El chico abrió los ojos de golpe.

—¿Qué le vais a hacer?

Suki extendió los brazos hacia él con ánimo de tranquilizarle.

—Oh, no. Tranquilo, no tienes nada de lo que preocuparte. El Departamento de Recursos Vivos se encargará de ayudarlo a recuperarse. Tenemos a algunos de los mejores médicos de toda la Capital. —Hugo pareció volver a recordar cómo se respiraba—. Mientras tanto, el Departamento de Programación se encargará de averiguar qué ha podido fallar en él con un escaneo de Memoria.

De pronto, los ojos del chico estallaron en llamas.

—¡¿Qué?!

—Es una actividad indolora y sin ningún tipo de secuelas para el usuario —se apresuró a añadir Red, quien sintió una gran responsabilidad en el impacto de sus palabras cuando Hugo le clavó la mirada—. Tu padre estará bien y ayudará a seguir con la investigación.

Hugo pareció hundirse en el sofá.

—Es cosa de alguien, ¿no? —preguntó, casi en un susurro—. Alguien está haciendo que estas personas se trastornen y ataquen.

Miranda torció el labio antes de hablar.

—¿Sabes si tu padre tenía problemas con alguna persona?

Hugo lo meditó por un segundo, pero terminó por negar con la cabeza.

Miranda dejó escapar un suspiro, poniéndose en pie.

—Creo que va siendo hora de que le dejemos descansar —dijo, dirigiéndose tanto a Red como a Suki.

La chica asintió.

—Estoy de acuerdo.

—¿Por qué eres policía? —preguntó Hugo de pronto, volviendo a captar la atención de los tres—. Has dicho que cosieron a tiros a tu madre porque no quiso ir a la Ascensión. ¿Por qué, habiendo vivido eso, quisiste ser uno de ellos?

Red observó a Miranda. Suponía que una pregunta así podría llegar a ser complicada de responder, pero la agente dibujó una sonrisa astuta que a Red le pareció algo cargada de malicia.

—Muy fácil —respondió ella—: para ayudar a los gatitos perdidos como tú.

Hugo hizo una mueca.

—No soy un gatito perdido. Y no necesito ayuda.

—Todos necesitamos ayuda, Hugo. Por lo menos, de vez en cuando. —Se giró hacia Red—. Alguien debería quedarse para vigilar esta noche.

Red asintió.

—Yo me encargo.

—Gracias —dijo Miranda, dándole un toquecito de agradecimiento en el brazo.

—¡He dicho que no necesito nadie que cuide de mí! —protestó el rubio.

—Estás a punto de terminar tu Aval de Valía, ¿verdad? —preguntó Suki, mientras extraía su terminal portátil para leer una serie de datos—. Parece ser que eres de los mejores estudiantes de tu promoción. ¿Cómo llevas el proyecto?

—Bien —ladró Hugo.

—Programar un Sueño Inducido no es poca cosa —continuó la chica, sin dejar de consultar sus datos—. Más aún si estás encargándote de todo ello tú solo. Debes estar muy agotado como para seguir esta noche. Puedo conseguir que tu Prueba de Valor se retrase un par de días si permites que este droide se quede aquí para comprobar que estás bien. La Junta Evaluadora lo verá con buenos ojos, dado el caso. Y algo de descanso le sentará muy bien a tus neuronas. ¿Qué me dices?

Lo cierto era que Hugo parecía muy cansado. No solo acababa de vivir una experiencia de lo más traumática, sino que además sus ojeras demarcaban un estado de ansiedad constante y dificultades para dormir que seguro llevaban acompañándole desde hacía semanas.

El chico no respondió. Miranda rebuscó en sus bolsillos y le entregó un par de jeringas autoinyectables.

—Ten. Para dormir. Son legales. No soñarás con nada.

Hugo sostuvo el medicamento en sus manos, observándolo con ojos vacíos.

Red se incorporó.

—Te prepararé algo caliente y te despertaré cuando hayan pasado ocho horas. Ni una más, ni una menos.

Hugo debió cansarse de tanta insistencia porque, al fin, decidió asentir con la cabeza y encogerse de hombros.

—Vale.

Red ejecutó una de sus sonrisas complacidas. Alzó la vista hacia Miranda, quien le guiñó un ojo con complicidad.

—No le pierdas de vista. Llámame mañana a primera hora —dijo.

Red asintió.

—Que descanses, Hugo —se despidió Miranda de él, echando a andar hacia la puerta.

—Lo mismo digo, Hugo. Que duermas bien —añadió Suki. Después alzó la vista hacia el droide y se despidió con una amable sonrisa—. Nos vemos, RD-248.

Acto seguido, Suki echó a andar hacia el exterior de la vivienda, llamando a la agente a voces para que no se fuera sin darle su contacto. Red llevó la vista hacia Hugo, quien todavía seguía observando las jeringas con mirada taciturna y cara de pocos amigos.

—Bueno, Hugo... —comenzó el droide, haciendo un respingo elocuente y alzando el dedo índice—. ¿Has oído hablar alguna vez sobre Immanuel Kant?

Miranda daba vueltas a su vaso de Kopsa. No era muy fan de las bebidas energéticas, pero siempre llegaba a un punto durante las noches de guardia en el que, si no consumía algo que la espabilara, se quedaría frita encima de la pantalla incluso a pesar de sus frecuentes problemas de insomnio. En esos momentos era cuando más deseaba meterse en la cama, cerrar los ojos y dejar que se la llevaran sus propios sueños. Una tarea muy difícil para ella, dado que siempre había tenido dificultades para dormir. La salida fácil era usar los Sueños Inducidos de Dreamland, pero nunca le habían terminado de gustar. Hacía tres años que los había probado un par de veces y, a pesar de lo atractivo de su formato, no le gustó que fuese una máquina la que se encargase de controlar su subconsciente.

En el pasado la habían tildado de rarita. Pero estaba convencida de que no depender de los Sueños Inducidos había sido una buena decisión. La parte mala, claro, era que en muchas ocasiones se veía obligada a usar inyectables.

Se palmeó las mejillas y dio un nuevo sorbo de Kopsa.

La oficina estaba tranquila. La acompañan un par de agentes y unos tres droides, todos ellos sumidos en sus respectivas investigaciones. Nunca solía pasar nada durante las noches; nadie en su sano juicio aprovecharía las horas en las que la Capital se vaciaba de oxígeno para cometer algún delito. Solo serviría para desperdiciar el aliento.

La puerta principal se deslizó mientras Miranda daba otro sorbo. Una agente y su droide se adentraron en la gran sala. La mujer rondaba los treinta años y unos intrigantes tatuajes adornaban su cabeza afeitada. La androide, de rasgos femeninos, lucía un pelo largo y sedoso, y algún que otro moratón asomaba por debajo de su ropa.

Miranda las reconoció al instante. Eran Lena y JK-272, uno de esos dúos con los que no ansiaba trabajar lo más mínimo.

Lena se retiró la pequeña bombona de oxígeno del cinto y se quitó la máscara semitransparente que cubría su cabeza.

—Hemos estado a un pelo de que nos coja la lluvia artificial. Si es que no se puede ser más inútil —espetó, arreándole a su droide un empujón.

JK-272 pareció mantequilla a punto de deshacerse entre los dedos de Lena. Sus ojos vidriosos parpadearon, acostumbrados a aquel trato, pero nunca lo suficiente preparada para recibirlo.

—Lo siento mucho, señora Wolz. Debí calcularlo mal. Pensé que llegaríamos con tiempo de sobra.

—Y una mierda —rugió Lena, mientras caminaba hacia su mesa—. Los humanos se equivocan, los droides meten la pata por ser unos trastos inútiles. Y tú eres una puta droide, Dos-siete-dos. No te confundas.

Miranda arrugó la frente. Nunca entendería por qué había policías que solo usaban a sus compañeros android como objetos de humillaciones.

JK-272 caminaba detrás de Lena con los hombros hundidos. Miranda le sonrió cuando pasó a su lado.

—Hola, Jackie —saludó con amabilidad—. ¿Cómo está yendo la noche?

JK-272 sonrió con una chispa de viveza en su mirada, pero Lena la cortó antes de que pudiera comenzar a hablar.

—¡Métete en tus asuntos, Rodríguez! —gritó desde su mesa—. ¡Y deja de ponerle nombres de mierda a mi droide!

Miranda y JK-272 se miraron, y la androide solo pudo encogerse de hombros.

—Saluda a RD-248 de mi parte —dijo.

Miranda asintió. Después observó cómo se reunía con Lena, quien obligó a Jackie a sentarse agarrándole de la oreja mientras le susurraba amenazas.

Si no fuera por el maldito Reglamento de las narices —que reducía a los droides casi a meras propiedades materiales— Miranda ya habría arrancado a Jackie de las manos de Lena. Ya había hablado con la inspectora para pedirle que cambiaran a la droide de compañera humana, o mejor, que amonestaran a Lena. Sin embargo, nadie había movido un dedo por conseguirlo. De hecho, la que fue amonestada por meterse en los asuntos de los demás había sido Miranda, justo después de que Lena se enterase de lo que había intentado y optara por denunciarla a ella también.

Una vibración sacó a Miranda de sus pensamientos. Miró su antebrazo izquierdo y la pequeña pantalla que se proyectaba sobre él le mostró que tenía una llamada entrante de un número desconocido.

Aceptó la llamada. Proyectada sobre su córnea apareció una imagen que solo ella podía ver. Se trataba de un chico de ojos oscuros y ropa elegante. Una raya lateral partía su pelo rubio blanquecino en dos, el cual estaba mucho más corto de lo que Miranda recordaba.

A pesar de los cambios, no cabía duda de que aquel era el avatar de Hugo.

—Eh, hola —saludó el chico.

Miranda consultó su reloj de muñeca. Eran las cinco de la madrugada.

—¿Hugo? ¿Qué haces despierto? ¿Dónde está Red?

—Está frito —explicó el chico—. Le dije que me inyectaría los calmantes si dejaba de hablar y se desenchufaba. Me respondió que lo más parecido a eso era recargar energías y ponerse al día con unas actualizaciones que tenía pendientes. Y ahí sigue. Ya lleva tres horas mirando la pared.

A Miranda se le escapó un gruñido similar a una risa.

—Típico de Red. Pero eso solo responde la última pregunta.

Hugo torció el labio.

—No quiero dormir. No me veo capaz.

Miranda no se vio con fuerzas para reprocharle. En gran medida, era capaz de entenderlo.

Hugo no dejaba de observarla.

—Tu avatar es exactamente igual a ti —comentó—. O, por lo menos, lo que yo recuerdo.

—Es lo que tiene ser policía —respondió la agente—. No podemos hacer ningún cambio físico en Dreamland que desentone con nuestro aspecto real. Nos haría perder credibilidad.

—Ya veo.

—El tuyo, por el contrario... —comenzó la agente. Habría podido jurar que el avatar de Hugo enrojecía.

—Es por la Prueba de Valor —se excusó él—. A los tutores no les gusta ver alumnos andrajosos.

—Entiendo.

Se hizo un breve silencio que Miranda se encargó de romper.

—¿Necesitas algo, Hugo?

El chico lo meditó un rato antes de responder.

—Es solo que... no lo entiendo, ¿sabes? —comentó, casi como si pensara en voz alta—. He estado leyendo sobre los otros casos, y ninguno de los demás afectados tenía ningún tipo de relación o parecido con mi padre. Y aquello que dijo y esa forma de intentar abrirme la cabeza... tienen que significar algo, ¿no?

«Todos somos su carne», dijo Luice Molving mientras atacaba a su propio hijo. «Las voces dicen que hay que matar al bebé», había dicho Úrsula Cano, intentando proteger a un niño que no era suyo.

—Puede que esto sea pedirte demasiado, Hugo... —empezó Miranda.

—Sea lo que sea, cuenta conmigo —se apresuró el otro, escupiendo las palabras casi como si llevaran largo rato tratando de escapar de su boca.

—Ni siquiera sabes todavía lo que voy a decirte.

—Me da igual. —El avatar de Hugo se encogió de hombros—. Alguien le ha jodido la cabeza a mi padre. Quiero atraparlo sea como sea.

Miranda asintió, despacio. Tenía claro que debía medir sus palabras con él.

—Hace quince minutos que ha llegado el resultado del escaneo de Memoria de tu padre. —El chico palideció, por lo que Miranda se apresuró a continuar—. Está todo bien, Hugo, y los médicos de Dreamland están haciendo un buen trabajo con su... herida.

El pecho de Hugo se desinfló con lentitud.

—¿Hay algo interesante en ese escaneo?

—Esa es la cuestión. Red tiene muchos límites para husmear estos archivos por culpa de sus Reglamentos, y por mucho que yo lo intente mi comprensión del lenguaje de Dreamland es bastante limitada...

—Necesitas un programador —asintió Hugo—. Pensaba que ya tendríais alguno en el cuartel.

—Los tenemos. Pero no quiero implicar a más gente de la cuenta en este caso.

—Claro, yo ya estoy implicado. —Rio el chico con amargura—. ¿No sería más lógico que os ayudase algún informático de Dreamland? Deben tener... miles.

Miranda torció el labio.

—Esa es la cosa de Dreamland, Hugo: de tantísimos trabajadores que hay subiendo código a diario, ninguno de ellos ha encontrado nada sospechoso todavía. Al menos, que nosotros sepamos. Déjame decirte que me parece muy difícil de creer.

Hugo parpadeó con cierta confusión impregnada en el rostro de su avatar.

—¿Crees que Dreamland podría estar ocultado información sobre todo esto?

Miranda observó a su alrededor. Lena y Jackie ya se habían marchado, y los demás policías y droides estaban demasiado ensimismados en su trabajo como para escucharla.

—Solo estoy diciendo que no me gusta un pelo que los Sueños Inducidos sigan funcionando a pesar de lo que está ocurriendo. No sé qué estarán pensando, pero hace que me resulte difícil fiarme de ellos.

Hugo asintió.

—Te fías más de mí.

—No tienes nada que ver con Dreamland. Todavía, al menos. Y, además, esto ha afectado a tu padre. Vas a ser el primero que quiera averiguar la verdad.

Hugo apretó la mandíbula tal y como lo haría el chico si de verdad le tuviera delante. A Miranda siempre le había fascinado que los avatares consiguieran dar esa sensación de estar hablando con una persona de carne y hueso.

—Vale —dijo Hugo—. A ver ese escaneo. Voy a abrir un canal privado que no puedan rastrear. Envíamelo a mi terminal de sobremesa.

Miranda siguió las indicaciones que le fue dando Hugo y, en apenas un minuto, el chico ya contaba con todos los datos de la Memoria de su padre.

—No me extraña que no encontraras nada, está todo bloqueado.

—¿Bloqueado?

—Las Memorias son, al fin y al cabo, un pequeño dispositivo que se inserta en la cabeza del usuario con el que puede acceder a la red. Necesita su propio sistema operativo y está conectado directamente a los servidores de Dreamland. Solo así se puede descargar la información que el usuario quiere. Imagínate qué pasaría si no lo protegieran lo suficiente.

Sería una entrada directa para cualquiera que quisiera robar información de una de las mayores corporaciones del mundo entero. A Miranda se le hacía un nudo en el estómago solo de intentar calcular la cantidad de secretos que navegaban a lo largo de la red.

—¿Puedes acceder a la información sobre los Sueños Inducidos? —preguntó. La impotencia le creaba una sensación desagradable en el pecho.

—Está todo bastante protegido. Tienen un sistema de seguridad complicado de atravesar...

—¿Puedes ver qué sueño estaba reproduciendo tu padre antes de...?

Una sombra nubló por un momento los ojos de Hugo.

—Dame un segundo.

Tecleó apresurado hasta dar con la respuesta:

—*Vida o exilio 5.* —Hugo sonrió—. Siempre le han gustado los seriales de acción.

—Como me imaginaba —suspiró la agente—. Cada afectado estaba soñando con algo distinto justo antes de enloquecer. Úrsula veía *El fin de los días,* Larsen Colt repetía *Corazón de Luna,* La Carnicera reproducía *Saber vivir a partir de los 20* y el Paleontólogo llevaba varias horas con uno de esos sueños de cocina.

—Ya. Es raro. —Hugo frunció el ceño—. Oye, Miranda. ¿Qué fecha tiene tu última actualización de Dreamland?

Miranda lo comprobó en el menú de su antebrazo.

—Ayer por la tarde. A las 18:14. ¿Por qué lo preguntas?

El rostro de Hugo comenzaba a cambiar su blanco lechoso por un tono cada vez más rojizo.

—Porque es la misma que tengo yo. Y también mi padre. —Cogió aire antes de continuar—. Pero tiene una segunda actualización a las 19:52. Justo dos minutos antes de que yo llegara a casa.

Un silencio se adueñó de la conversación, y acabó alargándose mucho más de lo que a ambos les hubiera gustado.

—¿Puedes ver el contenido de esa actualización? —preguntó Miranda cuando pudo recobrar el aliento.

Hugo negó con la cabeza.

—Imposible. Fuera lo que fuese, lo han borrado. Tal y como están las cosas, me va a ser imposible encontrar un rastro.

El chico parecía cada vez más nervioso: su pulso estaba acelerado, sus pupilas dilatadas y la rojez de su rostro se había extendido hasta sus orejas.

—Eh, Hugo. No te preocupes, ¿vale? Esto es bueno.

—¡¿Sí?! —preguntó alzando la voz—. ¿De qué manera esto es bueno? Por favor, ¡ilústrame!

—Esto que acabas de encontrar confirma una de mis sospechas: lo que está ocurriendo no es culpa de un simple error de código. Alguien está manipulando la red y usándola para matar.

Usar Dreamland para matar.

Conforme más pensaba en ello, más le parecía una completa chaladura. Y al mismo tiempo, más sentido cobraba.

Hugo era muy consciente de las infinitas capacidades de la red. Alguien lo suficiente cabreado podría dedicar todo su empeño a realizar pequeños experimentos. Solo necesitaba saber cubrir bien sus huellas, y si hasta el momento no le habían atrapado, significaba que la persona detrás de esa hazaña tenía verdadero talento.

Lo más curioso del caso era que hubiera elegido los Sueños Inducidos para cargar su código. Así y todo, era la opción más aconsejable para lo que tenía entre manos. Todos los programadores de Sueños Inducidos sabían de sobra la responsabilidad que tenían cada vez que creaban sus obras: aunque se tratase de una simulación, todo lo que se proyectaba en la mente del usuario se hacía accediendo a ella a través del mundo del inconsciente, lo que lo hacía muy susceptible a cualquier mensaje que captara. Esa era la razón por la que el gran grueso de la publicidad de Dreamland se encontraba en los sueños antes que en cualquier otro servicio de la red. Si no dejabas de soñar con ofertas de sabuesos mecánicos, al final te despertarías un día con ganas de hacerle una visita a una tienda de animales eléctricos.

Y aquella persona que había estado jugando con el coco de su padre lo sabía.

Hugo estaba sumergido en estos y muchos otros pensamientos cuando sonó el timbre. Apenas pestañeó, pero escuchó cómo Red salía de la cocina y caminaba hasta la puerta principal del hogar.

—¡Oh, es la señorita Planker! —exclamó con excesiva alegría, antes de deslizar la puerta principal—. Buenos días, señorita Planker. ¿Se ha perdido?

—¿Qué? —preguntó la chica, mientras se adentraba en el pequeño hogar—. Oh, no. He venido a ver a Hugo. ¿Está despierto?

—Sí que lo está, señorita. Aunque he de avisarle de que lleva de mal humor toda la mañana. Pase. Estoy dándole uso a unas pastillas alimenticias.

—Uh... maravilloso, Dos-cuatro-ocho.

Los pasos de Suki se aproximaron hasta que su figura cruzó el umbral. Hugo no apartó la mirada de la esquina que llevaba contemplando desde hacía media hora.

—Hola, Hugo —saludó ella con su típica amabilidad dulzona.

—¿Sabe Miranda que estás aquí? —cuestionó el chico sin miramientos.

—No, pero pensaba llamarla luego. Aunque lo más seguro es que el droide ya le haya avisado de mi visita.

—¡Dalo por hecho! —escucharon ambos gritar a Red desde la cocina. Hugo no pudo evitar dibujar una leve sonrisa.

—Siento molestarte, Hugo, pero necesito hablar contigo sobre este tema tan delicado.

—¿Sabes qué es delicado? —preguntó el chico, apartando la vista y llevándola hacia la enviada de Dreamland por primera vez—. Tener que acuchillar a tu padre para salvar tu propia vida. Eso es delicado.

Suki pareció encogerse sobre sí misma.

—Siento mucho que hayas tenido que vivir esa situación, Hugo. Pero te aseguro que tu padre está mucho mejor. Sus heridas están sanando como toca. Solo es cuestión de tiempo que despierte.

Hugo bufó y volvió a apartar la mirada. Suki aprovechó el momento para tomar asiento junto a él en el sofá.

—Conocí a tu hermana, Hugo. Aisha Molving —comenzó Suki, atrayendo al instante toda la atención de Hugo—. Bueno, no la conocí en persona, pero era amiga de mi pareja, Dana. Iban a la misma clase. Según me contó, tu hermana y ella eran como uña y carne, aunque se llevaban como el agua y el aceite. —Hugo parpadeó, muy intrigado por ver hasta dónde llevaba aquella historia—. Dana lloró durante días cuando la Ascendieron. También lloró cuando me contó la historia, claro. Nunca supe de qué manera consolarla y le di uno de los clásicos consejos de mi padre en su lugar: «cuando no sepas encajar algo y no tengas fuerzas en ese momento para hacerle frente, distráete con otra cosa. Al principio será complicado, pero un día te pararás a pensarlo y te darás cuenta de que ya estás lista para aceptar aquello que antes te aterraba».

Suki hizo una pequeña pausa, en la que pareció perderse por un segundo en un mar de recuerdos. Después, recobró la compostura y giró el cuerpo hacia Hugo.

—Este... caso, o como lo quieras llamar, es mi «otra cosa». Necesito seguir adelante con esto para aceptar lo que me está pasando. Y, en mi opinión, a ti te ocurre lo mismo.

Aquellas palabras habían dejado a Hugo sin habla. Por un momento, sintió que se perdía en el interior de los morados iris de Suki, en un remolino de angustia incomprensible que le llevaba de vuelta al sonido de la carne de su padre siendo perforada por un cuchillo.

—¡Tortitas! —exclamó Red, adentrándose con alegría en la habitación portando un plato en cada mano.

El androide colocó un plato delante de cada humano, que venía acompañado con un tenedor y un cuchillo. La presentación era de lo más poco apetecible: las tortitas se habían partido en varios trozos, eran de un color rojizo intenso y desprendían olor a pollo quemado.

A Suki le dio una arcada.

—¿Qué es esto?

—*Redtitas* —respondió el droide con entusiasmo—. Acabo de bautizarlas con ese nombre ahora mismo. Es la primera vez que cocino para un humano y he pensado en hacer algo divertido. Por eso se llaman así: Red-titas. ¿Lo cogéis?

Y justo en ese momento, el droide arrancó a reír a carcajadas de lo más exageradas, gesticulando tal y como lo haría un humano corriente si estuviera a punto de morir ahogado de la risa.

—Uhm. Puede que eso haya sido demasiado. Creo que lo apropiado para una situación de esta índole habría sido una risa algo más suave...

Suki se acarició el puente de la nariz.

—Nos las comeremos, Dos-cuatro-ocho. Muchas gracias.

Red tomó asiento junto a Hugo en el sofá.

—He oído que estabais hablando del caso. He estado analizando los datos que me ha enviado Miranda y he de admitir que son, sin lugar a dudas, alarmantes.

—No le cuentes nada a ella —exigió Hugo, señalando a Suki—. Está con *ellos.*

—¿Con *ellos?* —cuestionó el droide, alzando una ceja.

—Después de todo, sigues poniendo en duda mis lealtades —comentó Suki con un aspaviento—. A fin de cuentas, no estoy impresionada. Pero debes saber que esto solo entorpece las cosas.

—¿No entiendes que no quiera saber nada de vosotros? —contestó el chico alzando la voz—. La gente está muriendo, Suki. ¿Por qué no habéis cerrado ya los Sueños Inducidos?

—Según los datos de los que dispongo, los Sueños Inducidos suponen el ochenta y tres por ciento de los ingresos de la compañía —intervino Red, con toda la buena intención del mundo y una sonrisa ingenua en el rostro.

—Ah, por dinero. Cómo no.

Suki suspiró.

—Cerrar los Sueños Inducidos supondría un suicidio empresarial, Hugo. ¿Quieres tener un trabajo que te permita pagar tu oxígeno y tus pastillas cuando termines con tu Prueba de Valor? Pues, en ese caso, más te vale agradecer que la red siga en pie, porque de lo contrario más te valdría pedir ya la Ascensión y cortar por lo sano antes de morirte en la calle —sentenció la directiva con brusquedad.

El droide y el chico parpadearon atónitos. Suki, por su parte, pareció arrepentirse nada más pronunciar aquellas palabras. Aun así, disculparse supondría despojarse de la autoridad que por fin había conseguido, por lo que dejó que su mirada lastimera vagase a través del silencio que se había creado entre los presentes antes de retomar la palabra.

—¿Qué te parece entonces, Hugo? ¿Te sientes de humor para colaborar?

El rubio apartó la mirada y refunfuñó por lo bajo.

—¿Qué quieres saber?

—Todo. Todo lo que tengas.

Durante los siguientes minutos, Hugo contó lo más detallado posible cómo había sucedido la conversación con Miranda la noche anterior, cosa que hizo a Red sentirse algo ofendido al conocer la pequeña mentira que le había dicho el rubio para que le dejase a solas.

—¿Usar Dreamland para matar? —le había preguntado Hugo a la agente de policía—. ¿No es un poco presuntuoso? Quiero decir, hay que estar loco para intentar hacerlo por esa vía...

—Piénsalo bien —había continuado ella—: eres una persona que quiere realizar un crimen imposible de rastrear. Si tienes acceso a la Memoria adecuada, puedes insertar el comando que encienda la mecha y cruzarte de brazos mientras el afectado hace el resto por ti.

—¿Y quién podría tener acceso a estas Memorias más allá de Dreamland?

—No tengo ni la menor idea —negó la agente—. Pero debemos asumir que cualquiera que esté conectado a la red es susceptible de que su Memoria sea utilizada para ordenarle matar.

Poco más quedaba por contar del relato, ya que lo siguiente fueron divagaciones que no llevaron a ningún puerto.

—Nos despedimos y yo intenté dormir un rato, pero no pude. Después perdí la noción del tiempo —terminó Hugo.

Suki negó con la cabeza.

—Hay algo que no deja de mosquearme sobre todo este asunto... —Giró el cuello hacia Red—. Dos-cuatro-ocho, ¿puedes llamar a Miranda?

—Ahora mismo.

Todos esperaron en silencio mientras escuchaban cómo se repetía el tono de establecimiento de llamada hasta que la agente descolgó al otro lado.

—¿Qué hay, Red? ¿Cómo está nuestro chico? —La voz de la policía resonó en todo el salón.

—Hola, Miranda. Refunfuña casi tanto como anoche. Te llamo porque está aquí Suki. Te he puesto en manos libres.

—Ah, señorita Planker. ¿Qué le trae por los barrios bajos?

—Buenos días, señorita Rodríguez. Verá, llevo dándole vueltas a un asunto desde anoche, y más ahora que Hugo me ha contado vuestra conversación.

Miranda tardó en responder. Al hacerlo, Hugo notó el tono espeso de su voz.

—Se lo ha contado todo por lo que veo, ¿no?

—Yo diría que sí —continuó la directora—. No deja de asombrarme cómo el número de víctimas se ha ido reduciendo con cada caso. Y, además, debemos tener en cuenta que se trata exclusivamente de personas de pocos recursos.

—¿Qué le hace pensar que son personas de pocos recursos? —cuestionó la agente—. Los accidentes se han producido en distintos sectores económico-sociales de la ciudad, sin ignorar también que Ashanti Essien tenía su hogar lleno de objetos de valor y trabajaba en uno de los complejos más...

—No podemos saberlo con exactitud —le cortó Suki—, ya que todos los datos relativos a la economía de la Capital pertenecen al Estado. Lo que sí puedo decirle es que el Paleontólogo tenía la tarifa Estándar de Dreamland. De hecho, todos los afectados tenían esa tarifa. Solo las personas que viven bien de verdad pueden costearse la tarifa Prémium sin donar todos sus miembros y endeudarse de por vida.

Todos los presentes hicieron un silencio. Incluida Miranda, de la que no llegó ninguna réplica a través del teléfono.

—Es decir, que solo las personas pobres que tengan una Memoria corren peligro de volverse locas —bufó Hugo.

—Lo cual supone reducir el alcance al... ¡noventa y siete por cierto de la población total del Estado! —exclamó Red, como si aquello fuera un gran progreso.

—Puede ser un patrón —aseguró Miranda—, pero no podemos asumir que en ningún momento pueda afectar a un usuario de tarifa Prémium. Lo que sí deberíamos preguntarnos es, si de verdad fuera esta la clave, ¿por qué están usando solo a los usuarios de clase baja para...?

La agente se detuvo dando un fuerte respingo.

—Oh, Dios mío —reaccionó Suki, dándose cuenta de la deducción que acababa de hacer Miranda. Abrió mucho los ojos y se encogió como si el sofá fuera a tragarse su cuerpo—. Son cobayas. Los han estado usando para hacer pruebas.

—¿Pruebas? —cuestionó el droide—. No lo comprendo.

—Es un poco pronto para asumirlo —continuó Miranda—, pero es un hecho que en cada ataque se han ido reduciendo el número de víctimas.

—Como si estuvieran afinando la puntería. Perfeccionando el código —asintió Suki.

—¡Exacto! —exclamó Miranda con bastante más alegría de la que debería estar mostrando dada la situación—. Es casi como si pretendieran conseguir que el afectado siguiera sus órdenes de algún modo.

—Si consiguieran desarrollarlo, esto podría ser... —Suki suspiró—. Catastrófico. Imaginadlo: crean el código perfecto y lo insertan en el hijo del presidente para que le ahogue con la almohada mientras duerme. Sutil pero efectivo.

—¿Tienes idea de quién podría querer controlar así la red? —cuestionó la agente.

Suki negó con la cabeza.

—El Estado regula su Gobierno justo para prevenir esta clase de complots. Solo se me ocurre que sea cosa de alguna Colonia Independiente, pero es imposible que ellos tengan acceso a Dreamland. Así que, en ese caso... solo queda la gente del Exterior.

—¿El Exterior? —preguntó Hugo. Su padre le había contado algunas cosas de lo que había más allá de la Capital, entre ellos y las Colonias Independientes, aunque apenas se disponía de información al respecto en casi ningún lugar—. ¿De verdad te parecen una amenaza?

—No todo el mundo ha estado siempre conforme con las leyes de la Capital —explicó Suki—. La gente del Exterior comenzó como un grupo de protestantes que decidió marcharse de las ciudades y buscarse la vida lejos de aquí. Nadie se explica cómo, pero contra todo pronóstico lograron sobrevivir. Supieron sacar vida de la nada, asentándose en pequeños pueblos más allá de la Capital hasta casi llegar al límite con las Colonias Independientes. —Hizo una breve pausa—. Sabemos que han intentado robar recursos de la Capital en más de una ocasión. Todos ellos intentos en vano, por supuesto. Su mayor trofeo siempre ha sido la carne.

Hugo meditó un segundo, con la mirada fija en la pared.

—«Todos somos su carne» —recitó—. Eso dijo mi padre. Quien intentase lavarle el cerebro lo hizo por carne.

Suki, Red y Hugo se observaron en silencio. Las *redtitas* seguían tal y como el droide las había cocinado, con la diferencia de que ya debían haberse quedado frías.

La voz de Miranda resonó al otro lado del teléfono.

—Te he juzgado mal, Suki. —El sonido de varias carpetas cerrándose traspasó la línea telefónica—. Recojo mis cosas y voy para allá.

—¿Quieres *carlletas*? —preguntó Suki, mientras le ofrecía a Miranda el paquete.

La agente apenas apartó la mirada de la pista un segundo para ver qué le ofrecía su nueva compañera. Suki, sentada en el asiento del copiloto, extendía hacia ella el envase de galletas cárnicas *premium* de tamaño mini. No es que fueran muy de su agrado, pero no recordaba cuándo había sido la última vez que había comido algo sólido y el estómago hizo un quejido lastimero como súplica.

Cogió cuantas le cupieron en la mano derecha y se las embutió en la garganta.

—¿Qué es lo que esperas encontrar? —preguntó Suki, llevándose después un par de galletitas a la boca.

Miranda se encogió de hombros.

—Cualquier cosa que me parezca sospechosa —concluyó.

Durante su conversación por teléfono con la directora del Departamento de Calidad había decidido que encerrada en su oficina con un montón de ficheros no iba a avanzar gran cosa. Era evidente que su mejor baza para seguir con el caso se encontraba en Dreamland y que Suki era la llave para adentrarse en sus dominios.

Aparcó el deslizador en uno de los pocos espacios que no estaban ocupados por los aerovehículos de los trabajadores habituales de Dreamland. Tuvieron que andar cerca de diez minutos hasta llegar a la entrada principal, donde Suki presentó su carnet y pasó su antebrazo por un lector de terminales, y donde Miranda fue examinada a lupa a lo largo de diversos controles. En el primero tomaron nota del código único e intransferible de su Memoria. En el segundo, unos operarios la sometieron a un escáner corporal, le hicieron varias fotografías y una impresión de sus huellas dactilares. Por último, terminaron por entregarle un pase de visitante y por extenderle una buena cantidad de papeles que tuvo que firmar como conforme.

La agente los garabateó sin mirar siquiera.

Suki la condujo a través de las laberínticas instalaciones de Dreamland, donde los ascensores se movían en vertical y horizontal a lo largo del complejo de edificios, los Departamentos parecían brotar por doquier y los angostos pasillos estaban repletos de despachos y unidades de trabajo interminables a ambos lados, de los que de vez en cuando se escapaba algún tecleo furioso.

Miranda caminaba deprisa con tal de que los tacones de Suki no la dejaran demasiado atrás.

—¿Cómo te orientas en este sitio? Es gigantesco.

Suki dejó salir una suave risa.

—Creo que el mejor lugar para empezar a husmear es en el Departamento de Coordinación Central —comenzó a explicar—. Como su nombre indica, es la pieza angular sobre la que se apoyan todos los demás departamentos. El director, James Cena, es un auténtico mal bicho y dudo que nos ayude. Aun así, ahora mismo está en una reunión y no existe ninguna norma que nos impida colarnos en su despacho.

Miranda alzó una ceja con una expresión de lo más escéptica.

—¿Ninguna de verdad?

Suki carraspeó.

—Puede que haya cerca de quince menciones al respecto en los Estatutos de los trabajadores de Dreamland. Pero ¿sabes qué? —Giró el cuello para mirar a la agente a los ojos—. Soy la directora del Departamento de Calidad y estoy al mando del operativo para devolver la seguridad a Dreamland, así que... ¡al cuerno las normas!

A Miranda se le escapó una risa.

—Ojalá te hubiera escuchado Red.

Suki alzó un dedo.

—¡Hablando del droide! —Extrajo su terminal portátil de inmediato y tecleó a una velocidad de vértigo—. Hecho. Acabo de conceder a Dos-cuatro-ocho permisos para monitorizar todas las actualizaciones de la red, incluidas las individuales. Dadas sus capacidades, debería ser capaz de manejar los datos sin colapsar.

—Oh, pues claro. Es Red. Podrá con ello.

Ambas chicas siguieron caminando en silencio hasta que pudieron vislumbrar una placa decorativa junto a la puerta que se encontraba al final de aquel larguísimo pasillo.

COORDINACIÓN CENTRAL
James Cena

Se detuvieron frente a ella. Miranda notó cómo Suki comenzaba a vacilar y se mordía el labio con gesto dubitativo.

Miranda carraspeó.

—Si no estás segura de esto, Suki... —comenzó, aunque no se trataba más que de una formalidad. Fuera como fuese, Miranda no se iba a marchar de allí sin registrar aquel despacho. Y lo tenía muy claro.

Por fortuna, Suki pareció reaccionar y sacudió la cabeza.

—Tranquila, estoy segura. Vamos allá.

Suki dio un paso al frente. La puerta se deslizó en cuanto la detectó y las chicas la atravesaron.

Al otro lado dieron con una antesala donde había un par de sofás y un chico de la misma edad que ellas, que tecleaba con delicadeza en su terminal de sobremesa. El chico se giró al escucharlas pasar y las observó por encima de las gafas, que se encontraban colocadas sobre la punta de su nariz.

—¿Sí? —preguntó.

—Venimos a ver al señor Cena —contestó Suki con una sonrisa tierna en los labios—. Ayer le dejé una copia de un informe que tenía que revisar y me gustaría que me los devolviera ya.

—El señor Cena no está —contestó el chico con suspicacia—. Ha salido hace dos horas para reunirse con el comité de Coordinación.

—Oh, ¿de verdad? —exclamó Suki, teatralizando la situación—. ¡Qué mala pata! Pensaba que hoy iba a estar todo el día en su despacho. De haberlo sabido, nos hubiéramos pasado antes…

—Sí, una pena.

—En fin, ¿qué se le va a hacer? —Suspiró—. El único problema es que necesito ese informe. Tenemos que hacer una subida a la red en una hora y quería echar un ojo a sus revisiones.

El secretario del señor Cena las observó sin mover un solo músculo de su cetrino rostro.

—¿Podrías entrar y cogerlo por mí? —preguntó Suki con simpatía—. Seguro que los encuentras muy rápido. Es una carpeta de este tamaño —dijo, acompañando la explicación con el gesto correspondiente.

El chico parpadeó.

—El señor Cena tiene cientos de informes ahí dentro. —Pausa—. Va a ser mejor que entres y lo cojas tú misma.

—¿Seguro? Me sabe mal…

—Seguro —dijo, y después llevó la vista hacia Miranda.

—¡Oh! —se apresuró Suki—. Esta es Miranda Rodríguez, del cuerpo de Policía del Estado. Va a ser mi seguridad personal durante unos días.

—¿Seguridad personal?

—Oh, sí. Llevo un tiempo recibiendo cientos de amenazas por haber conseguido el puesto de directora del Departamento de Calidad. Estas cosas despiertan muchas envidias.

—Me imagino. —Asintió el secretario, aunque por su forma de hablar parecía no importarle un pimiento—. Puede pasar. No toquéis nada que no os haga falta. Tenéis diez minutos.

Acto seguido, presionó un comando en su terminal y la puerta del despacho de Cena se desbloqueó. Suki agradeció al chico su labor y Miranda le saludó con un gesto obtuso. A continuación, cruzaron la puerta.

Para tratarse del despacho del mandamás del Departamento de Coordinación Central, aquel lugar era un caos.

Se encontraban en un amplio despacho con una única mesa, un terminal de sobremesa, un terminal portátil, una silla para el director y otras dos para invitados. Además, sobre la mesa, se apilaban ingentes cantidades de carpetas, ficheros y *portadatos*, algunos con nombre y otros todavía por clasificar. Se trataba de una colección de datos que se extendía hasta recubrir gran parte del suelo, dejando apenas un pequeño pasillo que conectaba el escritorio con la puerta del despacho.

Suki suspiró.

—Ya entiendo por qué nos ha dejado pasar con tanta facilidad. Vaya desastre.

Sin mediar más palabra, se pusieron manos a la obra. Miranda se recogió el pelo en una coleta alta y comenzó a hurgar entre los archivos del escritorio. No tenía claro qué buscaba, pero estaba segura de que lo iba a reconocer en cuanto lo viera ante sus narices.

Suki, por su parte, no parecía decidirse por dónde empezar a rebuscar. Terminó decantándose por una pila de informes que estaban junto a la puerta, así que se agachó lo más elegante que pudo y comenzó a leer por encima las primeras páginas de cada archivo

Justo cuando comenzaba a impacientarse, Miranda encontró un registro impreso de lo más interesante.

—Aquí hay una copia de las últimas actualizaciones del sistema. Constan todas las más recientes, menos la que causó el trastorno del padre de Hugo.

—Tiene sentido —asintió Suki—. Se trata de un dato de un terminal privado que no tiene por qué conocer si no es culpable.

Miranda alzó una ceja.

—¿Te parece alguien capaz de hacer algo así de malo?

—¿Quieres que sea sincera? Me parece una persona capaz de todo. Es otro de los motivos por los que hemos empezado por aquí.

Suki dejó el informe que estaba consultando y se dio la vuelta para atacar la pila que tenía a su espalda. Estando así de agachada fue cuando reparó en algo que llamó su atención debajo del escritorio.

—¿Qué es eso? —preguntó, señalando en dirección del mueble.

Miranda dejó los archivos que tenía en mano y se agachó para observar por debajo de la superficie de caoba. Aunque a simple vista era imposible que se notara nada, se dio cuenta de que una pequeña pieza no encajaba del todo en el mueble. Pasó los dedos para examinarla al tacto y encontró una diminuta palanca en una zona escondida a la vista. La presionó con cuidado y se desplegó un pequeño compartimento oculto.

Dentro de él se ocultaba un *portadatos* del tamaño de un dedo meñique.

—Bingo.

La agente extrajo el archivo digital y lo conectó al terminal de sobremesa. Suki se aproximó a paso rápido para observar la transparente pantalla por encima del hombro de Miranda.

Una serie de ficheros se desplegaron ante sus ojos. Miranda abrió el primero de ellos y encontraron una fotografía de la directora del Departamento de Servicios, acompañada de un detallado informe de sus últimos movimientos, encuentros, relaciones y acciones a lo largo de la red.

—¿Qué...? —preguntó Suki en un susurro.

Miranda abrió el siguiente archivo. Se trataba de otro empleado de Dreamland de menor categoría, pero con importantes funciones dentro del departamento de Realidades Virtuales.

—¿Qué significa esto? —volvió a preguntar la directora.

Miranda suspiró al tiempo que abría y cerraba varios archivos más.

—Parece que el señor Cena ha estado recopilando información sobre varios de tus compañeros.

—Pero no son todos los trabajadores de Dreamland, no tiene archivos como para contenernos a todos.

—Yo diría que solo le interesan los altos cargos...

Suki dio un respingo.

—Rápido, busca «Planker».

Miranda tecleó con presteza y el ordenador le dio el resultado de la búsqueda; dos archivos, cada uno de ellos con sendos datos sobre dos personas que encabezaban el nombre del fichero: «Suki» y «Alexei».

—Nos tiene fichados a mi padre y a mí. ¿Qué quiere hacer con todo esto?

Miranda se rascó la cabeza.

—Aquí hay información suficiente como para perjudicar a Dreamland. Muchísimos datos de todos sus dirigentes. Algo así...

Moviéndose a lo largo del *portadatos,* encontró una carpeta sin nombre. Al adentrarse aparecieron nuevos ficheros de datos. Contenían todavía más información sobre altos cargos, aunque esta vez pertenecientes al Gobierno del Estado.

—Dios mío —respingó Suki—. ¿Querrá venderlo al Exterior?

—O incluso a las Colonias Independientes —añadió la agente, haciendo una pequeña pausa después—. ¿Por qué no? Con esta información, se podría llegar a tumbar el Estado.

Regresó a la carpeta principal y siguió indagando. Al final de aquella enorme cantidad de archivos se encontraba un fichero nombrado como «0000». Miranda presionó sobre él, pero un mensaje de error apareció en la pantalla.

—Está encriptado.

Torció el labio. Estaba claro que aquella base de datos era de gran importancia, por lo que extrajo su propio terminal portátil y ordenó un copiado de los datos a la misma.

—Tenemos que examinar muy de cerca estos ficheros. —Acto seguido buscó el número de Red y esperó a que el droide contestara mientras se establecía la llamada. No le dejó ni saludar—. Red: te voy a enviar unos datos. Hay un fichero corrupto que quiero que arregles.

—Oído —contestó el androide desde el otro lado de la llamada—. Dependiendo de su complejidad tardaré entre diez minutos y una semana, si es que no resulta imposible.

—Me conformo con que lo consigas —contestó Miranda antes de colgar.

Suki seguía con la mirada descolocada.

—No me lo puedo creer. Es decir, sí, pero pensaba que Dreamland tenía bastante controladas las acciones de sus empleados para evitar esta clase de cosas.

—Está claro que no.

Un murmullo se escuchó al otro lado de la puerta, seguido de otro perteneciente a una voz más grave y autoritaria.

—¡Mierda! —exclamó Suki por lo bajo, dándole a Miranda varios toquecitos en el hombro—. ¡Es él, es Cena! ¡Cierra todo!

En un abrir y cerrar de ojos, Miranda desconectó el *portadatos* y lo metió en el interior del pequeño compartimento oculto del escritorio.

—¿… alguien en mi despacho? ¿Cómo cojones se te ocurre? —La voz de Cena, cada vez más alta, atravesaba la pared.

—¡Rápido, rápido! —volvió a murmurar Suki.

Miranda se levantó del escritorio y se colocó cerca de la puerta, con los brazos cruzados sobre el pecho, al mismo tiempo que Suki ordenaba al terminal de sobremesa apagarse y cogía uno de los archivos que estaban en las enormes pilas de carpetas.

Un segundo después se deslizó la puerta del despacho. James Cena la atravesó hecho una furia. No había en su rostro ningún rastro de su sonrisa mezquina.

—Y yo le dije, pero ¿cómo puede ser que no se te haya...? —comenzó Suki, fingiendo que Cena entraba a lo que parecía un monólogo a medias—. Oh, James. Por fin estás aquí.

—¿Qué narices haces husmeando en mi despacho?

—¿Husmear? —exclamó Suki con indignación, al tiempo que cerraba el fichero de un carpetazo—. ¡Qué grosero!

—Abrevia, Planker. ¿Qué cojones quieres?

Suki rodó los ojos, saliendo de detrás del escritorio.

—Se pueden decir las cosas sin ser tan desagradable. Buscaba el informe que te di ayer sobre *La Ciudad Dorada*.

—¿Para qué?

—¿Cómo que para qué? Cosas de Calidad, chico. Siempre hay algo que mejorar.

Cena apretó los ojos. Saltaba a la vista lo mucho que le hacía desconfiar haberse encontrado a dos personas fisgoneando en su despacho.

Levantó un dedo y señaló en dirección de una pila junto al enorme ventanal.

—Ahí está.

Los tacones de Suki se escucharon en toda la sala cuando se desplazó hasta el lugar que le había indicado James. Se arrodilló y recogió el informe en cuestión. Lo revisó por encima y asintió.

—Sí, este es. Espero que lo hayas llenado de anotaciones con tus impresiones.

—Oh, que no te quepa duda —respondió el hombre con sequedad.

Suki le dedicó una sonrisa cordial y, con un movimiento de cejas, le indicó a Miranda que ya era momento de abandonar el despacho. La agente se despegó de la pared y encabezó la marcha.

Una vez fuera del Departamento de Coordinación Central fue cuando se permitieron respirar.

—Joder. Podrías haberte metido a actriz, Suki. Vaya aplomo el tuyo —murmuró Miranda con una sonrisa divertida.

—Eh, tú también has estado bien con esa cara de *bulldog* — contestó Suki devolviéndole el halago—. ¿Crees que se habrá dado cuenta?

—No. Lo dudo. Parecía más bien molesto por tu presencia. A mí ni siquiera me ha mirado.

—Estupendo.

Miranda echó a andar.

—Volvamos con Red y Hugo. Tenemos mucho de lo que hablar.

11

—Oído —había contestado Red cuando Miranda le llamó para encargarle desencriptar un archivo—. Dependiendo de su complejidad tardaré entre diez minutos y una semana, si es que no resulta imposible.

—Me conformo con que lo consigas —añadió la policía, colgando justo después.

Red no tuvo margen para despedirse o preguntar por la misión en la que se habían aventurado Miranda y Suki. No es que no estuviera acostumbrado a ese tipo de cortes por parte de su compañera humana; es más, solía significar que la agente tenía algo entre manos. Sin embargo, Red tendía a sentir que una interacción sin la despedida apropiada estaba incompleta.

—Parece que hoy estás muy solicitado —comentó Hugo desde el sofá, mientras pinchaba un trozo de las *redtitas*. Al llevárselo a la boca hizo una extraña mueca y, después de unos largos segundos de sufrimiento, tragó con pesadez—. ¿Era Miranda?

—Sí. Necesita que desencripte un archivo. Ya me he puesto con ello. ¿No te gustan? —preguntó, señalando las *redtitas*.

Hugo bajó la mirada al plato. Después volvió a alzarla hacia el droide con cierto pesar.

—No te voy a mentir, tío. Es como meterse un pozal de arena en la boca.

El procesador de Red se aceleró al escuchar las palabras del chico. A pesar de su dureza, fue maravilloso escuchar una opinión tan desastrosa.

—¡Fantástico! —exclamó el droide.

—¿Lo es? —cuestionó Hugo con una ceja alzada.

—Por supuesto —aseguró, aproximándose al chico y alzando en alto el plato para analizarlo de cerca—. Una parte fundamental del aprendizaje es cometer errores y aprender de ellos, Hugo. Por eso te agradezco tu crítica, me servirá para recopilar datos hasta conseguir las *redtitas* perfectas. —Pellizcó un trozo de la tortita y se lo llevó a la boca—. Mmph. Debo haber confundido alguno de los ingredientes.

Hugo parpadeó un par de veces.

—Es la primera vez que veo a un droide tan entusiasmado por aprender —comentó—. Por lo general, soléis ser casi como muebles. O amables máquinas parlantes.

—Es cierto que no es muy usual —asintió Red—. Pero he de decirte que depende mucho de las necesidades de aquellos que nos adquieren. Cuando yo llegué a la Policía, mi disco de experiencias estaba completamente virgen y podría haber pasado por una de esas máquinas parlantes de las que hablas. La suerte que tuve es que me asignaron como droide de compañía de Miranda, quien en todo momento me trató como un compañero más. Además, solicitó una leve modificación de mi código base para que tuviera ante todo una naturaleza curiosa. Dijo que la curiosidad es buena amiga del desarrollo de la inteligencia y que eso nos ayudaría en nuestros casos. —Una suave sonrisa se dibujó en el rostro del droide—. Le debo mucho de lo que soy a día de hoy.

—Miranda es muy guay —comentó Hugo por lo bajo, aunque pareció sentirse extraño al reconocerlo en voz alta porque carraspeó con gravedad—. Y... entonces, ¿podría decirse que sois amigos?

—¿Amigos? —preguntó el droide sin parpadear.

—Sabes lo que es la amistad, ¿no?

—Estoy familiarizado con el concepto, sí.

—No me refiero a que te sepas la definición letra por letra —negó Hugo—. Me refiero a que lo hayas sentido alguna vez.

Red suspiró con paciencia. Dejó el plato de *redtitas* sobre la mesa de café y tomó asiento en el sofá junto a Hugo.

—Ahí está la cuestión, Hugo. Los droides no sentimos.

—Será porque tú no quieres.

—Nada de eso —negó el androide, cruzando las manos sobre el regazo antes de continuar—. Verás, Hugo; soy capaz de establecer lazos con la gente que me rodea. Con mis superiores me siento un subordinado. Miranda es para mí una especie de mentora. Pero no dispongo de sentimientos o sensaciones humanas como tal. No siento más aprecio hacia Miranda del que pueda sentir hacia ti o hacia Suki.

—No me lo creo —negó Hugo, cruzándose de brazos—. A Suki y a mí nos acabas de conocer. Con Miranda llevas más tiempo, estoy seguro. Y, como dices, te ha enseñado muchas cosas.

—Por eso la considero mi mentora.

—Vale, imagínate esta situación: un tío muy cabreado está apuntando a Miranda con una pistola y sabes que va a volarle la cabeza. ¿Qué harías?

—Protegerla —contestó Red al instante.

—¿Ves? Ayudar y proteger a tus amigos es parte del concepto de amistad. Es lo que ocurre de forma natural cuando sientes afecto por alguien.

—No, no me has entendido, Hugo. La protegería porque está en mis Reglamentos.

Hugo se llevó la mano a la frente.

—Vale, olvídate de tus Reglamentos por un segundo.

—No puedo.

—Pues... Dios, qué complicado eres.

—Gracias.

Hugo hizo un silencio mientras Red sonreía, pensando que aquello era un cumplido. El rubio bufó antes de continuar hablando.

—Imagínate que no tienes Reglamentos. No tienes unas normas que te digan lo que debes hacer en ese momento, y estás viendo cómo alguien va a matar a la persona que más ha dado por ti desde que fuiste activado. ¿Cuál sería tu reacción?

Red abrió la boca, pero se dio cuenta de que no tenía claro qué decir. Su procesador iba a gran velocidad mientras intentaba encontrar una respuesta apropiada para aquel supuesto.

¿Qué haría? ¿Dispararía o no dispararía? Si se decidiera por disparar, ¿tiraría a matar como dictaban los Reglamentos o solo incapacitaría al agresor? ¿Reaccionaría enseguida o tendría que pensar qué hacer, justo como estaba ocurriendo en ese mismo momento?

Las pupilas de Red se iluminaron de color rojizo durante un breve segundo mientras guardaba aquella información en su núcleo. Cuando alzó la cabeza, vio que Hugo estaba sonriendo. Debía reconocer que le aliviaba ver que el chico dejaba de fruncir el ceño, aunque fuera durante un rato.

Una de las alarmas que tenía configuradas saltó de repente, emitiendo un pitido estruendoso.

—¡Eh, baja eso! —refunfuñó Hugo. A Red le desanimó ver que aquella radiante sonrisa había desaparecido de su rostro—. ¿Qué está pasando?

—Oh, hay problemas —dijo, procediendo justo a continuación a ponerse en contacto con Miranda. Aguardó en silencio hasta que la agente le contestó, apenas un par de tonos después—. Miranda, acabo de detectar una actualización individual —contó, mientras se ponía de pie—. El usuario todavía no está conectado a la red de Dreamland.

—¡Mierda! —exclamó Miranda al otro lado de la llamada—. Tenemos tiempo de pararlo. ¿Dónde está?

—En Pasadena Road, edificio 77B1. A treinta y dos minutos de tu localización. Y calculo que a unos ocho minutos de casa de Hugo. Depende del tráfico, claro.

—Joder... —contestó Miranda, acompañando el taco de un suspiro—. Red, tienes que ir para allá. Encuentra al usuario y evita que se conecte a Dreamland hasta que lleguemos nosotras.

—Vale, así será —contestó el droide, pero Miranda ya había colgado.

Hugo saltó del sofá.

—Voy contigo.

—No, Hugo —negó el droide al instante—. No es buena idea. Puede ponerse muy peligroso y tú todavía no has superado tu trastorno de estrés postraumático.

—Vaya. En primer lugar, no eres nada sutil —contestó Hugo, rodando los ojos mientras se cambiaba la ropa. Se quitó el pijama muy rápido, quedándose solo con la ropa interior, y comenzó a vestirse con prendas que parecían más o menos limpias, no sin antes olisquearlas para comprobar que no desprendieran mucho pudor—. ¿Has dicho que estamos a ocho minutos? He visto cómo conducís los droides. Si sigues tus Reglamentos, tardarás el doble en llegar.

—Bueno, es posible, pero seguirá siendo menos de lo que tarde Miranda. Y, además, deberías estar pensando en tu Prueba de Valor. No estoy muy seguro de que seas consciente de las consecuencias que tiene un suspenso.

Hugo terminó de vestirse enrollando una bufanda alrededor de su lechoso cuello. Se acercó a Red y, con una amplia sonrisa iluminando su rostro, colocó una mano sobre su hombro.

—A la mierda la Prueba de Valor, Red.

El droide pestañeó un par de veces, sin nada que poder contestar.

Como ya había imaginado Red, Hugo había hecho gala de su humanidad del mismo estilo en el que lo hubiera hecho Miranda: conduciendo como un loco. Aunque el droide lo desaprobaba, había sido para bien, ya que habían conseguido llegar a la localización de la última actualización individual en apenas cinco minutos y diecisiete segundos.

Tocaron a la puerta y esperaron a que esta se deslizara. Al otro lado había una mujer pelirroja muy despeinada, con cara de cansada. Una de sus piernas era mecánica.

—¿Qué quieren?

—Buenas tardes, señora Schwartz. Mi número de lote es RD-248 y soy un droide policial. Este es... —comenzó, pero Hugo le interrumpió antes de que continuara.

—El detective Kórberg —saludó, extendiendo su brazo para estrechar la mano de la mujer—. Un placer.

La señora Schwartz observó su mano con desconfianza, negándose siquiera a rozar la piel del chico.

—¿Qué quieren? —repitió, algo más nerviosa.

—Venimos a hablar con usted y su acompañante de vivienda. ¿Está en casa?

—No —contestó con rapidez—. Mi marido volverá tarde. Está trabajando.

Red no notó nada raro en aquella afirmación, pero se dio cuenta de cómo Hugo fruncía el ceño.

—Mire, señora Schwartz —comenzó el chico—; no nos importan los asuntos que tengan entre manos más allá de lo que hemos venido a investigar. Estamos aquí para comprobar la seguridad de la red de Dreamland. Ya habrá visto los noticiarios.

—Me parece muy bien, pero les aseguro que mi marido no está aquí —sentenció la mujer.

Red no lo tenía tan claro: elevó el brazo para consultar su terminal portátil de nuevo. Hizo un rápido escaneo que traspasó las paredes de la vivienda y le devolvió un resultado de lo más interesante.

—No puede ser cierto, señora Schwartz, ya que, según mis datos, hay dos Memorias dentro de su hogar ahora mismo —anunció.

La cara de la mujer cambió de inmediato del leve temor al mayor de los espantos.

—No, se equivocan...

—Una debe ser suya —dedujo Hugo—, por lo tanto, la otra debe ser de su marido. ¿No es así?

—No, ha habido algún error...

—¿Mamá? —preguntó una voz, que venía de algún punto del pasillo.

Red y Hugo estiraron el cuello por encima de la señora Schwartz para ver de quién se trataba: una niña pequeña, de unos cinco años, piel oscura y ojos grisáceos, los cuales se frotaba con cansancio.

—Mamá, ¿quiénes son? —volvió a preguntar.

La señora Schwartz fue a paso rápido hasta su pequeña y se agazapó para poder hablar con ella.

—Cariño, ¿qué haces despierta? ¿No te habías ido a descansar?

—No me apetece hacer una siesta, mamá... Quiero ver a papá.

—Papá está muy ocupado con eso que ya sabes, cariño. No vendrá hasta tarde. —La mujer se dio la vuelta para observarlos—. Déjenme que la acueste, por favor.

Hugo y Red aprovecharon la situación para adentrarse en el hogar. Mientras el droide examinaba habitación por habitación, Hugo contemplaba la escena entre la madre y la hija desde el pasillo.

Asintió con la cabeza.

—Por supuesto.

Red emergió de la cocina.

—Debe estar escondido en alguna parte —susurró para que solo le escuchase Hugo.

—Por favor, esperen en el salón —pidió la mujer, mientras se llevaba a su hija en brazos.

Red y Hugo se dirigieron hasta el lugar indicado. Por la cara del rubio, el chico debía estar pensando en lo mucho que se parecía aquel hogar al suyo: pequeño, asfixiante, apenas decorado. El hogar propio de casi la totalidad de la población de la Capital.

—¿Has podido averiguar de quién es la Memoria pirateada? —cuestionó Hugo al droide cuando estaban solos.

Él negó con la cabeza.

—No. No tengo acceso a esos datos. Tendré que hacer un escaneo cercano para saberlo.

—Bien.

Al cabo de un minuto, la señora Schwartz regresó al salón. Red le esperaba sentado en el sofá, mientras que Hugo caminaba de un lado a otro con los brazos cruzados.

—Siéntese, por favor —le pidió Red con una amable sonrisa.

La señora Schwartz tomó asiento, despacio, a la otra punta del mueble.

—Miren, ya les he dicho que mi marido no está aquí. Tampoco tiene nada que ver con todo esto que está ocurriendo...

—Lo sabemos —intervino Hugo—. Lo crea o no, señora, estamos aquí por su seguridad. —Carraspeó con fuerza—. RD-248, por favor, escanea la Memoria de esta mujer.

Red se dio la vuelta y observó a Hugo, perplejo. Por supuesto, Hugo no había caído en la cuenta de que Red no tenía por qué responder a sus órdenes de la misma forma de la que lo hacía con Miranda. Al fin y al cabo, no era un policía de verdad.

—Es... es una orden, RD-248. De tu superior policía —añadió, alzando ambas cejas.

De pronto, a Red pareció iluminarle la divina providencia.

—¡Oh! Sí, claro. Por supuesto. Enseguida —asintió—. Esto no va a molestarte lo más mínimo —le indicó a la mujer, mientras alzaba su terminal en su dirección.

La señora Schwartz, que lo más seguro no se fiaba un pelo, cerró los ojos con fuerza. Red interrumpió sus funciones motoras mientras realizaba el escaneo. Una vez hubo terminado, se apartó de la señora Schwartz y, al mirar a Hugo, negó con la cabeza.

No era su Memoria.

—Mire, señora Schwartz —comenzó de nuevo Red—: no estamos aquí para ajustar cuentas con su marido de ningún tipo. Solo queremos comprobar que se encuentra bien. Tiene que decirnos dónde está oculto.

Mientras Red seguía con el interrogatorio, Hugo se dedicó a observar las fotos de la familia. Apenas había tres marcos. En uno de ellos aparecía la señora Schwartz con su marido, un hombre de piel oscura con aspecto tan abatido como el de ella. Aunque en esa foto ambos sonreían. La siguiente fotografía era de ambos padres, todavía más felices, sosteniendo un pequeño bulto que debía ser la niña que la señora Schwartz acababa de mandar acostarse. La tercera fotografía era de la pequeña, y debía ser la más reciente de todas porque su aspecto era bastante similar al actual: pecosa, de media melena morena y ojos astutos. Posaba de lado, con una sonrisa radiante y el pelo volando al son del viento.

—Agentes, por favor... les estoy contando la verdad —escuchaba decir a la señora Schwartz mientras observaba las fotografías—. Mi marido trabaja hasta tarde justo porque yo estoy teniendo que hacer menos horas para cuidar a Lizzy. Es una niña enfermiza, ¿saben? Siempre tiene problemas para dormir y tengo que quedarme para hacerle compañía...

Había algo que había llamado la atención de Hugo en aquella foto, que conforme escuchaba a la señora Schwartz hablar parecía ir cobrando sentido: Lizzy tenía una pequeña cicatriz debajo de la oreja izquierda, que podía verse gracias a que el viento le apartaba el pelo de encima.

Una cicatriz que, sospechosamente, se parecía muchísimo a la que producía la cirugía de injerto de Memoria.

—Dios mío... —murmuró, dándose la vuelta con los ojos abiertos como platos. La señora Schwartz y Red lo observaban, estupefactos—. Dios mío, Red. Es la niña.

—¿La niña? —cuestionó el droide.

—La niña, Lizzy. Le han puesto una Memoria.

Los ojos de Red chispearon de repente, adquiriendo un intenso color anaranjado.

—¡¡No!! —exclamó la señora Schwartz al mismo tiempo que Red se ponía de pie, pero ya era demasiado tarde.

El droide avanzó a pasos rápidos a lo largo del pasillo, moviéndose como un animal enfurecido que arramblaba con todo y arrastrando cualquier mueble que se cruzase con su pesado cuerpo metálico. Al llegar a la habitación de la pequeña se percató de que había echado el cerrojo a la puerta. Aquello no fue un problema para el droide: de un topetazo la atravesó como si fuera corcho.

Hugo salió del salón detrás de él, siguiendo sus movimientos desde una distancia prudencial. En cuanto Red se adentró en la habitación de Lizzy, ambos pudieron ver cómo la niña se encontraba con el menú de Dreamland desplegado en un terminal de mano.

A Hugo le horrorizó ver que estaba dentro de la plataforma de Sueños Inducidos, eligiendo qué sueño iba a reproducir.

—¡Alto! —exclamó Red.

Lizzy saltó de la cama, gritando a pleno pulmón.

Red caminó hasta ella y la agarró sujetándola de su pequeña muñeca. Se trataba de un gesto para evitar que la niña presionara cualquier sueño por error, pero solo sirvió para asustarla todavía más. Lizzy golpeaba a Red en la espinilla, intentando zafarse de él sin dejar de gritar.

—¡LIZZY! —exclamó la señora Schwartz, entrando por la puerta y golpeando también al droide—. ¡Suéltala! ¡Le estás haciendo daño!

—¡RED, YA VALE! —exclamó Hugo desde la puerta, pero aquel grito fue en vano.

—¡Policía! —escuchó Hugo al otro lado del pasillo, y corrió para abrir la puerta de la entrada. Allí estaban Miranda y Suki, con el rostro desencajado por los gritos—. ¡¿Qué está pasando?!

—¡Es Red! ¡Está fuera de sí! —explicó Hugo.

Miranda corrió en dirección de los gritos y dio de bruces con la desgarradora escena.

—¡RED! —exclamó.

El droide alzó la cabeza y giró el cuello en su dirección, como si hubiera reconocido su voz.

—¡Fin del Modo Asalto! —exclamó, y de inmediato los ojos de Red se apagaron. Abrió la mano, soltando así la muñeca de la niña.

Lizzy corrió a los brazos de su madre. Ambas se abrazaban llorando.

Red parpadeó un par de veces mientras recuperaba el control sobre sí mismo.

—¡Miranda y Suki! Llegáis justo a tiempo —comenzó a decir, justo antes de darse cuenta del lugar en el que estaba: la habitación de Lizzy. La puerta estaba arrancada de cuajo y la niña lloraba junto a su madre, bajo las asustadas miradas de sus compañeros—. Oh...

Hugo se giró hacia Miranda, quien a su vez no era capaz de apartar la vista del droide.

—Miranda, lo siento mucho —dijo el chico—. No tenía ni idea de que iba a reaccionar así. De repente ha...

—Déjalo —ordenó la agente—. Luego hablaremos de eso. Dime primero por qué Red estaba agarrando a esa niña.

—Tiene una Memoria insertada, creemos que es la corrupta.

—¡Pero si es una niña pequeña! —exclamó Suki—. ¡Eso va totalmente en contra de las normas!

—N-No nos quisieron ayudar con sus problemas de sueño... —comenzó a excusarse la madre.

—Señora, no se ofenda, pero esto es una irresponsabilidad enorme —continuó Suki—. Si existe una edad mínima, es por algo. ¡El cerebro necesita llegar a cierto desarrollo cognitivo para poder usar algo así de invasivo!

La señora Schwartz no podía dejar de llorar.

—N-No teníamos ni idea... No...

Miranda se aproximó a la niña y su madre, quienes la observaron con los ojos todavía llenos de terror. Se colocó de cuclillas, a la altura de Lizzy, y reunió todas las fuerzas que fue capaz para dibujar una sonrisa amigable.

—Hola, pequeña. He venido a ayudaros a ti y a tu mamá. ¿Me dejas mirar una cosa?

La niña, de ojos grandes y atentos, la observaba con curiosidad. Asintió con la cabeza mientras se secaba las lágrimas con sus manitas. Miranda estiró el brazo y, sin acercarse demasiado, hizo un escaneo rápido con su terminal.

—Es la Memoria del señor Schwartz. Es una ilegalidad manipularlas así, y más aún para colocársela a un menor —comentó, dirigiéndose ahora a la madre.

—P-Por favor... —comenzó a suplicar la mujer—. Por favor, haré lo que sea. Por favor. No nos Asciendan...

La agente suspiró por la nariz y se pasó las manos por la cara, frotándose los ojos durante un rato. Después, se giró hacia Suki.

—¿Hay alguna forma de arreglar esto de la manera más sutil posible? —le preguntó.

Suki asintió.

—Ya estoy en ello —dijo, mientras tecleaba sobre su terminal portátil—. Un equipo de cirujanos viene hacia aquí. Son de confianza. Diremos que el padre se extrajo la Memoria por su cuenta y la tenía guardada en algún sitio de la casa. Pasará por una infracción leve.

—¡Gracias! Dios mío, ¡muchas gracias! —exclamó la mujer, abrazando a su hija todavía más mientras volvía a romper a llorar.

—Descansad —le dijo Miranda, todavía procurando parecer alguien agradable—. Volveré mañana para hablar un par de cosas con usted.

—¡Lo que sea!

Miranda asintió y abandonó la habitación. Pegó el cuerpo al pasillo, suspirando despacio por la nariz. Todavía tenía el corazón a mil por hora.

—¿Estás bien? —preguntó Hugo, que se encontraba a su lado, sobresaltándola por un momento. Ni siquiera le había escuchado seguirla.

—¿No debería ser yo la que te preguntase eso? —contestó con una breve mueca irónica—. Sí, estoy bien. Ha faltado bien poco.

—No parecía que fuera a atacar.

—No puedes fiarte de un droide en Modo Asalto —murmuró la agente—. Tenía en su sistema mi orden de detener al usuario para que no utilizase Dreamland. Hay muchas formas de conseguir algo así. —Suspiró—. Hemos tenido suerte.

Suki seguía hablando con la mujer y la niña dentro de la habitación. Por su tono de voz, parecía estar consiguiendo calmarlas. Red salió al pasillo, encontrándose con los otros dos. En cuanto Miranda vio al droide aparecer, se apartó de la pared y de Hugo. Centró toda su atención en el droide, a quien observaba con dureza.

—Miranda, no iba a hacer... —comenzó él.

—Basta —ordenó la agente—. Ahórratelo para luego. Ahora mismo no quiero saber nada.

Y, tras aquello, abandonó el hogar a pasos rápidos.

Hugo suspiró por la nariz. Red, a su lado, se encogió de hombros.

—No te preocupes. Siempre reacciona así cuando ocurren estas cosas.

—¿Sí? —preguntó Hugo, apoyándose sobre la pared de brazos cruzados—. ¿Y no te parece que razón no le falta?

La mirada que Red le dedicó fue tan opaca que Hugo sintió como si el droide estuviera observando a través de él.

12

Pensaba que la situación había dejado de importarle, pero en cuanto Hugo abrió la citación que acababa de llegar a su terminal portátil comenzaron a temblarle las manos.

Estimado Sr. Hugo Körberg:

Mediante la presente, le informamos de que queda oficialmente convocado para la realización de su Prueba de Valor, en la cual deberá presentar un Aval de Valía digno del puesto a desempeñar en nuestra sociedad, solicitado por usted mismo en su instancia, en su caso, técnico especialista en Diseño de Sueños Inducidos para la compañía Dreamland Corporation.

La Prueba, que debería realizarse el 25 de septiembre coincidiendo con su decimoctavo cumpleaños, una semana exacta desde el día de hoy, ha quedado aplazada por motivos de fuerza mayor debido al incidente acontecido en su vivienda, el cual ha implicado la complicación de la salud del adulto a su cargo y en el estrés que usted ha experimentado, que entendemos ha sido un impedimento para preparar su Aval de Valía a tiempo. Por ese motivo, su Prueba de Valor queda aplazada de manera excepcional hasta el 27 de septiembre a las 18:00 (hora de la Capital), concediéndole de esta manera una semana y dos días de tiempo hasta la misma.

Para su Prueba han sido convocados como miembros del tribunal: Flin Kerser, profesor doctorado en la Academia Oficial de Acceso a Industrias Informáticas y rector de la misma; James Cena, director del Departamento de Coordinación Central de Dreamland Corporation; y Uma Sharma, también conocida como la Madre, actual directora ejecutiva de Dreamland Corporation y descendiente directa de la Familia Sharma.

Debido a su situación personal, se ha decretado que su Prueba de Valor se realizará a puerta cerrada para evitar someterle a más emociones de las que pueda soportar ahora mismo.

Recuerde: su futuro depende de esta prueba. De no pasarla con éxito, la alternativa será la Ascensión.

Mucha suerte.

Cordiales saludos,

Flavio Morezzi

Vicepresidente del Gobierno

Hugo sentía una presión en el pecho que apenas le dejaba respirar.

Tomó asiento en el sofá, cerró los ojos y se dedicó a inspirar y espirar hasta que notó que, al cabo de los minutos, su mente dejaba de estar desbordada y su pecho algo menos cargado.

Volvió a mirar el terminal.

27 de septiembre.

Una semana y dos días.

Bueno, estaba bien. Puede que esos dos días fueran a ser tiempo suficiente como para adelantar lo que no había hecho desde el *incidente* de su padre. Iba a dormir poco y a tener que dejar algunas cosas menos detalladas de lo que le hubiera gustado, pero iba a poder hacerlo.

Iba a poder hacerlo.

Se puso en pie y caminó hasta su habitación. Encendió el terminal de sobremesa y abrió el programa de edición de código. Líneas y líneas de Shar-D, el lenguaje de programación propio de Dreamland, aparecieron ante sus ojos. Líneas interminables, con comandos que entendía a la perfección cuando los escribió, pero que ahora se diluían en su mente como mantequilla entre sus dedos.

—No puedo respirar —musitó, llevándose la mano al pecho—. No puedo...

No iba a poder hacerlo. No iba a ser capaz de terminar su Aval de Valía si todavía no tenía claro si iba a volver a ver a su padre.

Suki avanzaba con paso decidido por el pasillo. No sabía qué iba a encontrarse en la Cámara del Sueño. Lo que sí daba por sentado era que no iban a ser buenas noticias.

Apenas había mantenido contacto con Dana durante los últimos días. Habían pasado de hablar en todo momento, pasear por lugares de ensueño en Dreamland y almorzar todos los días juntas a intercambiar unos rancios mensajes de texto para dar los buenos días. Ninguna de las dos se había atrevido a volver a hablar de la Ascensión. Suki, por su parte, porque no se había visto capaz. En el caso de Dana, Dios sabe por qué.

Demasiadas cosas habían estado ocurriendo como para dejar una conversación así pendiente. Y, si Dana no la iniciaba, Suki lo haría. Y se aseguraría de que no subiera a esa condenada nave.

El tono de llamada de su terminal la hizo trastabillar sobre sus tacones. Se llevó la mano al pecho del susto mientras recobraba la compostura y contestó llevándose el aparato al oído sin mirar de quién se trataba.

—¿Sí?

—Suki, soy yo. —Era Hugo. Se le notaba algo alterado—. Te llamo porque necesito saber si hay novedades con mi padre.

—No me han notificado nada, pero me encargaré de averiguarlo. Dame unos minutos, antes tengo que resolver algo importante que tengo entre manos.

—Claro, cuando puedas.

Tras una corta despedida, cortaron la llamada.

Suki siguió caminando hasta el ascensor que le llevaría a la subterránea Cámara del Sueño en la que se encontraba trabajando Dana en esos mismos instantes. Por mantener las manos ocupadas, se retocó el pelo mientras descendía en las tinieblas de aquel enorme foso repleto de cuerpos dormidos.

El ascensor se abrió y Suki avanzó a paso ligero hasta el puesto de trabajo de Dana. La encontró allí, donde siempre, de espaldas y con su larga cabellera dorada cayendo como una cascada. Siempre le había llenado de emoción acercarse imaginando la sonrisa con la que la iba a recibir. Pero en ese momento, tal y como estaban las cosas, solo deseaba poder dar media vuelta.

—Hola, Dana —saludó, manteniéndose a cierta distancia.

Dana se giró, observándola con ojos distraídos hasta que pudo reconocerla. Entonces solo mostró un ápice de sorpresa.

—Oh, hola —respondió. No se dio la vuelta, pero tampoco hizo amago de levantarse para abrazarla.

Conque así estaban las cosas.

—He estado pensando en lo que dijiste sobre la Ascensión —empezó Suki—, y aunque me parece una decisión tan buena como cualquier otra, creo que no estás valorándolo como toca.

Dana frunció el labio.

—¿No estoy valorándolo como toca?

—Más allá de mis sentimientos por ti, creo que es una mala idea solo por el hecho de que no hay vuelta atrás —añadió Suki—. Si te vas, no vas a volver, Dana. Todo lo que tienes aquí, tu familia, tus amigos... nosotras. Todo eso va a desaparecer. ¿Por qué? ¿Porque te apetece cambiar de trabajo?

Dana cerró el informe de un carpetazo.

—No esperaba que lo entendieras, Suki —dijo, poniéndose en pie y comenzando a recoger sus cosas—. No se trata de perder o ganar. Va mucho más allá de eso.

—Por favor, Dana —intentó Suki—. Si me dejaras demostrarte que...

—¡Es que no tienes nada que demostrarme! —increpó la rubia—. ¡Nada, Suki! No puedes entenderlo porque esto hay que sentirlo. A mí me llena de orgullo ver cómo esas personas lo dan todo para que gente como tú y como yo podamos tener un futuro mejor. ¿Qué sientes tú?

—Dana...

—Está decidido, Suki. Ya he presentado mi dimisión. Hoy es mi último día aquí. Embarcaré en cuatro días y entonces podrás pasar página.

Suki abrió los ojos como platos. Se había quedado sin habla al darse cuenta de lo inútil que había sido aquel intento de hacerla entrar en razón. Aquella última oportunidad para evitar que se fuera para siempre.

Dana endureció la mirada. Unas pequeñas lágrimas amenazaban con brotar de sus ojos, pero fue algo que no permitió. En lugar de eso, se cruzó de brazos y alzó la barbilla.

—Si no necesitas nada más, hay varias cosas que me gustaría dejar zanjadas antes de marcharme.

No era la única.

—Te quiero, Dana —empezó Suki a la desesperada—. Siempre te querré hagas lo que hagas. Pero no soy capaz de entender por qué haces esto.

Aquello pareció ablandarla por un momento, pero la chica se recobró enseguida.

—Lo sé. Y yo también a ti. Pero justo porque no puedes comprenderme esta es la forma en la que terminamos. Adiós, Suki.

Dando por zanjada la conversación, Dana se volvió y continuó con sus labores.

Suki abandonó la Cámara del Sueño, a paso rápido y con lágrimas brotando de sus ojos.

Miranda estaba a punto de tocar a la puerta de la inspectora Silvestre cuando su terminal le avisó de que tenía un nuevo mensaje.

Antes de hacer nada más, desplegó el menú y echó un vistazo. Era un mensaje de Suki, que parecía bastante apurada:

SUKI: Sé que no nos conocemos mucho, pero necesito hablar con alguien. Es sobre un asunto personal. ¿Tienes un hueco?

Miranda observó el mensaje durante un rato antes de decidirse a contestar. Aquella petición daba pie a muchas dudas, y la agente era una persona curiosa, pero sobre todo alguien decidida a ayudar por naturaleza en todo lo que pudiera.

MIRANDA: Claro. Hoy a las 19:00 en el bar que hay frente al cuartel.

Miranda guardó el terminal y golpeó la puerta con los nudillos.

—Pase —contestó la inspectora al otro lado.

La agente colocó la mano sobre la pantalla táctil y la puerta se deslizó en lateral. Dentro del despacho le esperaba la inspectora, con un informe en la mano y la ceja izquierda alzada.

—Tienes muchas agallas para entrar en el despacho del director de uno de los departamentos más importantes de Dreamland, Miranda. Tengo que reconocértelo —murmuró sin apartar la vista del informe. Después, alzó la mirada y clavó sus ojos aguileños sobre su subordinada—. ¿En qué cojones estabas pensando?

—Conté con ayuda, inspectora.

—¿RD-248?

—No, una empleada de Dreamland. La señorita Planker, la directora del Departamento de Calidad.

La inspectora estudió a Miranda con detenimiento. La joven agente detestaba aquellos momentos en los que la ponía bajo lupa para evaluar su rendimiento. Aun así, siempre se esforzaba por mantener la barbilla bien alta.

—Buen trabajo —sentenció, arrojando el informe sobre la mesa—. Tenemos suficientes sospechas como para detener a James Cena e interrogarle sobre las muertes.

—He de decir, inspectora, que este avance en el caso me da buena espina —añadió Miranda, permitiéndose adoptar una actitud más relajada—. No veo a Cena como alguien con la suficiente capacidad como para causar estos asesinatos por sí solo, pero estoy segura de que tiene información que nos puede ayudar a comenzar a señalar culpables.

La inspectora Silvestre volvió a hacer un silencio. Esta vez, su mirada fue más dura que la anterior y, por un momento, a Miranda le recorrió un escalofrío por la espalda.

La inspectora se puso en pie y avanzó hasta los ventanales del despacho, asegurándose de que estuvieran traslúcidos para que nadie pudiera observarlas.

—Voy a decirte una cosa, Miranda, que espero que quede entre nosotras —comenzó, dándose la vuelta después para observarla directamente—. Eres mi mejor agente.

—Gracias, señora.

—Pero indagas demasiado.

Miranda frunció el ceño sin comprender a qué venía aquello.

—¿Perdone?

—Desde el día en el que te puse al mando de tu primer caso, te dije que lo importante de ser policía era asegurar el bienestar de los ciudadanos de la Capital. —La inspectora se paseaba a lo largo de la sala con las manos a la espalda—. Y has cumplido con creces con este mandato, desde luego. Sin embargo, hay veces que hay que saber cuándo debemos parar de darle vueltas a un caso. Somos muchos, Miranda, y cuanta más gente respirando haya, se traduce en más criminales sueltos.

—Pero, inspectora, justo por la complejidad de este caso estoy dedicándole tanto tiempo...

—¿Complejidad, Miranda? —La inspectora volvió a tomar asiento en su escritorio—. Has encontrado al culpable de todos los casos de trastorno por uso de Sueños Inducidos.

—No podemos concluir que él sea el culpable todavía.

—¿Qué más necesitas? —cuestionó la inspectora—. James Cena tiene un historial de conductas agresivas bastante amplio, guarda registro de lo que seguro que son las víctimas que quiere asesinar cuando termine de perfeccionar lo que tú llamas sus *ensayos* y además tiene una posición que le permite acceder a todo Dreamland sin levantar ningún tipo de sospecha. Es la persona que estabas buscando, Miranda.

—Le estoy intentando decir que, a pesar de lo que digan las pruebas, no pienso que sea culpable.

—¿Y qué te lo dice? ¿Tu intuición policial? —se jactó la superiora—. Vamos a traer aquí a ese hombre y va a confesar. Y entonces todo esto habrá terminado. —La inspectora echó mano de otro informe policial e hizo un aspaviento en dirección a Miranda—. Puedes continuar con tus labores, agente. Pero recuerda que ya has terminado esta investigación. Y repito: buen trabajo.

Miranda asintió y, a paso rápido, abandonó el despacho.

Si antes ya sentía que había algo extraño en aquel caso, la conversación con su inspectora no había servido para calmar sus sospechas. No después de la forma en la que su superiora le había dicho que estaba *indagando demasiado*.

Cuando Red entró en el cuartel de Policía, varios agentes conducían a rastras a un hombre esposado en dirección de una de las salas de interrogatorios. En cuanto pudo verle la cara detectó al instante de quién se trataba: James Cena.

—¡¡Soltadme, cerdos!! ¡¡Yo no he hecho nada!! —exclamaba, mientras intentaba quitarse a los policías de encima a tirones.

La inspectora Silvestre y Miranda observaban la escena de brazos cruzados. Cena pareció reconocer a la agente porque abrió mucho los ojos al ver a Miranda, como si de pronto comprendiera por qué estaba allí. En ese momento, algo dentro de él cobró la suficiente fuerza como para zafarse de los guardias y correr hacia ella.

De forma automática, Red sacó su arma de la funda y apuntó a la frente de Cena.

Estaba a punto de presionar el gatillo cuando se dio cuenta de que Cena, en realidad, no intentaba atacarla. Al contrario de lo que había calculado por su forma de moverse, el hombre se acercó a Miranda lo suficiente como para agarrarla de las muñecas y obligarla a acercarse a él. Después, enterró los labios entre su pelo y susurró algo que Red no pudo captar por la distancia que los separaba y el griterío que se había apoderado del cuartel.

El droide bajó la pistola.

Miranda giró el cuello y observó a Cena directamente a los ojos. Entonces varios agentes de policía se echaron encima de él y, arrastrándole de nuevo, se lo llevaron hacia las salas de interrogatorios.

Cena ya no gritaba; tenía la mirada clavada en Miranda.

La inspectora Silvestre colocó una mano sobre el hombro de Miranda. Red leyó sus labios y averiguó que la inspectora le preguntaba si se encontraba bien. La agente asintió con la cabeza, con pesadez.

Red esperó a que los ánimos del cuartel se calmaran un poco. Dejó que pasaran un par de minutos antes de reunirse con Miranda, quien se encontraba en la sala de descanso sirviéndose una taza de Kopsa junto al microondas.

—He visto lo que ha ocurrido con James Cena —aseguró el droide.

—¿Y no le has disparado? —preguntó la agente con desgana, sin siquiera llevar la vista hacia él.

Red agachó la cabeza.

—Me pides que me disculpe por cosas que están aferradas a lo más hondo de mi programación, Miranda —murmuró, alzando después la cabeza—. No he elegido ser como soy. Me han hecho así.

—Ya lo sé, Red —suspiró la agente, repiqueteando con las uñas sobre la taza—. Pero, como siempre te digo, en tus manos está averiguar quién quieres ser.

Red aguardó en silencio, rememorando viejas conversaciones con su mentora humana.

—«Es malo no ser capaz de darte cuenta de que estás haciendo algo malo» —repitió en voz alta.

Miranda alzó la cabeza y, por primera vez desde que había ocurrido el incidente con Lizzy, miró al droide a los ojos.

A Red se le aceleraron los circuitos de la emoción.

—Sigo trabajando en ello —aseguró.

Esas palabras debieron gustarle a Miranda, ya que Red notó cómo relajaba los hombros.

—Eso espero —murmuró, dando otro sorbo de Kopsa.

El droide pensó que aquello tenía pinta de ser una tregua, por lo que decidió que era un buen momento para preguntar.

—¿Qué te ha susurrado Cena?

Miranda abrió los ojos. Después, sonrió y resopló por lo bajo.

—No se te escapa una, ¿eh? Nadie más se ha dado cuenta. O, por lo menos, no han preguntado —comentó. Se humedeció los labios con la lengua antes de continuar—. Me ha dicho que he cometido un grave error.

—Debe estar enfadado contigo por haber propiciado su detención.

—No es solo eso, Red. He tenido antes una conversación muy extraña con la inspectora Silvestre, y... —Negó con la cabeza—. Hay algo que está mal en todo esto. Estoy segura de ello.

Red parpadeó.

—Fuiste tú quien dijo que había alguien detrás de los fallos del servicio de Sueños Inducidos y resultó ser cierto, así que te creo.

Miranda intentó ocultar una sonrisa, pero saltaba a la vista que estaba ahí.

—Lo dices para que te perdone —dijo, alzando las cejas con picardía.

—Lo digo porque es lo que pienso —aseguró Red, ejecutando después una sonrisa sincera que apareció en su rostro.

—Red... —empezó Miranda, pero calló cuando una alarma del droide comenzó a sonar—. ¿Qué es eso?

—Acabo de terminar de desencriptar el archivo que me pediste.

Ante la atenta mirada de Miranda, Red procedió a examinarlo línea por línea.

—Mmph.

—¿Qué? —preguntó la agente, dejando la taza de Kopsa sobre el microondas—. ¿Qué es?

—Parece que Cena tenía un espacio propio dentro del servidor de Dreamland para establecer conexiones privadas. Muy bien escondido, muy difícil de rastrear si no sabes que está ahí. Este archivo es un acceso directo a ese espacio —contó Red mientras navegaba alrededor del código—. Oh. Solo usaba su lugar privado para abrir un canal con una persona.

—¿Quién?

—No habrá usado su nombre, claro. Solo un alias —se aventuró Red.

Tocó varios comandos en su terminal para poder mostrárselo por pantalla holográfica. El alias apareció, en grandes letras, ante los ojos de ambos:

EL ARQUITECTO.

13

¡La persona que estaba usando Dreamland para entorpecer la salud de sus usuarios ha sido detenida!
Se trataba de James Cena, uno de los dirigentes de nuestra red, que fue detenido e interrogado por la Policía y ya ha confesado sus crímenes.
Nos disculpamos a los afectados y agradecemos al Gobierno su rápida y efectiva intervención, porque gracias a ellos...
¡Dreamland se ha vuelto un lugar más seguro que nunca!

—El Arquitecto —leyó Miranda en voz alta.

Alzó la vista hacia Red, quien en esos momentos estaba escaneando el archivo más a fondo.

—Según los registros, Cena lo ejecutó por última vez cerca de una hora antes de que Suki y tú entrarais en su despacho —anunció.

—¿Tienes idea de quién es? —cuestionó la agente.

Red negó con la cabeza.

—Imposible de saber sin acceder al canal privado. Quizá desde ahí pudiera localizar a dónde se envía la señal.

—Pero podría estar repleto de trampas justo para evitar que lo encontraran, Red.

—Lo sé —asintió con la cabeza—. Aun así, tengo incorporado el antiviral electrónico más potente del mercado. Si me das la orden, lo haré.

Miranda apretó los labios. Era importante que continuaran con la investigación, pero… ¿hasta qué punto estaba dispuesta a arriesgar?

—Voy a llamar a Suki y a Hugo. Tenemos que hablar con ellos.

Extendió el antebrazo y abrió un canal privado para los cuatro. Al poco, ambos jóvenes contestaron. Red y Miranda observaron primero aparecer el avatar de Hugo en la pantalla aérea. Después el de Suki, que tenía el mismo aspecto de ejecutiva que su versión de carne y hueso.

—¿Miranda? —saludó la directora—. ¿Qué pasa?

—Hemos detenido a Cena —contó Miranda, cosa que pareció consternar a Suki.

—Ah, sí —asintió Hugo—. Esa noticia ya está circulando por Dreamland. Se ve que ya ha confesado.

—Sí, pero yo no creo que él sea el culpable —aseguró Miranda, pasando después a hablarles de la conversación con la inspectora Silvestre, la frase que le susurró Cena cuando le arrastraban a detención y el descubrimiento del Arquitecto.

—¿El Arquitecto? —bufó Hugo—. Vaya nombre…

—¿Alguna idea de quién puede ser? —preguntó la agente.

Hugo negó con la cabeza.

—La verdad es que no. Ahora mismo no recuerdo haber escuchado ese alias.

Suki, que había estado muy seria y sin decir palabra mientras escuchaba la conversación, intervino entonces.

—Tenemos que hablar con él —dijo, con firmeza—. Si es un contacto de confianza de Cena, podrá decirnos cuál es su relación con todo esto. En cualquier caso, estaremos avanzando.

Miranda sonrió.

—Pensamos lo mismo —admitió—. Aunque vamos a tener que hacerlo a espaldas de la inspectora. Ya ha dado el caso por cerrado y me ha advertido que lo dejemos estar.

Red carraspeó.

—De acuerdo, en ese caso no queda otra opción que establecer una llamada con el Arquitecto —asintió—. Entraré, le interrogaré y lo localizaré antes de terminar.

—¡De eso nada! —exclamó Miranda más alto de lo que hubiera querido—. Red, no sabemos quién es ni de lo que es capaz.

—Justo por ese motivo debo ser yo quien hable con él.

—No, justo por eso no deberías ser tú: eres un droide. Si tiene algo que ver con todo lo que está pasando, ¿quién te dice que no pueda acceder a tu sistema?

—Los humanos tenéis chips incrustados en el cerebro, Miranda —argumentó el droide—. No podrá hackearte, pero podría freírte la cabeza si quisiera.

—Entonces, es un riesgo que debo tomar —aseguró la agente.

—¡Miranda! —exclamó Suki.

—Miranda, no hablarás en serio... —comenzó Hugo, nervioso.

—Por supuesto que sí —intervino la agente—. Es mucho más peligroso un droide fuera de control en el cuartel de Policía que una agente con el cerebro frito. Voy a entrar —dijo. Y, dándose la vuelta hacia el droide, añadió—: Es una orden.

A Red se le iluminaron los ojos de un color rojizo, y los demás supieron que ya no había nada que hacer.

—Ten cuidado Miranda, por favor —pidió Suki.

—Es Miranda. Estará bien —aseguró Hugo, aunque se notaba la duda en su voz.

La agente de policía tomó asiento en su escritorio y activó las medidas de protección adicional de su Memoria para casos peligrosos desde el menú de su antebrazo.

Red, a su lado, le envió el archivo desencriptado.

—Voy a estar monitorizando lo que ocurra en todo momento —advirtió—. Si noto algo raro, te sacaré de la llamada.

—Consigue su localización antes de hacerlo —ordenó Miranda.

—Pero... —comenzó el droide.

—La localización, Red —le interrumpió la agente.

El droide asintió.

—Cuando estés lista.

Miranda cogió aire y lo expulsó en un suspiro.

—Allá vamos —dijo, y presionó el ejecutable.

Su cuerpo se volvió ligero y, al abrir los ojos, ya no estaba en el cuartel de Policía.

Apareció en un lugar que ya conocía: el despacho de Cena. Pero, a diferencia del verdadero, aquel despacho virtual se encontraba muy organizado y limpio. Miranda observó el ventanal, que daba a un lugar del mapa sin código y mostraba dígitos bailar de un lado a otro, recopilando información y danzando por doquier.

Miranda esperó a que alguien apareciera, pero el Arquitecto no se presentó. Así pues, no se lo pensó dos veces y atravesó la puerta.

En lugar de encontrarse con los pasillos de Dreamland, ante sus ojos apareció un enorme patio de piedra y flores de todos los tamaños, colores y aromas. Varios pájaros cantaban dulcemente, y los insectos volaban buscando nuevos pétalos sobre los que posarse. En medio de todo aquel paraíso, una enorme fuente de mármol de agua clara y cristalina se alzaba en el centro del lugar.

Miranda se aproximó, rozando con los dedos la superficie del agua. Estaba fría al tacto, y los dorados destellos del sol que se reflejaban sobre esta la hicieron parpadear. En su interior nadaban varios tipos de peces; no recordaba el nombre de ninguno de ellos.

—No eres James —dijo una voz.

Miranda sacó la mano de la fuente y se dio la vuelta.

El avatar del Arquitecto era un hombre de mediana edad. Debía medir cerca del metro noventa. Su cuerpo era de constitución delgada y llevaba un traje blanco impoluto que contrastaba con su corbata negra. Su rostro estaba marcado por la edad, pero tenía ojos astutos. Llevaba unas gafas blancas cuadradas y el pelo, canoso pero con estilo, engominado hacia atrás.

—Y además eres policía. ¿Qué haces aquí? —preguntó el hombre con una sonrisa que más bien parecía una advertencia.

—Cena ha sido detenido —comenzó Miranda—. Ha confesado haber estado manipulando Dreamland para hacer que varios usuarios enloquecieran.

—¡Ja! —exclamó el Arquitecto echándose a reír—. Una pena por él, me caía bien.

—Pero no ha sido él, ¿verdad?

—Oh, claro que no. Todo lo contrario. Estaba buscando al causante.

—¿Lo encontró?

El Arquitecto sonrió. Con movimientos lentos, tomó asiento en el borde de la fuente.

—¿Qué importa? El Gobierno ya tiene a su culpable. Lo más probable es que la persona que en realidad esté detrás de esto frene los ataques por un tiempo. Es lo que yo haría.

—Entonces, ¿esto es cosa del Gobierno?

—Señorita Rodríguez... —comenzó el Arquitecto, acompañando sus palabras de un suspiro—. Todo lo que concierne a esta sociedad es cosa del Gobierno.

—Dreamland es una empresa colaboracionista, pero no está sometida a...

—Dreamland está tan sometida al Gobierno como cualquier otra empresa. Si ellos dicen misa, en Dreamland tendrá que hacerse a su manera.

Miranda parpadeó, confusa.

—En ese caso, la Policía también... —aventuró, recordando su conversación con la inspectora.

El Arquitecto sonrió con todavía más amplitud. Muchas preguntas daban vueltas dentro de la mente de la agente, pero se decantó por aquella que más le inquietaba.

—¿Quién eres? —inquirió.

Al Arquitecto pareció ofenderle la pregunta.

—¿Quién soy? —repitió, inflando el pecho—. «Me he convertido en la Muerte, destructora de mundos» —recitó—. ¿Sabes quién dijo eso, agente Rodríguez? —Apenas hizo una pequeña pausa que no tenía por objetivo dejarla contestar—. Robert Oppenheimer, el creador de la bomba atómica. —Clavó su mirada todavía más en ella—. Toda la vida he sido un romántico y me ha gustado regodearme en mis triunfos, pero lo que hice fue algo que hasta a mí me asquea.

—¿Qué hiciste? —preguntó Miranda con un hilo de voz.

El Arquitecto siguió a lo suyo, sin responder.

—Cena lo sabía. Y sabía también que estaba arrepentido. Por eso acudió a mí, pensando que lo ayudaría. Por un momento pensé en hacerlo, ¿sabes? Pero ya has visto de qué le ha servido. Otra muerte más que lamentar.

—Cena no está muerto, solo le han detenido.

—Ha confesado. Ya está muerto.

Miranda tragó saliva. Por duro que sonase, aquella detención era su responsabilidad.

El Arquitecto debió captarlo porque su mirada se iluminó.

—Hay un sistema, agente Rodríguez. Un sistema pensado para evitar el final de la raza humana.

—¿El final de la raza humana? —Negó con la cabeza—. No lo entiendo: es al contrario, tenemos problemas muy serios de superpoblación. El final de la raza humana es justo lo opuesto.

El Arquitecto parecía haberse cansado de la conversación, porque se puso de pie y comenzó a caminar hacia la chica.

—No importa. Ya es tarde. La próxima será la definitiva. —Alzó la mano en su dirección. Miranda, de forma instintiva, comenzó a caminar hacia atrás—. Ven, déjame que te ayude. Te ahorraré muchos problemas. He matado ya a muchas personas; puedo ensuciarme las manos una vez más.

Un haz de luz comenzaba a brotar de la palma del Arquitecto. Miranda, con el pecho encogido, topó de pronto con el final del mapa de aquella simulación. Si el Arquitecto la tocaba, estaba perdida.

—Tranquila, no duele —aseguró el hombre.

El haz de luz estaba apenas a quince centímetros.

Diez.

Cinco.

Negro.

Una bocanada de aire.

Red la agarró para que no cayera de la silla. Estaba de vuelta en el escritorio, sana y salva.

—¿Estás bien? —preguntó el droide—. Te he sacado a tiempo y he eliminado el archivo. Resulta que sí que estaba infectado.

—¡Miranda!

—¡Miranda! ¿Estás bien?

Las voces que escuchaba pertenecían a Hugo y Suki, que seguían en llamada y habían estado muy atentos a la evolución de todo.

—Sí, tranquilos. Estoy bien.

—Hemos podido escucharlo todo —aseguró Suki—. Eso que ha dicho de que la próxima vez será la definitiva no me ha gustado nada. Voy a dar el aviso de que debemos paralizar todas las actualizaciones hasta nuevo aviso. No podemos correr más riesgos.

—Bien pensado —asintió Hugo.

—¿Has podido localizarle? —preguntó Miranda al droide, llevándose al mismo tiempo la mano a la cabeza. Una pequeña jaqueca comenzaba a formarse.

—He tenido que sacarte antes de tiempo, así que... —comenzó Red, añadiendo algo más antes de que la agente protestara—. Pero he conseguido acotar una zona de unos diez kilómetros a la redonda —dijo, enviando la información al terminal de Miranda.

—¡Estupendo, Red! —exclamó Hugo—. ¿Dónde está?

—Esto os va a encantar —dijo Miranda—: la localización es del Exterior, casi a la altura de la frontera con las Colonias Independientes del noreste.

—Vaya...

Todos hicieron un silencio, que rompió Suki al cabo de poco rato.

—Bueno, ¿a qué esperamos para ir a buscarle?

—Esto es cosa nuestra, Suki... —empezó Miranda.

—¡De eso nada! —exclamó la chica—. Voy a pedir una baja temporal. Os acompaño a buscarle. Hugo puede quedarse aquí y ser nuestros ojos en la Capital. ¿Cuánto tardaremos en llegar a esa localización?

—Tres días en ir, otros tres para volver —contestó Red.

—En ese caso, voy a pedirme siete días. Diré que es para despedirme de Dana.

—¿Dana? —preguntó Hugo, y de pronto el semblante de Suki cambió a uno mucho más oscuro.

—Es... ya os contaré.

Si Suki hablaba en serio, el tipo de permiso del que estaba hablando solo podía tratarse del Permiso por Ascensión de un Familiar. Miranda entendió de pronto por qué Suki le había enviado un mensaje para hablar a solas.

Carraspeó.

—Contamos contigo entonces, Suki —afirmó—. Lo que necesitaremos será un vehículo, oxígeno y víveres para varios días.

—De eso me encargo yo —respondió la chica—. Es importante que no hablemos de esto con nadie. Fingid normalidad y regresad a casa sin entreteneros. Nos reuniremos al amanecer en la salida N7-331. No lleguéis más tarde de las cinco y media.

—Descuida —asintió Miranda.

—Por lo que más queráis: tened mucho cuidado —comenzó Hugo—. Os lo digo en serio, a los tres. No hagáis nada raro. No me fío un pelo del blancucho ese y...

De pronto, Hugo dio un respingo y todos escucharon cómo una taza debía haberse resbalado de sus dedos, porque oyeron el estruendo al hacerse añicos contra el suelo.

—¿Hugo? ¿Estás bien? —preguntó Red—. ¿Hugo?

Aguardaron durante un silencio que pareció eterno, hasta que el propio Hugo, con un suspiro y un sollozo ahogado, pudo responder.

—Acaba de llegarme un mensaje del Departamento de Recursos Vivos de Dreamland —dijo—. Mi padre ha muerto.

14

Suki observaba la calle con impaciencia.

Había estacionado a la sombra de uno de los enormes edificios de más reciente construcción, a un par de manzanas de la frontera. Todavía no se había alzado el sol, con lo que la calle estaba vacía. Ni una sola alma se atrevería a caminar por la Capital de noche, a no ser que tuviera una buena razón para hacerlo.

Consultó la hora en su terminal otra vez. Imaginó que si Miranda y Red estaban tardando tanto era porque debían estar terminando de dejarlo todo atado para que nadie del cuartel de Policía preguntase por ellos durante unos días. Siendo que eran agentes de la ley, una vez tuvieran eso solucionado podrían acudir al punto de reunión sin que alguien les interceptase para preguntarles a dónde se dirigían.

Siempre y cuando no hicieran nada sospechoso, claro.

Un zumbido recorrió la calle y Suki vio, por fin, cómo el deslizador de los policías se movía en su dirección. Volaban a ras de suelo y con las luces apagadas, a una velocidad intermedia. Suki llevó la mano a la palanca de las luces y las encendió y apagó un par de veces para hacerles una señal. A continuación, el deslizador de los policías se detuvo a apenas cinco metros de ella.

Suki se levantó del asiento y se preparó para recibirles. Tan rápida como pudo, se colocó un casco protector al que enganchó la pequeña bombona de oxígeno que colgó de su cinto. Acto seguido, deslizó verticalmente la puerta del armatoste y descendió las pequeñas escaleras.

Ya en la calle y con un par de pequeñas mochilas le esperaban Miranda y Red, que observaban el vehículo ensimismados.

—¿Qué es este cacharro? —preguntó Miranda, y su aliento rebotó contra el visor transparente de su casco.

Suki se dio la vuelta para contemplar aquel animal de acero con una sonrisa orgullosa en los labios. Se trataba de un vehículo eléctrico de cuatro plazas, de dimensiones bastante más grandes que las de un deslizador corriente. Su techo era plano y estaba cubierto por unas placas receptoras encargadas de transformar los rayos solares en energía. Aunque se trataba de un vehículo que destacaba a lo largo y ancho, no medía una gran altura. De materiales resistentes y pintura oscura, haría pensar a cualquiera que se trataba de un vehículo del ejército. Lo que más llamaba la atención de él eran sus dos pares de ruedas; cuatro bicharracos casi tan grandes como la propia Suki.

—Lo llamamos el Tanque —contestó la chica mientras daba un toquecito sobre la llanta—. Es de mi padre. No es que sea lo más cómodo del mundo, pero para nosotros tres servirá.

—Increíble —comentó Red mientras observaba el vehículo con interés. Al no necesitar respirar, llevaba el rostro al descubierto—. Es un modelo TJ900. Ya no se fabrican desde hace doce años.

—Pero está en perfecto estado —aseguró Suki, aunque se imaginaba que el droide haría los escaneos pertinentes para comprobarlo—. Pasad.

Suki se adentró en el vehículo, seguida después de Miranda y Red. El interior era lo suficiente amplio para ellos; contaba con cuatro asientos reclinables y una zona en la parte posterior donde Suki ya había dejado los víveres, que tendría cabida hasta para un par de personas más si hiciera falta.

Una vez estaba cerrada y asegurada la puerta, ambas chicas se quitaron cascos, guantes, trajes y bombonas. Dentro del vehículo disponían de una limitada cantidad de oxígeno que les serviría de sobra para mantenerlos con vida durante todo el tiempo que durase aquel trayecto.

—Este es el plan: vamos a aprovechar el cambio de guardia de la frontera —dijo Suki, mientras tomaba asiento a los mandos del Tanque—. Lo tengo ya calculado. Tenemos siete minutos para llegar allí, convencer al guardia de que nos deje pasar y atravesar la cúpula.

—¿Tienes ya una idea de cómo vamos a hacerlo? —preguntó Miranda, mientras se apoderaba del asiento del copiloto.

—Lo más probable es que estén usando Dreamland, así que no debería ser complicado.

Suki tocó varios botones y el Tanque comenzó a rugir. Sin más dilación, presionó el acelerador para comenzar la marcha hacia la frontera.

—¡Cuidado! —exclamó Red.

Por suerte para todos, Suki tuvo los suficientes reflejos como para frenar de golpe, aunque no pudo evitar que el Tanque golpease con el morro a la altura del estómago a la persona que acababa de aparecer en mitad de la calzada.

—¡¿Pero quién...?! —empezó, aunque no tuvo que terminar la pregunta.

Hugo saludó desde fuera mientras se incorporaba, con una mano rodeando su vientre golpeado. Sonreía bajo su máscara como un auténtico idiota.

Red se encargó de abrir la puerta y hacerle pasar. Tanto él como Miranda se maravillaron de comprobar que el propio vehículo tenía implantado un sistema para retener el oxígeno en su interior cuando se abría la puerta, aunque fuera de par en par. Una vez dentro del Tanque, Hugo se arrancó su anticuado kit de supervivencia nocturna.

—¡¿En qué estabas pensando poniéndote en medio de este trasto?! —exclamó Miranda, quien se había levantado del asiento para encararse contra él.

—No me escuchabais. Os habíais quitado el traje y era imposible que os llegara mi voz por el sistema de escucha. Estabais a punto de marcharos, así que... —se excusó el chico, encogiéndose de hombros.

—¿Qué haces aquí? —preguntó la agente cruzándose de brazos.

—Es obvio, ¿no? —sonrió el rubio—. Me apunto a vuestra aventurilla.

—No, no, no... —negó Suki con fervor, al tiempo que saltaba del asiento y se reunía con los demás en la parte trasera—. Esto no estaba en el plan. No puedes venir con nosotros.

—Según mis cálculos —intervino Red—, tenemos suficiente oxígeno para vosotros tres, siempre y cuando no hagamos nada descabellado. Y, respecto a los víveres, no podréis daros grandes banquetes, está claro, pero no deberíais tener problemas si se raciona todo bien.

—¡Me da igual! —exclamó Suki, haciendo caso omiso de la recomendación de Red de no emplear más oxígeno del necesario—. Ya nos la estamos jugando bastante nosotras dos, pero aún tenemos un pase si alguien nos para. ¿Cómo vamos a justificar que estamos intentando sacar de la Capital a un civil? ¡Y con su Prueba de Valor a la vuelta de la esquina, además!

Aquello último debió incomodar a Hugo porque se removió y apartó la mirada. Su cabello rozó el techo del Tanque y se quedó con un mechón fuera de sitio.

—He decidido que no voy a hacer la Prueba de Valor —confesó.

—¡¿Qué?! —exclamó Miranda—. Hugo, ¿estás seguro de lo que estás diciendo?

—Segurísimo.

—Eres consciente de que, si no haces esa Prueba de Valor, van a Ascenderte, ¿verdad? —inquirió Suki, con un hilo de voz.

Hugo asintió con la cabeza y, por la forma en la que rehusaba mirarlos a todos, estaba claro que daba la conversación por zanjada.

Suki no lo tenía tan claro, pero no era el momento de ponerse a charlar.

—¿Has traído tu equipo? —preguntó.

Hugo negó con la cabeza.

—No importa —suspiró Suki—. Yo he traído el mío. Te lo presto. Vas a seguir trabajando en tu Aval de Valía mientras viajamos. —Hugo abrió la boca para replicar, pero Suki se le adelantó—. No me rechistes, Hugo, porque te echaré fuera del Tanque y no va a temblarme el pulso.

La boca de Hugo se cerró y observó a la chica con el labio torcido.

—Lo que tú digas.

—Bien —asintió Suki, volviendo a pasos rápidos al asiento del piloto—. Y ahora agachaos todos ahí atrás. Vamos a acercarnos a la frontera.

Mientras Suki conducía el par de kilómetros que quedaban hasta la salida de la Capital, Miranda, Hugo y Red compartían un silencio incómodo hechos unos ovillos en la parte trasera del vehículo. Miranda intentaba conseguir que Hugo le dirigiera la vista para leer su expresión, cosa que el chico trataba de evitar a toda costa. Mientras tanto, Red les sonreía a ambos con intención de mantenerlos calmados, cosa que solo servía para poner más nerviosa a Miranda y para que Hugo frunciera todavía más el ceño.

De pronto, unas voces llegaron a la radio del Tanque.

—Tío, ¿te has enterado ya? —preguntaba una de ellas. Era femenina.

—¿De qué? —contestaba el otro.

—Son los guardias —indicó Suki—. Estamos en la misma red que sus terminales.

—De que dentro de nada vamos a tener que volver a expandir la frontera —continuó la primera voz.

—¡¿Otra vez?! —respondió el compañero.

—Otra vez.

—No puede ser. La expandimos la semana pasada.

—Ya, pero la población no deja de crecer. Y ahora más con los nuevos ciudadanos que acaban de llegar de las Colonias recién conquistadas.

—¿Cuántos somos ya?

—¿En la Capital? Creo que hemos llegado a los nueve mil millones.

—¡Caray!

—Y que lo digas. Para mear y no echar gota, tío. Al ritmo que vamos, llegamos a los diez mil a finales de año. Y eso sin contar a la gente que tenemos en los Confines y en la Meseta.

—Odiaría vivir en los Confines o en la Meseta.

—Son menos que aquí.

—Ya, pero no es la Capital.

—Aun así, son ciudades del Estado, así que se vive bien. Peor sería estar en el Exterior.

—Uf, toco madera...

—No deja de ser una putada que aumentemos tan rápido de población. No da tiempo de acondicionar el terreno ampliado. Aún no hemos terminado las construcciones de esta semana y ya quieren añadir cuatro cuadrantes nuevos. ¡Cuatro! Es de locos.

—Ya, es un ritmo difícil de manejar. Algo tendrán que hacer si no quieren que la gente se quede en la calle.

Estaban muy cerca de la frontera; Suki ya podía observar la enorme pared de la cúpula, que se extendía en todas las direcciones más allá de lo que la vista podía alcanzar. No entendía mucho del tema, pero su padre le había explicado que se trataba de un sofisticado sistema de partículas que reaccionaban ante unos ultrasonidos que las convertían en una capa imposible de atravesar por otros gases. Así, el oxígeno permanecía dentro sin posibilidad de escaparse cuando era de día. Los operarios eran los encargados de manipular los ultrasonidos para modelar la extensión y tamaño de la cúpula. Para ampliar las fronteras, bastaba con mover los generadores de dichos ultrasonidos de sitio y reconfigurar de forma correcta la posición de las partículas. Se trataba de un trabajo que a primera estancia podría parecer muy sencillo, pero que requería de complejísimos cálculos matemáticos de los que dependía la vida de miles de millones de personas. Esa era la razón de que las ampliaciones de territorio se realizaran durante la noche, cuando toda la Capital descansaba en el cobijo de sus hogares con oxígeno corriendo desde las entrañas de los edificios.

Suki aparcó en una esquina, refugiada por las sombras. Desde allí llegaba a ver a los dos guardias, hombre y mujer, que como bien había predicho toqueteaban su pantalla aérea mientras prestaban más o menos atención a todo aquel que se acercaba a los generadores.

—Bueno, pues creo que voy a ir tirando ya —dijo la mujer—. ¿Te haces cargo hasta que vengan Louis y Mary?

—Claro, vete a descansar.

—Buenos días, tío.

—Buenos días.

Tras la breve despedida, la mujer echó a caminar sin dejar de darle uso a su pantalla. Una vez hubo abandonado la zona, Suki volvió a arrancar el Tanque y se aproximó despacio a la cúpula.

El guardia, al oírla aproximarse, cerró muy rápido la pantalla aérea y apuntó al vehículo con su arma.

—¡Alto! —ordenó.

Suki detuvo el Tanque a unos ocho metros de la frontera. El zumbido de los generadores, encargados de crear aquella capa traslúcida que protegía la ciudad, resultaba casi ensordecedor. No le extrañaba que los guardias tuvieran que comunicarse vía Dreamland para escucharse unos a otros.

El guardia se aproximó con pasos pesados hasta la tintada ventanilla del conductor. Suki presionó un botón y esta se hizo transparente.

—Buenos días —saludó al guardia, tras acceder al canal de voz desde su terminal.

—Buenos días, señorita. ¿A dónde va?

—Voy a la Meseta —declaró sin pensar.

El guardia extendió un lector, que hizo bip-bip cuando detectó la Memoria implantada debajo de la oreja de Suki. El hombre llevó la vista a los datos que le aparecieron por pantalla.

—Suki Planker, directora del Departamento de Calidad de Dreamland —leyó en voz alta—. ¿Para qué dice que va a la Meseta, señorita Planker?

—Negocios —añadió.

—Negocios... —repitió el guardia en un murmullo, mientras seguía cotejando los datos.

—Y tengo el permiso de traslados en regla.

—Ya, eso es lo que no me termina de convencer, señorita Planker... —comenzó el guardia, haciendo que por un momento se le parase el corazón—. Tiene un permiso de traslados, sí, pero firmado por usted misma.

—¿Y qué hay con eso?

—Pues que el permiso de traslados debe venir firmado por un alto cargo...

—Soy un alto cargo —interrumpió la chica.

El guardia negó con la cabeza.

—Un alto cargo del Gobierno, señorita —corrigió—. Ya no sirven las firmas de miembros de Dreamland. Lo decretaron así hace dos semanas, por lo que me temo que no puedo dejarla pasar.

Suki parpadeó un par de veces seguidas. Por muchas situaciones que hubiera estudiado en su cabeza desde que comenzó a trazar el plan, aquella le había pillado por sorpresa.

—Mire, señor; entiendo que sea necesaria la firma del Gobierno. Y más con los tiempos que corren...

—Oh, sí. Y que lo diga.

—Pero necesito ir a la Meseta. Es un asunto urgente.

—¿Cómo de urgente?

—No puedo decirlo. Tendría que revelar información clasificada de Dreamland y eso es ilegal.

—En ese caso, señorita, si puede arrancar el vehículo y abandonar el lugar, se lo agradezco. No conviene dejar la frontera bloqueada.

—¡No, espere! —exclamó Suki, antes de que el guardia comenzase a caminar—. Por favor, la integridad de Dreamland depende de esto. No es una broma.

El guardia parpadeó.

—¿Qué le pasa a Dreamland?

Suki intentó hacer memoria. Había visto a ambos guardias usando la red; solo tenía que recordar qué había visto que estaban haciendo en sus pantallas aéreas. Si solo pudiera hacerlo...

Pero, por mucho que se estrujaba el cerebro, no conseguía recordar.

—Los... ¡Los Sueños Inducidos! —improvisó, con el corazón en un puño y todas sus esperanzas puestas en que aquel hombre fuera un aficionado del servicio—. Estamos teniendo fallos bastante graves de desarrollo en algunos de nuestros sueños programados.

—Ah, vaya —asintió el guardia—. Por la metida de mano de James Cena, imagino.

—En efecto —aseguró Suki, con algo más de confianza en su pequeña mentira—. Voy a reunirme con uno de nuestros especialistas en seguridad para trabajar codo con codo durante siete días. Reside en la Meseta y no puede desplazarse a la Capital por una enfermedad bastante grave de los huesos.

—Pobre hombre. Que se mejore.

—Es importante que podamos terminar el trabajo a tiempo, ya que si no se retrasarán las actualizaciones de gran parte de los Sueños Inducidos y tardaremos en lanzarlas... —fingió hacer cálculos rápidos—... unas tres semanas. Como pronto, claro.

Suki vio cómo el guardia hacía pedorretas mientras meditaba sobre la información que acababa de conseguir. Entonces se le iluminaron los ojos.

—Dígame una cosa más, señorita Planker, y abriré la frontera para usted.

—Claro, lo que sea.

El guardia se relamió antes de hacer la pregunta.

—¿Klonk está vivo?

—¿Qué? —inquirió Suki, perdida.

—Klonk. El escudero del videojuego *La Ciudad Dorada*. En el último episodio fue atacado por un grupo de Uruks y le hirieron de gravedad con una lanza mientras llevaba el mensaje a palacio. —El guardia se aproximó al cristal; le brillaban los ojos—. ¿Está vivo?

Aquella información era completamente confidencial y Suki podría ser Ascendida por revelarla. Pero solo iba a tener aquella oportunidad.

—Sí —asintió—. Klonk está vivo.

El guardia suspiró de alivio sin mover un solo músculo del rostro. Después, asintió despacio con la cabeza.

—Bien. Muy bien. Bien.

Volvió a asentir.

—Puede pasar. Pero no le diga a mi mujer que tengo la tarifa Prémium porque me crucifica.

—No, claro que no —aseguró Suki.

—Procure no bajar la velocidad hasta llegar a la Meseta. Y, por supuesto, ni se le ocurra salir de la carretera. Una vez atraviese la frontera, las tierras más allá de la cúpula pertenecen al Estado, pero no están protegidas por este.

—Entendido.

—Buena suerte.

El guardia se acercó hasta los generadores, tecleó durante cerca de un minuto sobre la pantalla donde introdujo unas cinco contraseñas distintas y, por fin, una pequeña región rectangular de la cúpula de partículas, pegada al suelo y no más ancha de tres metros, se desdibujó y abrió para dejar pasar al Tanque.

Suki condujo el vehículo hasta su interior, donde les esperaba una recámara de unos siete metros de largo. Una vez estuvieron en su interior, la pared de partículas que acababa de atravesar volvió a erguirse.

Un par de segundos después, la última compuerta de la frontera se diluyó y Suki vio, por primera vez en su vida, las tierras baldías.

15

Hugo se frotó los ojos varias veces.

Siempre había imaginado que más allá de la Capital habría...

Bueno, nunca había tenido claro lo que habría más allá. Pero nunca se imaginó que se redujera a la nada, atravesada por una larguísima carretera de asfalto que se perdía en el horizonte.

—Ya está saliendo el sol —anunció Red.

Hugo parpadeó y observó más allá. En efecto, el sol se alzaba lento pero sin pausa, bañando de luz todo lo que sus rayos tocaban.

El pánico se adueñó de él por un momento y no pudo evitar retroceder hasta pegarse al fondo del vehículo.

—Tranquilo —dijo Suki, mientras arrancaba el Tanque—, este armatoste nos protege de los rayos ultravioletas y de las bajas temperaturas nocturnas. Por si acaso, también he traído varios trajes protectores; por si necesitamos bajar a pasear.

Hugo soltó un suspiro y notó cómo Miranda soltaba otro. Caminó hasta el asiento del copiloto, sentándose con el cuerpo encaramado al cristal.

Dado que el astro comenzaba a iluminar su camino, Hugo pudo ver cuál era el aspecto de la Tierra fuera de la Capital y de todos esos vídeos propagandísticos sobre la vida en los Confines y la Meseta. Se trataba, nada más y nada menos, que de una enorme roca seca, repleta de piedras y polvo que rodeaban la carretera en todas las direcciones. Había tramos en los que la nube de tierra era tan densa que resultaba complicado ver a través de ella.

Hugo había visto en documentales y recreaciones virtuales que la Tierra, muchos años atrás, había sido verde. Que estaba llena de plantas, flores y árboles. Los animales correteaban de un lado a otro, recogiendo frutos y lavándose el pelaje en charcas. Que los olores a hierba recién cortada, a rosas, a hortalizas frescas eran habituales; eran, sobre todo, reales, no una mera simulación. Que el planeta respiraba con sus propios pulmones porque tenía un oxígeno limpio y abundante. Que había colores, además del gris de los edificios, el blanco nacarado de la cúpula y el azul eléctrico de los menús de Dreamland. Que había vida, una vida que ahora estaba extinta y había dejado paso a la descomposición y al polvo.

—Es verdad aquello que dicen de que el cielo es rosado —señaló Miranda.

El chico alzó la vista y pudo observar cómo los colores del cielo habían cambiado. Ya no se trataba de una oscuridad intensa, sino de una tenue iluminación violeta que iba adquiriendo cada vez más tonos rosáceos con el paso de los minutos. Hugo había leído que el cielo de la Tierra en el pasado fue azul por la composición de la atmósfera. Desde que la capa de ozono se llenó de agujeros imposibles de cerrar, el porcentaje de los gases que circulaban dentro de la misma había cambiado, y aunque todavía quedaban partículas de oxígeno —en una densidad demasiado baja para la vida humana—, el cielo del planeta se volvía de un fucsia intenso a mediodía.

—Nunca había estado fuera de la Capital —murmuró Hugo, con la boca entreabierta de la admiración.

—Yo tampoco —aseguro Suki—, pero mi padre sí. Me ha contado muchas historias acerca de lo que hay más allá de las fronteras.

—¿Qué tipo de historias? —se interesó Miranda, tomando asiento en uno de los sillones traseros.

—Historias suficientes como para que no vayamos a parar a no ser que sea estrictamente necesario.

—Uh, intrigante... —reconoció Red, tomando asiento junto a Miranda—. Me pregunto cuántos robots habrán pisado tierra más allá de las fronteras. Debo ser un privilegiado. —De pronto, hinchó el pecho—. Red, el Droide Explorador. ¿Qué tal suena?

Hugo suspiró.

—Suena a que vamos a tener un viaje muy largo.

Suki puso la conducción automática y el Tanque siguió el rumbo de la carretera de asfalto. Según explicó la chica, para llegar a la localización deberían ir hacia el este en dirección a la Meseta durante un par de días, manteniendo los trescientos treinta kilómetros por hora propios de la velocidad máxima. Después, tenían que desviarse en dirección hacia la localización del Arquitecto a través de terreno desconocido durante cerca de un día más. Habían tenido suerte de que su objetivo estuviera en la misma región; no es que quedase mucho océano que los separase de los Confines, pero el viaje se hubiera alargado y complicado mucho más si hubieran tenido que ir en esa dirección.

Durante la primera hora de trayecto, todos contemplaron la estepa en silencio, maravillados por el mundo que acababan de conocer. Después de los primeros sesenta minutos, comenzaron a mantener algunas conversaciones sobre cosas que recordaban haber leído o visto sobre la antigua Tierra, antes de convertirse en aquel mar de roca y arena. Sin embargo, cuando llegaron a la segunda hora, todos empezaron a comprender que aquel viaje suponía estar encerrados en el Tanque durante varios días seguidos sin muchas más alternativas.

Y ahí fue cuando comenzaron a notar el aburrimiento.

Cualquier persona de la Capital aprovecharía esas horas para abrir Dreamland y no despegar la nariz de la pantalla hasta que llegasen al destino. Y no era de extrañar, ya que en Dreamland estaba todo: películas de todo tipo, series de todos los géneros, juegos para todas las edades, paseos virtuales a lugares de cualquier región, época o mundo imaginario posible, plataformas de conversación con usuarios de todas partes, páginas y páginas de datos, tiendas al alcance de un clic, maravillosos sueños a la carta y conexión directa con cualquier otro usuario que poseyera un terminal. Dreamland no era una red social más, era la gran red social. Era el día a día de un Estado ahogado entre una población que no dejaba de crecer y para la que no había más entretenimiento que ir al trabajo o hacer la compra. Sin duda alguna, la vida de cualquier persona estaba en Dreamland. Y, a pesar de ello, ninguno de los ocupantes del vehículo era un usuario habitual de la red. Nada más había que ver de qué forma estaban invirtiendo aquellas horas: Red, como droide que no le encontraba ningún atractivo a lo virtual, se entretenía instalando mejoras en su *hardware* con sus propias manos; Miranda, una persona sin duda adicta al trabajo, concentraba todos sus esfuerzos en revisar los documentos del caso que tenía entre manos; Suki, trabajadora habitual de Dreamland, parecía acabar las jornadas con tan pocas ganas de pegarse a la red social que leía un libro de intriga en un terminal sin conexión mientras aprovechaba cada ciertos minutos para pasear la vista por el horizonte; y él, Hugo, se dedicaba a observarlos a todos para intentar aplazar lo inevitable.

Tenía que reconocer que le encantaba diseñar y programar. Era una de esas afortunadas personas que se dedicaban a algo que les gustaba. En su caso, encontraba maravilloso crear escenarios de la nada. Y aquel viaje estaba despertando en su mente varias ideas que podría poner en marcha en más de un proyecto futuro. Como un pintor que se lanza a plasmar lo que siente en su lienzo, Hugo ardía en deseos de virtualizar aquel hipnótico cielo rosado.

Salvo que, en realidad, debería estar continuando con su Aval de Valía.

Hugo no dejaba de pensar en lo estúpido que sonaba ponerse a programar un sueño en una cabaña nevada en el bosque cuando se dirigían a un lugar lejano y desconocido para preguntarle a un psicópata si sabía quién había hecho enloquecer a su padre.

Su padre, quien ahora estaba muerto.

Desvió esos pensamientos de la cabeza y observó a Red. Una idea llegó de pronto a su mente mientras observaba cómo el droide se hincaba una herramienta punzante en la rodilla, hurgando después entre los cables del compartimento interior de su pierna izquierda sin la más mínima expresión en su rostro.

Hugo se lanzó a por el equipo portátil de Suki y se marchó a la parte trasera del vehículo para pensar con más tranquilidad. Tecleó sin parar dejando que las horas volasen mientras creaba aquel pequeño programa, sencillo pero eficaz.

Una vez lo hubo terminado, repasado y ejecutado para comprobar que no hubiera ningún tipo de error, lo copió en un *portadatos*. Después, cerró el equipo y se sentó delante de Red, que seguía ensimismado en sus actualizaciones en el asiento trasero.

—Hola, Hugo —le saludó sonriente cuando le vio aproximarse.

—Hola, Red —contestó el otro—. Oye, ¿tienes un segundo?

Red dejó de aplicarse aceite en las juntillas y se giró hacia el chico.

—Para ti, los segundos que quieras —respondió con una sonrisa amigable.

—Si mal no recuerdo, me contaste que no eras capaz de saber lo que es sentir.

—Así es.

—Pero que eras un droide bastante curioso y te gustaba explorar y conocer mundo más allá de tus circuitos.

—También es cierto.

Hugo alzó el *portadatos* con una sonrisa de oreja a oreja.

—He hecho esto para ti.

Red parpadeó varias veces mientras lo cogía.

—¿Qué hay dentro?

—Un programa que te hará comprender lo que es sentir —explicó Hugo—. Es bastante rudimentario, pero podemos actualizarlo con el tiempo. Instálalo y verás.

Miranda alzó la vista de sus archivos.

—¿Es seguro algo así? —preguntó con voz nerviosa.

—Pues claro —asintió Hugo, mientras Red procedía a insertar el *portadatos* en una de las ranuras de su antebrazo—. Me he centrado solo en sensaciones a nivel de *hardware*. No alterará sus emociones, tranquila.

—Oh, de eso nada —negó la agente—. Va a alterar sus emociones. Seguro.

Suki apartó la mirada de su lectura y se giró para integrarse en la conversación.

—Pero ha dicho que es un cambio a nivel de maquinaria. ¿De qué forma podría hacerlo?

—Red está lo suficiente desarrollado a nivel cognitivo como para alterar su programa de emociones dependiendo de las experiencias que vive. Seguro que lo habréis notado: cuando procesa un nuevo dato que va a cambiar su código, aunque sea una sola línea, parece como si le parpadease la luz de los ojos —explicó Miranda, de nuevo con la vista puesta sobre sus investigaciones—. Esto, aunque sea a nivel de *hardware*, es una experiencia. Va a cambiarle. Y me pregunto de qué manera.

Hugo observó al droide, quien en ese momento tenía la mirada perdida en un rincón del vehículo. Cuando hubo completado la instalación, parpadeó varias veces mientras recuperaba sus funciones motoras.

—Ya lo tengo listo. ¿Ahora qué?

—Pásame ese pincho, por favor —pidió el informático.

Red le extendió la pequeña herramienta punzante. Hugo la sostuvo entre sus dedos.

—Ahora extiende tu mano.

Red hizo lo que le pidió el chico y Hugo llevó la herramienta hasta la palma del droide, clavándola más de la cuenta. La piel artificial de Red se comprimió hacia el interior sin destensarse y, por primera vez en su vida, el androide apartó rápidamente la mano.

—¡Ay! —exclamó, acariciándose el lugar en cuestión con los dedos.

Red tenía los ojos desorbitados. Hugo notaba cómo el droide estaba realizando cálculos a la velocidad de la luz para intentar asimilar el acontecimiento.

—¿Qué has sentido? —preguntó el chico, con un brillo de emoción en los ojos.

—Un... Un hormigueo —comenzó a explicar Red, co sa que captó la atención de todos los presentes—. Un hormigueo muy molesto. Ha sido... ¡Increíble! ¡Vuélvelo a hacer!

Hugo repitió la acción y Red volvió a apartar la mano con idéntico resultado.

—¡Ay!

—He programado tus receptores de calor para que sobrecalienten tus circuitos cuando se produzca una intrusión en tu superficie más grave que cualquier roce habitual —explicó Hugo—. Si algo te pincha o si te golpeas de cualquier manera, lo notarás en tu cuerpo. La intensidad y duración de la molestia variará dependiendo del tipo de contusión o herida que tengas. ¿Qué te parece?

Red lo observaba con la boca abierta. Ni siquiera parpadeaba. Hugo se mordió la mejilla por dentro, preguntándose algo intranquilo si habría freído la cabeza del droide sin quererlo. De pronto, las pupilas de Red se iluminaron durante un breve segundo de un color rojo intenso.

—Ahí está —rio Miranda entre dientes—. Preparémonos para lo peor...

—Puedes desconectarlo en cualquier momento, por cierto —añadió Hugo para ver si así reaccionaba.

—¡No! —exclamó Red, quien parecía recobrar sus funciones motrices poco a poco. Acto seguido, acabó dibujando una de las mejores sonrisas que su programa le permitía—. Es perfecto. No me lo pienso quitar nunca. Muchas gracias, Hugo. Me encanta.

Hugo no estaba seguro, pero por un momento habría jurado que Red era una persona más por el brillo que vio en sus ojos.

Suki y Miranda se observaron y, de pronto, ambas rompieron a reír.

—¡Eh! ¿Qué pasa? —preguntó Hugo, enrojeciendo de mala manera. Se notaba arder las mejillas y las orejas como si tuviera una fiebre intensa—. No hay nada de malo en hacerle un regalo a un amigo, ¿no?

—No le llames eso también —sugirió Miranda— o saturarás su procesador con tanta emoción humana.

—Va de coña, ¿no?

Miranda se encogió de hombros con una sonrisa. Así, feliz por estar viviendo una situación tan banal como aquella y bañada por la luz del sol que entraba por la ventanilla, Hugo no pudo evitar pensar que estaba preciosa.

No, aquel pensamiento no ayudaba de ninguna manera a que se le pasara el enrojecimiento. Y no podía evitar preguntarse de dónde venía; Hugo siempre se había fijado en los chicos. De hecho, había llegado a salir con un par. Pero que una persona de otro género fuera capaz de hacerle sentir mariposas en el estómago...

Bueno, eso era nuevo.

Red cogió el pincho de su mano y comenzó a clavárselo en lugares aleatorios de su cuerpo mecánico, lo que hizo a Suki estallar en carcajadas. Hugo bufó y se giró hacia la ventana. Pasó de morros un par de minutos, contemplando la nada mientras los demás seguían a lo suyo, hasta que le pareció ver un pequeño bulto a la izquierda de la carretera.

Entrecerró los ojos intentando ver de qué se trataba aquella silueta, que conforme seguían avanzando se iba haciendo cada vez más grande. Cuando llegó a un tamaño que fue capaz de reconocer, abrió los ojos como platos.

—¡Eh! ¡Eh! —llamó la atención de los demás, quienes guardaron silencio—. ¡Ahí hay una persona!

Un hombre se encontraba tumbado junto a la carretera. Llevaba un traje protector todavía más anticuado que el de Hugo, pero debía estar sirviéndole para respirar y protegerse de la luz del sol. Aun así, no se movía.

Suki disminuyó la velocidad del Tanque hasta que detuvo el vehículo a unos cinco metros del cuerpo.

—¿Qué le ha pasado? —murmuró.

Red dejó de lado el pincho y proyectó delante de él una pantalla aérea con un mapa.

—No detecto ninguna población en un radio de cien kilómetros a la redonda.

—Quizá se ha perdido —se aventuró Suki.

—No —espetó Miranda—. Es una trampa. Que nadie salga del Tanque.

—¿Seguro que es una trampa? Quizá necesite ayuda.

—Me es imposible localizar algún vehículo en la zona —continuó Red con su análisis—, así que todo apunta a que debe haber llegado hasta aquí andando.

—Claro; estaría de camino a algún lugar y debió perderse. Quizá caminase hasta la carretera para buscar ayuda.

—No —repitió Miranda—. Hacedme caso. Es una trampa.

—¡Pero Miranda...!

Mientras los demás discutían, Hugo observaba a aquel hombre con la nariz pegada al cristal. Sin importar lo que le hubiera pasado o quién fuera, no merecía morir de esa manera. Sin oxígeno. Solo. Tumbado en medio de ninguna parte, rezándole a Dios para que alguien lo ayudase.

Justo como su padre.

La conversación dentro del Tanque seguía caldeándose, pero Hugo tomó la decisión en el mismo momento en el que vio cómo el hombre alzaba una mano en busca de ayuda.

—¡Está vivo! —exclamó, y de un salto corrió hasta la parte trasera del Tanque y comenzó a calzarse el traje de protección.

—¡Hugo! ¿Qué haces? ¿No me has oído? —preguntó la agente.

—Está vivo, Miranda. Y voy a por él. Quedaos aquí.

Antes de que se dieran cuenta, Hugo había terminado de vestirse y abrió la puerta del vehículo. El sistema automático de retención de oxígeno se puso en marcha en cuanto detectó una apertura, la cual Hugo atravesó sin pensarlo dos veces antes de que Miranda pudiera retenerlo.

La conmoción de pisar la tierra, tan natural y áspera, provocó que Hugo observara sus propios pies con perplejidad durante más tiempo del que él hubiera querido. Un gemido de dolor del hombre moribundo que llegó a través del sistema de escucha le devolvió a la realidad y arrancó a correr en su dirección, oyendo al mismo tiempo cómo se sucedían varios gritos de Miranda exigiéndole que regresara dentro.

—¡Ya voy! —exclamó el chico.

En pocos pasos llegó hasta aquel hombre. El casco oscuro era opaco y hacía imposible ver su rostro, pero por su peso y complexión diría que tendría la edad de su padre.

—Ya está, no te preocupes. ¿Puedes levantarte? —preguntó al hombre.

Este asintió y puso de su parte para ponerse de pie, contando con la ayuda de Hugo. Red, que también había bajado del Tanque, acudió en su ayuda y entre ambos condujeron al hombre hacia el vehículo. Una vez hubieron subido todos, Red se dio la vuelta para cerrar la puerta.

—Ya estás a salvo —dijo Hugo—. ¿De dónde vienes...? —comenzó a preguntar.

Pero aquella pregunta quedó en el aire.

De pronto, el hombre moribundo recobró toda la energía. Giró sobre sí mismo y se colocó detrás de Hugo. De un bolsillo oculto de su traje extrajo una pistola que apuntó a la cabeza de Hugo.

Todos se quedaron petrificados. Hugo observaba a sus amigos, quienes a su vez le miraban con grave temor en el rostro. A Miranda, además, se la notaba de lo más cabreada. Sin pensarlo dos veces, la agente y el droide sacaron la pistola y apuntaron a aquel extraño.

—Suéltale —ordenó la chica.

—Disparadme y vuestro amigo está muerto —dijo el hombre, cuya voz sonaba opaca y distante.

—¡Por favor, no! ¿Qué es lo que quieres? —preguntó Suki.

—Toda vuestra carne —contestó el extraño—. Y las pastillas. Toda la comida que tengáis. Y un tanque de oxígeno.

—No —negó Miranda.

El extraño guardó silencio por un momento. Justo después, sin ningún tipo de miramiento, llevó el arma al brazo izquierdo de Hugo y disparó.

Suki dejó escapar un grito.

El dolor cobró la forma de un desagradable relámpago que le atravesaba la carne y le mordía por dentro. Por un momento, Hugo pensó que iba a desmayarse. El hombre le sujetó con el brazo que no sostenía la pistola para que no trastabillara y cayera de morros.

—El siguiente disparo será mortal —advirtió el extraño—. La comida y el oxígeno. Ahora.

Los ojos de Miranda aumentaron la dureza con la que observaban a aquel extraño. La agente giró el cuello hacia Red y asintió con la cabeza.

—Haz lo que pide.

—No —negó el hombre—. Él no. El droide debe desconectarse. —Giró el cuello hacia Suki—. Que lo haga ella. Que se vista y baje todo de este cacharro.

Red observaba a Miranda a la espera de instrucciones. Ella giró hacia el androide y asintió con la cabeza. El droide posó la mirada sobre todos los presentes terminando su recorrido en Hugo, a quien observó con ojos angustiados. Después, bajó el arma, perdió la movilidad completa y sus ojos se apagaron.

—Ya está desconectado —anunció Miranda.

—Muy bien —asintió el extraño—. Ahora le toca a ella.

—Suki, ponte el traje —pidió la agente.

—Miranda, yo no puedo... —comenzó la chica.

—Haz lo que te digo, Suki —gruñó—. No va a pasarte nada.

Suki tragó saliva y procedió a vestirse lo más rápido que pudo. Una vez hubo terminado, cogió en brazos la comida y el oxígeno siguiendo las indicaciones del extraño. En el momento en que se aproximó a la puerta, el hombre cambió de rehén y soltó a Hugo, agarrando esta vez a Suki y apuntándole a la cabeza.

—Camina —ordenó.

Suki hizo todo lo posible por aguantar el temple y descender del vehículo de espaldas, siendo consciente de que su cuerpo era el único escudo que se interponía entre el disparo de Miranda y aquella horrible persona que les estaba robando todos sus recursos.

Hugo respiraba agitado. Observaba aquella situación con impotencia, preguntándose qué podría hacer por ayudar. Con el brazo derecho y procurando no hacer movimientos que le produjeran dolor, se quitó el casco protector pasando a respirar el oxígeno interno del vehículo.

El extraño condujo a Suki diez metros más allá del Tanque hasta ordenarle que parase de caminar y tecleó algo en el menú de su antebrazo. Todos esperaron en silencio durante un minuto hasta que el rugido de un motor fue el encargado de cortarlo. Por la carretera se aproximaba un vehículo, destartalado pero funcional, de dimensiones similares a las del Tanque.

El vehículo se detuvo a pocos centímetros de donde estaban Suki y el extraño, y cuando se abrió la puerta descendieron un par de hombres armados con trajes similares a los del ladrón.

—Joder, sí que ha sido una buena caza —dijo uno de los hombres, mientras cargaba en sus brazos parte del material robado.

—¿Y esta chica? —preguntó el otro, agarrando lo que falta del botín. Entre ambos lo subieron a bordo de su vehículo en un abrir y cerrar de ojos.

—Tiene los ojos violetas, así que debe ser una de *ellos*. Nos la llevamos —sentenció el extraño que los había engañado, cometiendo el grave fallo de dedicarle más atención a sus compañeros que a Miranda durante una milésima de segundo.

Una milésima que la agente supo aprovechar.

—¡Modo Defensa, Red! —exclamó, al tiempo que disparaba.

Acertó en plena mano del extraño, quien soltó la pistola que apuntaba a la cabeza de Suki.

—¡Ah, joder!

Hugo vio cómo Red se activaba al instante. Con unos ojos que irradiaban un color azulado intenso, alzó la pistola y comenzó a disparar lo que parecía un fuego de cobertura. Miranda, en un abrir y cerrar de ojos, le arrancó a Hugo el casco protector de las manos, se lo colocó encima y saltó del Tanque sin mayor protección que un poco de oxígeno en sus pulmones.

—¡¡Miranda!! —exclamó Hugo.

—¡Cargáoslos a todos! —gritó uno de los ladrones, y los tres comenzaron a disparar en su dirección mientras buscaban cobertura tras su vehículo.

Hugo saltó a un lugar más recogido, detrás de los asientos. Red se colocó delante de él para protegerle con su cuerpo, sin dejar de disparar a diestro y siniestro. Aquel fuego era lo suficiente intenso como para que los ladrones estuvieran más preocupados por protegerse que por atacar.

Miranda aprovechó la distracción y corrió a paso rápido hasta llegar a la altura de Suki, quien temblaba aterrada en el suelo. De un fuerte tirón la forzó a levantarse y a correr de vuelta al Tanque. Los brazos desnudos de Miranda comenzaban a cobrar un tono rojizo a cada segundo que pasaba bajo los rayos del sol, pero aquello solo sirvió para hacerla correr todavía más deprisa.

Esquivando a duras penas el fuego cruzado, Suki y Miranda saltaron dentro del Tanque y Red cerró la puerta de un portazo.

—¡Arranca! —exclamó Miranda cuando se hubo quitado el casco y dado una bocanada de aire. La piel de sus brazos estaba quemada hasta el punto de despedir un olor desagradable y un humo que se elevaba hacia el techo del Tanque.

Hugo trepó por encima del asiento del piloto y, a duras penas e ignorando el dolor del disparo en su brazo izquierdo, presionó el botón de arranque automático del vehículo.

Era la decisión más lógica.

Aquel era el mantra que se repetía Red mientras observaba las quemaduras de segundo grado que cubrían los brazos de Miranda. Aunque sonase descabellado que fuera ella la que saliera del Tanque para traer a Suki de vuelta, era el razonamiento más lógico por un par de razones.

En el momento en que la agente se había dado cuenta de que peligraban las vidas de los demás, había actuado con la decisión de mantenerlos a todos con vida. Miranda era consciente de que la mejor manera de hacerlo era pedirle a él que hiciera el fuego de cobertura por la simple razón de que tenía mejor puntería. Un droide era capaz de analizar el terreno y la posición de los enemigos cinco veces más rápido que un humano. Además, una vez tenía calculadas todas las variables, podía establecer el ritmo de disparos perfecto para mantenerlos ocupados sin llegar a herirlos y asegurarse de que no tuvieran la suficiente osadía como para disparar. Si la situación hubiera sido del revés y fuese Red quien hubiera bajado del Tanque, nada les aseguraba que el fuego de Miranda hubiese sido el suficiente como para que ninguna bala perdida alcanzara a Suki o a Hugo. Incluso siendo que Miranda era una excelente tiradora, ningún humano era capaz de superar las habilidades de un droide de campo.

La agente de policía sabía cuál era la opción que aseguraba que todos salieran con vida, incluso si eso suponía que ella fuera la que acabase perjudicada. Era la opción más lógica, pero al mismo tiempo la que la convertía en la más vulnerable. De todas las veces en las que Miranda había actuado con el corazón antes que con la cabeza, nunca había acabado tan herida como hasta ahora.

Pensando todas estas cosas fue como RD-248 se dio cuenta de que lo que sentía por su compañera en ese momento era una mezcla entre una gran admiración y... una cada vez más grave preocupación.

—¡Miranda! —exclamó Suki, mientras se extraía el casco del traje. Se arrodilló junto a la agente, quien se encontraba con la espalda apoyada en la pared del vehículo y aguantando el quemazón de los brazos a duras penas—. ¡¿Estás bien?!

—He tenido suerte —masculló la chica, bajando la vista para observar sus heridas.

Por fortuna, los rayos ultravioletas solo habían actuado sobre sus brazos. Se debía a que en el momento en el que había bajado del vehículo llevaba puesta la camiseta de tirantes reforzada del traje de exploración, los pantalones elásticos interiores y sus guantes ligeros de policía. No era lo mismo que llevar el traje completo, ya que la última capa protectora de cuerpo entero era la que aseguraba la supervivencia a los rayos del sol y a las frías temperaturas nocturnas. Sin embargo, aquella fina capa de ropa había sido suficiente como para que el breve paseo no le costara la vida. Unos segundos más expuesta al sol y el resultado podría haber sido muy diferente.

—¡Madre mía, podrías no haberlo contado! —exclamó Suki, mientras tiraba mano de una caja blanca con una cruz roja en la tapa. La abrió y revolvió en su interior hasta que encontró cuatro bandas de gel.

—Bueno, era un riesgo calculado —se excusó Miranda, con el rostro comprimido por el dolor.

—Unos segundos más ahí fuera y podrías haber perdido los brazos. O podrías haber tenido quemaduras en otras partes del cuerpo. —Suki hablaba con la voz más alta de lo normal mientras pegaba las bandas de gel sobre los brazos de Miranda.

La agente se revolvía sobre sí misma conforme la otra chica le aplicaba las curaciones.

—¡¡Escuece!! —exclamó, apretando los ojos.

—Claro que escuece —respondió Suki—. Dale cinco minutos. Va a dejarte marca, pero por lo menos se curará. Menos mal que he traído medicinas de sobra.

—¿Cómo está Hugo? —preguntó Miranda en un murmullo.

Hugo.

Red había estado tan impresionado con la situación que se había olvidado completamente del chico.

Corrió a los asientos delanteros. Allí estaba Hugo, encogido sobre sí mismo. Tenía los labios morados y parecía todavía más pálido de lo normal. Se las había apañado para quitarse la parte de arriba del traje, que le colgaba desde la cintura. La herida asomaba entre la piel del hombro. Estaba empapada de sangre.

—Tengo frío —susurró.

—Has perdido mucha sangre —observó el droide. Lo ayudó a terminar de retirarse el atuendo hasta dejarlo solo con los tirantes y los pantalones y le tapó con un par de mantas. Después se giró hacia Suki—. ¿Tenemos algo para tratar heridas de bala?

Suki señaló al otro lado de la parte trasera del Tanque.

—En el otro botiquín.

Red se hizo con la segunda caja de medicinas y volvió junto a Hugo. Extrajo todo el material que iba a necesitar lo más rápido que pudo.

—¿Cómo está Miranda? —preguntó Hugo, mientras estiraba el cuello en su dirección.

—Mejor que tú. Estate quieto. Tengo que escanear la zona.

Hugo hizo caso a su petición porque no tenía muchas más alternativas. Red se puso en marcha y activó la visión radiográfica. En un par de segundos tenía ya una imagen clara del interior del brazo de Hugo, la situación de la bala y la forma en la que tenía que actuar para extraerla.

—La bala sigue dentro —afirmó—. Pero no ha tocado ningún punto importante.

—Eso es bueno, supongo...

Red cogió las pinzas y, después de desinfectar la zona y el instrumental, procedió a extraer la bala. A pesar del dolor que le provocaba, Hugo estuvo quieto en todo momento. En cosa de un par de minutos, el droide extrajo el proyectil de su cuerpo y procedió a coser y a vendar la herida. Para cuando se dio cuenta, Hugo ya tenía los párpados cerrados y respiraba tranquilo. Su pulso era el adecuado, y con la pequeña transfusión que le acababa de poner recuperaría el nivel de sangre que necesitaba muy rápido.

Con muchísimo cuidado para no despertarle, Red cogió a Hugo en brazos y le llevó al asiento trasero, el cual reclinó hasta estar casi en una posición horizontal. No iba a ser como una cama, pero aquello era mejor que el frío suelo del Tanque.

Al darse la vuelta, Red se encontró a las chicas mucho más calmadas. La mirada de Suki bailaba entre la ventana del vehículo y el malherido Hugo mientras se preparaba un relajante en un vaso con agua. Daba vueltas y vueltas a la cucharilla provocando un tintineo agradable aunque persistente. Miranda, por su parte, tenía la mirada fija en Red. Seguía apoyando la espalda y la cabeza en la pared del Tanque, con el pecho subiendo y bajando mientras soportaba el dolor. Aun así, parecía mucho más tranquila que antes.

Red se giró un momento hacia Hugo. Comprobó una vez más que sus constantes vitales fueran buenas. Acarició su frente para cerciorarse de que no estuviera aumentando su temperatura y sonrió al concluir que todo apuntaba a que iba a ponerse bien.

Acto seguido, se incorporó y caminó hasta estar a la altura de Miranda. Tomó asiento a su lado, sin dejar de observar al chico inconsciente.

—Eso ha estado cerca —murmuró.

—Demasiado —asintió Miranda—. No me gusta admitirlo, pero me he asustado.

Red giró el cuello hacia ella. Observándola directamente a los ojos, tuvo que admitir algo que llevaba un rato rondándole los circuitos.

—Yo también me he asustado.

Miranda alzó las cejas con escepticismo.

—¿Tú? —preguntó sonriente, pero que Red asintiera le hizo borrar aquella mueca alegre y pasar a un ceño fruncido.

—Cuando he visto a Hugo malherido... —comenzó Red, volviendo a observar al chico—. He comprendido con bastante claridad lo que estaba ocurriendo: sentía dolor sin haber sido su elección. Me ha hecho sentir muy impotente. Y después, cuando has salido del Tanque sin más que un casco...

Red agachó la cabeza.

—He cumplido tus órdenes sin cuestionarlas, pero cuando habéis vuelto Suki y tú y te he visto tan malherida he sabido que estabas sufriendo. Creo... Creo que he sido capaz de imaginar tu dolor. —Red alzó la vista—. Estaba preocupado por ti, Miranda —admitió en un murmullo.

La agente debió encontrarse mal por un momento, porque apartó la vista del droide y giró el cuello. Carraspeó con fuerza un par de veces, como si se le hubiera atascado algo en la garganta. Un pequeño rubor cubría sus mejillas.

—¿Te encuentras bien? —preguntó.

—Sí, sí —respondió ella—. Es solo que... sabía que ese programa de Hugo iba a cambiarte.

—¿Cambiarme? —Red parpadeó sin llegar a comprender. A su modo de verlo, todo seguía como siempre.

—Es la primera vez que te preocupa cómo me encuentro, Red —dijo Miranda, volviendo a girarse para observarlo de nuevo. Sus mejillas seguían con algo de color—. No me refiero a que quieras saber que mi salud es óptima. Has estado preocupado por mí. Por primera vez. Igual es ir muy lejos, pero creo que estás aprendiendo lo que es la empatía.

Red parpadeó un par de veces y, acto seguido, sus ojos se iluminaron por un segundo de su característico color rojizo.

—Oh...

—Sí, oh.

Miranda hizo crujir los dedos de sus manos uno a uno. Red conocía ese gesto: significaba que estaba intranquila.

—No va a pasarme nada malo, Miranda —aseguró—. Incluso si estoy haciendo este tipo de avances, mis emociones distan mucho de las propias de un humano. No voy a dejar de ser un androide nunca.

Miranda asintió con la cabeza.

—Ya —murmuró—. Lo sé.

Suki, quien llevaba un rato escuchando aquella conversación, aprovechó el momento para aproximarse.

—Siento interrumpir, chicos —dijo. Le temblaba la mano que sujetaba el vaso—. Pero tenemos algo importante sobre lo que hablar: no tenemos nada de comida y nuestra reserva de oxígeno está muy baja.

—Las buenas noticias no dejan de llegar... —murmuró Miranda.

—No me gusta nada tener que decir esto, pero tenemos que conseguir provisiones de alguna manera.

—Ni hablar.

—Miranda, la alternativa ahora mismo es dar media vuelta y regresar a la Capital. ¿Y sabes qué? —Suki dejó el vaso en el suelo y señaló hacia el asiento del conductor—. ¿Ves ese piloto rojo de ahí? —Hizo una pausa que Red y Miranda aprovecharon para estirar el cuello. Una luz parpadeaba en el cuadro de mandos del conductor—. Es una mala señal. Significa que tenemos una avería. Y si está así no creo ni que vayamos a llegar a tiempo a la cúpula. Nos quedaremos varados aquí, en medio de la nada.

—¿Una avería? —preguntó Red.

—El Tanque ha estado en medio de un tiroteo. Debe haberse dañado algo.

La agente iba a protestar, pero se detuvo antes de abrir la boca y bajó la vista. Se acarició la frente con suavidad, valorando todas sus opciones. Asintió despacio, mirando después al droide.

—¿Hay algo que pueda sernos útil cerca de aquí?

Red se puso manos a la obra. Escaneó el mapa de su terminal y asintió con la cabeza cuando encontró lo que buscaba.

—Suponiendo que esto esté actualizado a día de hoy, tenemos una pequeña población a una hora de distancia.

—¿Cómo de pequeña? —inquirió Miranda.

—No tendrá más de cien habitantes.

—¿Cien habitantes? —se interesó Suki—. Vaya, eso es bien poco.

Miranda asintió con la cabeza.

—Tendrá que servir. —Alzó la vista para observar a Suki—. ¿Tendremos energía suficiente para llegar?

Ella se encogió de hombros.

—No tengo ni idea. Pero, si todavía avanzamos así de rápido, quiero pensar que sí.

—Vale —asintió Miranda—. Este será el plan: Red y yo iremos al pueblo y traeremos comida y oxígeno. Suki, tú te quedarás cuidando del Tanque y de Hugo. ¿Sabes disparar?

Suki asintió con la cabeza.

—Bien —continuó la agente—. Hemos traído un par de armas extra. Puedes utilizarlas. Abriremos un canal privado por el que hablar los cuatro. Desconectad los demás servicios de Dreamland. No queremos a nadie escuchando.

—Entendido.

—Os avisaremos si es un lugar seguro para que podáis acercaros.

—¿Quién se encargará de reparar el Tanque? —preguntó Suki.

Red estaba a punto de contestar cuando escuchó la voz apagada de Hugo llegar de entre los asientos.

—Yo puedo hacerlo —dijo.

Red se puso en pie de un salto y se aproximó al lugar de descanso del chico.

—¿Estás bien? —preguntó, aprovechando para volver a tomarle la temperatura. Por ahora, seguía estable.

—Estoy bien —respondió Hugo, intentando apartar la mano del droide como si apartara una mosca—. Puedo arreglar el Tanque. Ayudé a mi padre a reparar nuestro deslizador hace un año y medio.

—Esto no es un deslizador, Hugo —dijo Suki, negando con la cabeza—. No tiene casi nada de electrónica. Lo más probable es que se trate de un fallo de las baterías o algo así.

—¿Y qué? ¡Puedo hacerlo!

—Eres programador, no mecánico —negó la chica de nuevo.

—Tiene razón —concedió Miranda—. Lo más lógico será que se encargue Red de ello.

El droide asintió.

—Echaré un vistazo a los circuitos antes de que vayamos hacia el pueblo. Por si necesitamos alguna otra cosa más de recambio.

Red notó cómo a Hugo le brillaban los ojos de impotencia.

—Entonces, ¿qué? ¿Lo único que puedo hacer es quedarme aquí echado, mirando las horas pasar mientras vosotros os jugáis la vida ahí fuera?

Miranda alzó la barbilla.

—Sí, Hugo. Eso es todo lo que puedes hacer.

El chico abrió la boca para replicar, pero en lugar de eso bajó la vista al suelo. Habló en un murmullo, pero lo suficiente alto como para que todos los presentes lo escucharan.

—Lo siento. De verdad que lo siento. No pensaba... No sabía que...

Y el nudo que se había formado en su garganta le impidió continuar con su disculpa. Poco a poco, Miranda fue reblandeciéndose hasta que al final dejó escapar un suspiro con el que se le desinfló el pecho.

—No pasa nada, Hugo. Descansa y ponte mejor, ¿vale?

El chico asintió y, con lágrimas amenazando con escaparse de sus ojos, volvió a reclinarse en el asiento y bajó los párpados.

Suki llevaba un rato largo observando por la ventana.

Incluso dentro del Tanque, aquella *nada* la ponía muy nerviosa. Tenía claro que no iba a sentirse tranquila hasta que estuvieran pisando de nuevo el suelo de la Capital. El Estado cometía sus errores, sí, pero era algo que se encargaba de protegerles a todos; estaba especializado en ahorrarles los peligros a los que iban a enfrentarse.

Dio media vuelta y observó cómo Red seguía junto a Hugo. El droide se encontraba en *standby*, lo más seguro que realizando algún tipo de actualización. Pero hasta hacía cosa de cinco minutos no le había quitado la vista de encima a la agente de policía y al chico, a pesar de que este último estuviera durmiendo como un tronco.

Miranda, por su parte, alternaba la vista entre el suelo y ellos dos. Aprovechando que parecían estar solas, se aproximó y tomó asiento a su lado.

—¿No deberías estar descansando antes de la excursión? —preguntó con una sonrisa.

—Aunque quisiera, no podría —contestó ella, sin quitarles la vista de encima a los otros dos—. Cuando dejamos la Capital, dijiste que tu padre te había contado muchas historias sobre el Exterior. Quizá ahora sea un buen momento para hablar sobre ello.

Suki suspiró.

—He estado haciendo memoria y nunca le había ocurrido algo como a nosotros. Quizá es que los merodeadores están innovando. O quizá nunca me había hablado de esto para un asustarme —conjeturó—. Lo que sí sé es que se parece mucho a esas recreaciones del Lejano Oeste. Con pequeños pueblos desérticos, alejados de todo el mundo. Con sus propias leyes, su propia economía y sus propias normas para hacer las cosas. No les gustan los forasteros, pero si ven a uno de ellos lo más seguro es que intenten fingir que son amigables hasta haberle desplumado. No es que tengan muchos recursos, así que se desviven por cualquier pedazo de carne. —Se encogió de hombros—. Supongo que por eso quisieron robarnos la comida y no las armas o las medicinas. La carne se vende muy bien en el mercado negro, tanto dentro como fuera de la Capital.

—¿Cuánto de peligrosos son? —preguntó Miranda.

Suki giró el cuerpo hacia ella.

—¿Cuánto crees?

Miranda suspiró por la nariz y cerró los ojos con pesadez. Suki retomó la palabra para intentar que la situación no sonase tan descorazonadora como lo era en realidad.

—Mira, lo mejor que podéis hacer es fingir que venís de otro pueblo cercano. Deshazte de todo lo que te delate como alguien de la Capital. Sobre todo de lo que te delate como una policía. No sé qué les parecerán los créditos, así que debes estar preparada para cualquier tipo de moneda de cambio que usen. Y, en cuanto tengáis lo que necesitamos, os marcháis cagando leches de allí.

—¿Y qué pasa si digo algo que no les guste? —preguntó la agente.

Suki podía notar lo preocupada que estaba.

—Vamos a tener un canal abierto, ¿recuerdas? Seré tu voz y guía.

Miranda asintió. Por un segundo pareció que comenzaba a calmarse, pero los nervios volvieron a ponérsele de punta cuando Suki volvió a hablar.

—Ah, por cierto —añadió—. No pueden saber que Dos-cuatro-ocho es un droide. Tiene que actuar como un humano todo el tiempo.

—¿Qué? Venga ya...

—Muy pocos droides viajan a través de las carreteras del Exterior así de desprotegidos, Miranda. Puede que lo primero que les interese sea la carne, pero algo así de raro tiene mucho valor en estas tierras. Pase lo que pase, que no se delate como androide.

—Entendido...

El terminal de Suki vibró un par de veces. Preguntándose de qué se trataría, lo extrajo y dio con un *dream* de Dana, quien acababa de postear en su cuenta que estaba preparándose ya para su Ascensión. Venía acompañado de una foto de ella, donde miraba a cámara con rostro decidido. En una mano sostenía en alto su pasaje dorado; la otra se elevaba haciendo el gesto de la victoria con el dedo índice y corazón en forma de uve.

El *dream* se estaba llenando de comentarios y *likes* en cosa de segundos.

—¿Es Dana? —preguntó Miranda, quien también había estado observando el terminal—. Es muy guapa.

—Sí, lo es...

—Me recuerda a una novia que tuve hará unos dos años. Era igual de rubia.

—¿Qué fue lo que pasó?

Miranda se encogió de hombros con pesar.

—Quería tener hijos.

Suki comprendió lo que aquello significaba al instante. En el Estado, la única forma de la que estaba permitida tener descendencia era consiguiendo la correspondiente licencia, un documento tan caro que muchos matrimonios se endeudaban de por vida. Y ya que las clínicas de fecundación artificial llevaban unos cien años siendo ilegales para que el Estado pudiera controlar de una forma más efectiva la llegada de niños al mundo —es decir, decidir quién podía ser madre y quién no—, la única manera de obtener la licencia de descendencia era contrayendo previamente un matrimonio. Por ese motivo, había personas que se casaban con alguien del sexo contrario para poder tener hijos, incluso si sus intereses románticos eran otros. Después, una vez ya habían engendrado, se separaban y se emparejaban con el amor de su vida. Así lo había hecho su padre.

Suki se preguntó si Miranda estaría esperando a que esa chica volviera a su vida, pero no lo creía. No veía a Miranda como una de las que se sentaban a esperar.

—Ha decidido irse a la Ascensión, ¿no? —le preguntó la agente de pronto, pillándola muy poco preparada para esa conversación—. ¿Era de eso de lo que querías hablarme?

Suki asintió con la cabeza.

—Dana siempre ha sido una persona... pensativa. Todavía mucho más cuando sus padres se marcharon a los Confines cuando ella aprobó la Prueba de Valor.

—Vaya.

—Sí, ella no quiso seguirles porque pensaba que conseguiría grandes cosas en la Capital. Así que se marcharon, sin más. —Hizo una pequeña pausa, rememorando la época en la que ambas se conocieron en una de las tantas visitas que hacía a su padre en Dreamland mientras preparaba su Aval de Valía—. Siempre ha tenido esa sensación de que le faltaba algo, incluso cuando empezamos a salir. Al principio estuvimos bien, pero ella ha llegado a un punto en el que no puede seguir negando lo que siente. Está bien que sea sincera consigo misma, claro. Pero es difícil aceptar que la otra persona nunca va a pensar en ti de la misma forma en lo que lo haces tú. No porque no quiera, sino porque no es capaz. —Suspiró—. Pensé que tú lo comprenderías.

Miranda parpadeó varias veces.

—¿Que yo lo comprendería? ¿De qué hablas?

Suki apagó el terminal y lo guardó en el bolsillo.

—He visto cómo miras a Red y la esperanza que cruza tus ojos cuando piensas que puede llegar a ser algo más que una máquina

—murmuró, todavía más bajo—. Esperas algo que quizá nunca suceda.

A Miranda se le escapó una breve risa.

—Red es mi compañero, Suki. Nada más. —Una sombra cruzó su rostro justo después—. Y no puedo permitirme a día de hoy iniciar nada con nadie.

—¿Es por alguien más? —preguntó, con ganas de indagar y una sonrisita coqueta. Sin embargo, Miranda no reaccionó como esperaba y no le siguió el juego. De hecho, su mandíbula se apretó todavía más. Estaba incómoda, así que Suki se apresuró a rescatar el tema anterior para apaciguar lo que fuera que estuviera pensando—. Bueno, sigue diciéndote eso el tiempo que quieras. No eres el único factor interesante de esta situación —dijo, señalando con la cabeza en dirección de los chicos. Suki se había fijado en la forma en la que Hugo observaba a Miranda y fingía que le incordiaba Red, algo que el droide no parecía notar en absoluto. Como era de esperar—. Lo vuestro podría dar para una telenovela adolescente de tarifa Prémium.

Miranda puso los ojos en blanco y le asestó un topetazo a Suki en el hombro.

—¡Ay! ¿A qué viene eso? —se quejó, frotándose la zona.

—Por decir tonterías. No me conviertas en un personaje de alguna de tus historietas o tendré que ir a por ti.

—Bueno, no prometo nada.

Ambas chicas estuvieron un rato así, sonriendo y pensando con detenimiento en la conversación que acababan de tener. Cada una, en lo que más le había inquietado de la misma.

Un chisporroteo estropeó aquella calma.

Red se reactivó y Hugo saltó sobre el asiento.

—¿Qué ha sido eso?

El sonido se repitió un par de veces al tiempo que el Tanque iba circulando cada vez más despacio. Tras un rato de lo que pareció un último empujón agónico, el vehículo terminó deteniéndose por completo.

Miranda suspiró.

—Parece que vamos a tener que hacer lo que queda de trayecto a pie.

17

Antes de colocarse el traje protector, Miranda se cambió las bandas de gel con ayuda de Red. Sus brazos ya no parecían tan chamuscados; el vello había desaparecido, pero se notaba un color rosado propio de una herida fresca que está generando nueva piel.

Iba a ponerse bien, aunque aquello dejase cicatriz.

Antes de abrir la puerta del Tanque, Miranda echó una mirada rápida a Hugo, quien ya tenía mejor aspecto y un poco más de color en las mejillas.

—Tened cuidado —pidió el chico apretando los labios.

Miranda asintió y se giró hacia Suki.

—Perfil bajo, Miranda —le recordó esta con un asentimiento.

Miranda respondió guiñando un ojo y, de un salto, se apeó del vehículo. Red saltó detrás de ella, cerrando después de sí la portezuela.

—Estoy emocionado —anunció. Habían tomado la precaución de vestirle a él también con traje de exploración, así que su voz sonaba por los receptores del traje de Miranda—. Sé que ya lo he dicho varias veces, pero, si no lo comento una vez más, reviento.

—Pues que no se te note, Red —dijo Miranda, mientras le daba una palmadita en el hombro—. Finge que este lugar te parece un estercolero más, por la cuenta que nos trae.

—Hecho.

Miranda desplegó el menú de Dreamland sobre su antebrazo izquierdo. En un par de clics, abrió un canal privado donde metió a Red, Suki y Hugo.

—Canal abierto —comunicó.

—Recibido —respondió Suki.

—Mantengamos por ahora solo el audio. No queremos que sospechen que estamos hablando con avatares. —Configuró un par de opciones más—. Os he dado acceso a todo lo que vemos y escuchamos.

—Lo tenemos —contestó Hugo—. Buena suerte, chicos.

Cuando Miranda se dio la vuelta, se encontró con Red agachado junto a las baterías del vehículo mientras buscaba qué lo había hecho detenerse. Encontró bastante fácil dónde estaba el problema y utilizó un par de sus herramientas para enderezar las piezas. Con unas pinzas extrajo una bala que había perforado el material. Después procedió a sellarlo con otro de sus cacharros.

—Una de las baterías estaba dañada, pero ya está —comunicó al resto—. Hay que dejarla secar una media hora y darle tiempo para que se recargue. El sol está pegando fuerte hoy, así que creo que en cerca de hora y media ya la tendremos. Después solo habrá que reiniciar el sistema y reconfigurarla.

—Estupendo.

Con una preocupación menos en mente, Miranda y Red se pusieron en marcha. Según el mapa del droide, iban a tener que andar cerca de veinte minutos hasta llegar al poblado. Aunque de primeras aquello no entusiasmaba a nadie, Miranda estaba bastante agradecida de poder estirar un poco las piernas.

Todos guardaron silencio hasta que entre la nube de polvo divisaron lo que parecía una muralla de acero. Piezas de color grisáceo, algunas de ellas bastante oxidadas, servían como revestimiento para proteger el poblado, con estacas puntiagudas en su parte superior para aquel que se atreviera a escalarlo. Tuvieron que rodearlo varios metros hasta que dieron con la entrada: unas grandes puertas, abiertas de par en par y custodiadas por dos centinelas. Estaban decoradas con una serie de cráneos a lo largo y ancho de toda su superficie.

Miranda observó aquellos huesos y frunció el ceño.

—Algunos de esos cráneos no son humanos.

—Son de *skrug* —afirmó Red, a su lado—. Deben haberlos puesto ahí como advertencia.

Miranda había oído hablar de los *skrugs*. Era sabido por todos que, cuando los humanos del pasado tomaron precauciones para sobrevivir a la falta de oxígeno, también lo hicieron con las pocas especies animales que pudieron salvar para ser criadas en cautividad. Solo habían sobrevivido algunos ejemplares marinos, los cuales estaban fuera del alcance de cualquier ciudadano común del Estado. No porque fueran caros, que también, y además muchísimo; era porque su comercialización solo estaba permitida entre altos cargos bajo pena de cárcel para el que se saltase las normas. Esa era la razón de que la existencia de los *skrugs* hubiera sido un descubrimiento tan grande y al mismo tiempo tan desilusionador.

Se daba por hecho que todas las criaturas terrestres habían perecido cuando desapareció el oxígeno, pero no fue así. Varios siglos después de que esto pasara, la gente que se aventuraba fuera de la Capital y sus otras bases civiles se encontró con un nuevo tipo de criatura que no necesitaba respirar para vivir. Miranda los había visto en fotos: del tamaño de un perro mediano, de ojos oscuros y saltones y con antenas en sus morros. Cuatro colmillos afilados. Seis patas. Garras como cuchillas. Pelaje recubriendo toda su piel y una coraza dura cubriendo su tórax, abdomen y espalda. Cuando Miranda los vio por primera vez, solo pudo sentir grima.

Los *skrugs* eran resistentes a las condiciones climatológicas actuales, pero preferían salir de debajo del suelo por las noches, ya que su visión se adaptaba mejor a la luz de la luna. Habían sobrevivido alimentándose a base de sales minerales, aunque cuando llegaron los humanos a su territorio empezaron a encontrarle el gusto a la carne. Unos pobres viajeros fueron los primeros testigos de este gran cambio en la cadena alimenticia. Se armó un gran revuelo en consecuencia cuando encontraron sus restos.

Hubieran sido un gran hallazgo de no ser porque consumir cualquier parte del cuerpo de un *skrug* era venenoso para la fisiología humana. Un bocado de su carne o sorber alguno de sus fluidos te produciría un doloroso agujero en el estómago. Literalmente.

Aquello era lo que había convertido a los *skrugs* en las criaturas más decepcionantes de la Tierra. Solo interesaban a algunos biólogos que habían realizado exhaustivos estudios sobre ellos, pero Miranda nunca había leído ni uno solo.

¿Para qué?

—Si exhiben así cráneos de *skrug,* significa que esta gente va a ser complicada de tratar —susurró—. No te dejes intimidar.

—Oh, ¡para nada! —aseguró Red con un tono de voz que hizo a Miranda saber que el droide estaba sonriendo debajo del casco—. Estoy todavía más intrigado.

Conforme se acercaban a la puerta, pudieron ver con claridad un enorme y amenazante cartel:

SOLO TERRANOS.
CEMENTADOS, QUEDAOS FUERA.

La voz confusa de Hugo llegó a través de la transmisión privada.

—¿Cementados? —preguntó.

—Esos debemos ser nosotros —le contestó Suki—. Mi padre me dijo que las gentes que viven en el Exterior se llaman terranos entre ellos como pueblo. Viendo cómo son sus poblados, no hace falta preguntar por qué. Cementado debe ser un gentilicio despectivo para la gente del Estado. Imagino que se debe a que nuestras ciudades son grises en comparación con las suyas, siempre tan repletas de color.

Siguieron caminando hasta estar a escasos diez metros de la entrada. Los centinelas de la gran puerta alzaron las armas en su dirección.

—Ahí estáis bien —dijo el de la derecha. Su voz se escuchó a través de los receptores del traje—. Nombres y asunto que os trae aquí.

Aquello era algo que ya tenían pensado.

—Miranda Skyblast y Walz Skyblast. Vamos de camino a la Bruma, pero nos hemos quedado sin provisiones.

—¿Venís a pie?

—Sí, a pie desde Venet Zia. Nos acercaron allí a cambio de varias cargas de veneno de *skrug* refinado.

—Entiendo. ¿De qué parte de Skyblast sois?

—Del este.

—Me gusta el este. Está más plano.

—Sí, está bien para vivir.

—¿Y tu amigo no habla?

—¿Y el tuyo?

Se hizo un pequeño e incómodo silencio que Red se apresuró por romper.

—No te preocupes, Miranda. Puedo hablar por mí mismo. —Carraspeó—. Hola, buenas gentes terranas. Mi nombre es Red.

Miranda pudo escuchar como Hugo o Suki se llevaban la palma de la mano a la cara. Quizá, incluso, las dos.

—¿Red? —preguntó el otro centinela—. Tu amiga ha dicho que te llamas Walz.

—Walz «Red» Skyblast —se apresuró a añadir Miranda—. Es su apodo.

El centinela de la izquierda refunfuñó.

—No sé yo. No me suenan ningunos Miranda y Walz de Skyblast —dijo, cargando el arma—. No seréis unos cementados de mierda, ¿no?

—No te sonará porque se me conoce como el Rojo —añadió Red. Miranda tenía ganas de lanzarlo desde un octavo piso para que se callara—. Y esta mujer es una de mis ayudantes más leales.

—¿El Rojo? ¿El Rojo de Skyblast? —preguntó el otro centinela—. Coño, ¿y qué haces aquí? Me dijeron que te habían detenido en tu última incursión a la Capital.

—Pues me he escapado.

Miranda dio un respingo. Recordaba aquel caso: no hacía ni medio mes se había corrido la voz de que la Policía había detenido al Rojo, uno de los criminales del Exterior más peligrosos.

Lo más seguro es que para entonces ya le habrían Ascendido.

—¿De la Capital? Venga ya... —bufó el centinela.

—¿Es por eso por lo que lleváis unos trajes tan actualizados? —preguntó el otro.

—Afirmativo —dijo Red, sacudiendo después la cabeza para corregirse a sí mismo—. Digo... Sí. Capullo.

—Auch —murmuró Hugo por el canal de voz.

—Bueno, tiene sentido —dijo el centinela que parecía más convencido, mientras se encogía de hombros.

—No sé, tío —murmuró el otro—. Tengo un primo en Skyblast. No me suena que hayan llegado noticias allí de que el Rojo haya escapado.

—Tu primo es un yonqui de mierda, Mijaíl.

—¿Y qué?

—Pues que suerte si se entera de algo.

—Eres un gilipollas.

—Mira, vamos a dejarles pasar y ya está, ¿vale?

—Haz lo que quieras. Si luego montan una gorda, que LaFleur te corte a ti los huevos. Yo me desentiendo.

—Que sí...

El centinela se apartó de la puerta para que Miranda y Red pudieran adentrarse en el poblado.

—¿Quién es LaFleur? —preguntó Miranda, mientras traspasaban la enorme puerta.

—LaFleur es quien manda aquí —explicó el centinela amistoso—. Llegó al puesto de Vigilante cargándose a tiros al anterior tipo, así que yo de vosotros no le estornudaría encima. —Alzó el brazo para señalar un par de edificios construidos a partir de chatarra, piezas oxidadas y algunos trozos de cemento que sin duda habían debido de robar a alguna ciudad del Estado—. Allí tenéis la taberna. Podréis encontrar algo de víveres y un sitio donde dormir si lo necesitáis. No molestéis a los vecinos, no les gustan los forasteros.

—Cerraremos esta puerta cuando se ponga el sol para protegernos de los *skrugs* —añadió el otro centinela—. Si todavía estáis dentro, os tendréis que joder. No se volverá a abrir hasta que despunte el alba.

—Bienvenidos al Foso, Miranda y Walz Skyblast. Esperamos que vuestra estancia sea lo más breve posible.

Y dicho eso, los centinelas les dieron la espalda y retomaron su monótono trabajo custodiando la puerta.

El Foso era tal y como cabía esperar: un pueblucho de poca monta construido sobre una enorme capa de grueso acero que cubría el suelo de arena para que ningún *skrug* se colase cavando. El pueblo en sí era una enorme pasarela con algo de tierra, donde los hogares, cerrados a cal y canto, se alzaban a ambos lados de ella. Todas las fachadas estaban adornadas con colores muy vivos, pintadas, dibujos y letreros que dotaban a cada edificio de una personalidad única. La taberna que había mencionado el centinela era el edificio más céntrico y grande del pueblo; se trataba sin duda de un punto de reunión y debate para todos los habitantes.

Aquel día, la taberna no parecía muy concurrida. Caminaron con pies de plomo hasta el edificio, prestando atención a todo detalle que podían. Se las habían arreglado para construir un porche que sostenían varias vigas rojizas, donde dos pueblerinos hablaban en susurros hasta que los vieron llegar. Les siguieron con la mirada hasta que ambos traspasaron la capa de partículas que recubría la entrada del establecimiento para mantener el oxígeno en su interior.

La taberna contaba con un par de generadores de oxígeno, unas cuantas mesas donde una pareja de hombres jugaba a las cartas y una barra con tres figuras sentadas en los taburetes, bebiendo y conversando con la camarera. Todos ellos habían dejado sus trajes en varias perchas de la entrada, como quien colgara un abrigo, y paseaban por el local sin nada más que las ropas propias de la gente del exterior: cuero refinado de *skrug*, decorado con distintos motivos o colores chillones. Miranda intuía que se trataba de una forma de señalizar alianzas, procedencias o familias. No tenía nada que ver con la ropa de la Capital: allí todas las prendas se confeccionaban con plástico elástico y eran de una aburrida escala de grises. Salvo para los altos cargos, que tenían permitido vestir con prendas moradas, rojas, negras y verdosas, atendiendo a su posición o rama. Los mandos de Dreamland, como Suki, vestían de un azul turquesa.

La presencia de dos extraños hizo que se detuviera toda conversación, risa y susurro. Todas las miradas se dirigieron hacia Miranda y Red. Incluso por un momento pareció que la música de la cantina también se había enmudecido ante su llegada.

—Dos clientes nuevos —anunció la camarera, como si alguien no se hubiera dado cuenta todavía. Era una mujer de unos treinta años, con un chaleco rojizo y el pelo verde nuclear recogido en alto con un lazo azabache. Estaba frotando un vaso con un trapo la mar de sucio—. ¿Qué os apetece tomar?

—En realidad, venimos a hacernos con provisiones —anunció Miranda—. Estamos de paso.

—Ah, claro. ¿Qué necesitáis?

—Comida y oxígeno, sobre todo.

—Bueno, tenemos bastantes pastillas y un nuevo cargamento de bombonas ha llegado esta misma mañana.

—Estupendo.

—Pero no les vendo mi género a desconocidos.

Miranda torció el labio. No tenía más opción que seguirle el juego, así que se retiró el casco del traje dejando ver su rostro. El pudor de la taberna llenó sus pulmones y no pudo evitar hacer una mueca. Hizo un gesto a Red para que hiciera lo propio y este se retiró también el casco.

—Somos Miranda y Walz Skyblast. Vamos de camino a la Bruma.

—¿Y qué se les ha perdido a dos skyblastianos en la Bruma?

—Vamos a recoger un paquete bastante peligroso. Nos ganamos la vida con el pequeño comercio.

La camarera giró el cuello hacia Red.

—Deben pagar bien para que vayáis tan lejos, ¿no?

—Lo cierto es que sí —aseguró Miranda.

—No te he preguntado a ti. Le estoy preguntando a tu amigo, ¿o es que no habla la lengua común?

Red parpadeó un par de veces antes de contestar.

—La hablo, por supuesto.

—Dime entonces, Walz Skyblast —continuó la camarera—. ¿Pagan bien?

Al droide le costó un poco responder.

—Veinte mil créditos. Con eso nos da para un par de meses viviendo bien.

—No está nada mal.

—No me gusta, Miranda —escuchó susurrar a Suki—. Salid de ahí. Ya.

La camarera dejó el trapo a un lado y el vaso al otro. Alzó la vista hacia sus clientes de la barra y asintió con la cabeza. En apenas cosa de un segundo, ambos policías estaban rodeados.

—Hay algo que tendríais que saber —continuó la camarera, mientras rodeaba la barra. De algún bolsillo extrajo un cuchillo tan rápido que Miranda pensó por un momento que se trataba de arte de magia—. Y es que no tolero sabandijas mentirosas en mi taberna.

—Oye, te prometo que... —empezó Miranda.

—Vuestras promesas no valen una mierda aquí, cementados. Y, mira por dónde, me habéis tocado los ovarios tu droide y tú.

Miranda parpadeó varias veces. ¿En qué habían fallado?

La camarera debió darse cuenta de ello porque dejó escapar una carcajada.

—¿Ves esto? —dijo, mientras se apartaba un mechón de pelo con el cuchillo. Debajo de su oreja izquierda había una cicatriz bastante fea, justo por encima de otra a la altura de donde se implantaban las Memorias—. La gente del Exterior llevamos dos cicatrices. Algunos porque nos quitamos las Memorias al escapar del Estado. Otros porque desde niños somos marcados con las dos para diferenciarnos de los del *interior*. Tú, amiga mía, solo tienes una cicatriz. Y tu droide, ninguna.

Miranda apretó los labios con impotencia. Su coleta dejaba a la vista la piel que rodeaba sus orejas. Había cometido el error de pasar por alto ese detalle.

Iba a intentar, por lo menos, convencerla de que Red era un humano más, pero la camarera se le adelantó. Hizo un gesto a uno de los clientes que les estaban rodeando, un hombre que llevaba un sombrero de piel y la cara tapada con una máscara de cuero rosa chillón. Se aproximó a Red y le acercó un dispositivo pequeño, que al contacto con su piel le derribó de inmediato con una fuerte descarga eléctrica.

Miranda intentó desenfundar el arma, pero entre los otros dos hombres se la arrebataron y la sujetaron con fuerza. Eran muy grandes; cada uno de ellos debía sacarle un palmo.

Red se retorcía en el suelo. Su rostro reflejaba un dolor que Miranda sabía que ya no se trataba de una emoción fingida.

—Quieta o le frío hasta el último circuito —amenazó el de la máscara.

—Lleváoslo —ordenó la camarera.

El matón enmascarado alzó a Red de un brazo y lo arrastró hacia la salida. Los dos hombres que habían estado jugando a las cartas se acercaron para ayudarlo, y entre los tres sacaron al droide de la taberna en un abrir y cerrar de ojos.

—¡RED! —exclamó Miranda, dando tirones para zafarse, pero la tenían bien agarrada. Un brazo la sujetaba por el cuello, dejándola con poco aire en los pulmones para que no tuviera mucho margen—. ¡¿A dónde se lo llevan?!

—Al taller. ¿Tienes idea de lo que se paga por piezas de droide?

—Dios mío... —susurró Hugo desde el Tanque.

—Silencio —pidió Suki en otro murmullo.

—Hija de... —empezó Miranda, pero la camarera no la dejó continuar.

—Ah, ah, ah —dijo, chasqueando la lengua varias veces al tiempo que paseaba su cuchillo peligrosamente cerca de los ojos de la agente—. Nada de insultos en mi taberna, querida. —Hizo una señal con la cabeza a los hombres que la retenían, quienes la llevaron a una silla y la amordazaron con varias cuerdas. La camarera acercó otra silla, que colocó frente a la de Miranda, y tomó asiento cerca de ella—. Reconozco que los tenéis bien puestos habiéndoos dejado caer por aquí. Debéis estar alucinando con el Exterior, ¿verdad? A todos los cementados os pasa lo mismo.

Miranda tenía muy poca tolerancia a tonterías de aquel tipo. Y aquella vez no iba a ser diferente.

—¿Qué quieres? —espetó.

—Eres una mujer valiente. Eso me hace respetarte, querida —admitió la camarera con una sonrisa—. Te voy a dar la oportunidad de que esta vez me digas la verdad. ¿Qué te parece? ¿Charlamos?

Carraspeó, irguiéndose y sonriendo tanto que se le vieron las encías.

—Soy LaFleur —dijo—. ¿Y tú? ¿Quién eres y qué haces en mi Foso?

¿Tienes algún problema?
¡Confía en los Cuerpos de Policía de nuestro Gobierno! Los agentes de seguridad son aliados de Dreamland desde hace ya más de 150 años. Ellos son la ley de nuestro Estado, así que escucha siempre sus directrices... ¡o tendrás que ser Ascendido por rebelde!

—Esto va a ser un problema —musitó Suki.

—Tenemos que ayudarlos —asintió Hugo, intentando ponerse en pie justo después.

Suki le hizo una seña para que se quedase quieto.

—No. Tú no te muevas.

—¡Les tienen amordazados, Suki! —replicó Hugo, sin dejar de removerse en el asiento hasta lograr, al menos, incorporarse—. ¡Tenemos que hacer algo!

—Y lo vamos a hacer, Hugo —aseguró—. Pero desde aquí.

—¡Suki!

—Miranda nos ha ordenado quedarnos aquí pase lo que pase, y eso es lo que vamos a hacer —contestó con tono autoritario—. Ella es la policía; nosotros, los civiles. Si alguien sabe cómo evitar una tragedia, es ella.

Hugo apretó los labios.

—No quiero que les hagan daño.

—Si no quieres que les pase nada, vuelve al chat e intenta establecer comunicación con Dos-cuatro-ocho. Haz lo que tengas que hacer para espabilarle. ¡VAMOS!

Hugo asintió y tecleó muy rápido sobre su menú del antebrazo para volver a comunicarse con el droide.

—¿Red? Red, soy Hugo, ¿me escuchas? —De la impotencia no pudo evitar darle un porrazo al reposabrazos—. Joder, no responde. ¿Red? ¡Red! —siguió probando.

Suki cerró los ojos y, por un segundo, dejó que el pánico la arrollase como una terrible ola de agonía. Red iba a ser despiezado. Miranda, interrogada y, lo más seguro, torturada hasta la muerte. Si aceptaba esa situación como la nueva realidad que estaban viviendo, solo quedaba una salida: arreglarlo. Si ya estaban en el pozo de mierda, lo único que podían hacer era ir hacia arriba.

Dejó escapar el aire de sus pulmones con lentitud al tiempo que contaba para sí.

—Uno, dos, tres, cuatro, cinco —murmuró en voz baja.

Acto seguido abrió los ojos. Estaba preparada para lo que venía a continuación.

Reabrió el chat y se encontró con lo que veía Miranda ante sí: LaFleur y su pelazo verde chillón estaban delante de ella, dándole guantazos con la mano abierta.

—Pensaba que me respetabas —murmuró la agente, al tiempo que giraba el cuello para escupir algo de sangre al suelo.

—Claro que lo hago, cariño —asintió la terrana—. Por eso no te estoy dando con el puño cerrado. Pero me has mentido, así que esa te la merecías.

—Dime una cosa: ¿cómo has sabido que me acompañaba un droide?

LaFleur sonrió.

—Toda la gente que entra en mi taberna se queja de una sola cosa: el olor. Incluso tú has arrugado la nariz cuando te has quitado el casco. Tu amigo no se ha ni inmutado. Eso le ha delatado —explicó, cruzándose de brazos después—. ¿Y bien?

Suki vio que era un buen momento, así que susurró:

—Miranda; dile lo que te voy a murmurar. Palabra por palabra. Carraspea si lo has entendido.

Por un momento, Suki temió que Miranda fuera a pasar de su ofrecimiento, pero al cabo de unos agónicos segundos la agente se aclaró la garganta con suavidad.

—Bien —asintió Suki, preparándose para la jugada. Esperaba tener suficientes cartas en la mano—. Dile: «Mi nombre es Miranda Rodríguez y soy policía».

Miranda no habló. Declararse como tal estando así de apresada era un suicidio se viera por donde se viera, pero Suki no lo tenía tan claro.

—Miranda, por favor... —murmuró suplicante.

La agente carraspeó de nuevo. Después, dijo:

—Mi nombre es Miranda Rodríguez y soy policía.

LaFleur echó a reír, aunque sus camaradas parecieron quedarse fríos ante esa declaración.

—¡No jodas! —exclamó la mujer—. Una policía en mi Foso. De la Capital imagino, ¿verdad?

Suki volvió a murmurar la respuesta, y Miranda obedeció repitiéndola en alto casi al instante.

—Sí.

—¿Y qué haces tan lejos de casa, Miranda Rodríguez? ¿Os habéis perdido tu droide y tú?

—Vamos de camino a la Meseta.

—¿Para qué?

—Asuntos del Gobierno.

LaFleur volvió a reír.

—El Gobierno puede comerme los ovarios. No nos intimidan los cementados y sus asuntos del Estado.

No, pero sí los policías. Suki podía verlo en las caras de los acompañantes de LaFleur, bailando entre el terror y la cólera a cada palabra que decía. Si a Suki le habían gustado Miranda y RD-248 desde el principio, era porque no eran como los demás miembros del cuerpo: el droide sentía intriga y expectación por las cosas humanas, y Miranda no trataba a las personas como despojos o un nombre más sobre el informe. Había mirado su historial: la chica nunca había Ascendido a nadie. Al menos no por su propia mano. En lugar de eso, siempre optaba por ayudar a todas las personas que podía. Era de las pocas policías que todavía pensaban que la gente podía cambiar.

Miranda se preocupaba de verdad por los demás. Ningún otro policía de la Capital podría decir lo mismo.

Pero eso no lo sabían los terranos. Y que pensaran que Miranda era un animal tan descorazonado como un *skrug* era una ventaja para ella.

—Deberían hacerlo —continuó indicando Suki y repitiendo Miranda—. La Capital va a arrasar todos los pueblos de la zona para expandir sus fronteras. Están preparando unas bombas que caerán mañana a mediodía. Vuestro Foso está dentro de su radio.

Aquello sí que pareció intimidar a LaFleur. Sus camaradas se removían inquietos e intercambiaban miradas apuradas.

—Mientes —dijo—. Todos los cementados mentís con estas cosas. Siempre queréis hacernos creer esta clase de mierdas.

—Es verdad. Pero, si me dejáis ir, puedo decirles a mis superiores que hagan una excepción con vosotros.

—No me creo una mierda, Miranda. Así no es cómo actúa el Estado. Si quieren conquistar un territorio usan a esos... —Le dio un toquecito a uno de los hombretones que habían amordazado a Miranda. Llevaba un pañuelo azulado que le cubría desde la nariz hasta el cuello—. Henry, ¿cómo se llaman?

—Los embajadores de la paz.

—Eso es. Los embajadores de la paz. El Gobierno conquista con puñaladas traperas, no soltando bombas a lo loco. No lo hacen por la gente, claro. Lo hacen por los recursos. A ver de qué servirían destruidos.

¿Embajadores de la paz? ¿Había escuchado bien?

Suki se quedó congelada. No podía ser real. No podían haberlo hecho.

—¿Embajadores de la paz? —preguntó Miranda sin que Suki le hubiera murmurado hacerlo.

—Así se hacen llamar —asintió LaFleur—. Aquí el amigo Hux es testigo de ello —dijo, señalando al otro hombre. Tenía unas gafas de sol amarillo moco de cristal color sepia que dejaban ver sus ojos rasgados—. Llegó de Japón hace tres semanas. Huyó de allí en cuanto les llevaron las primeras muestras de Dreamland. Fue listo. De no ser así, ahora mismo habría sido reintegrado o Ascendido.

A Suki le costaba respirar. No podía ser verdad. No tenían derecho a hacer algo así. Pero de pronto todo encajaba: ¿cómo sino iba la Capital a estar avanzando tanto territorio durante los últimos meses? ¿Y cómo sino había podido el Estado doblegar a Japón, una de las Colonias Independientes más fuertes hasta la fecha?

—No puedo creerlo... —murmuró Suki, y continuó hablando para que Miranda no repitiera lo que decía—. Lo han hecho. La gente del Gobierno. Lo han hecho...

—¿Han hecho qué? —preguntó Hugo, dejando por un momento su misión de despertar a Red apartada.

—Los embajadores de la paz de los que están hablando... —asintió Suki con un nudo en la garganta—. Yo los creé. Son mi Aval de Valía.

El silencio se adueñó del canal por un momento.

—¿Qué? —ladró Hugo.

—Mi Prueba de Valor era para entrar en el Departamento de Seguridad —empezó Suki—. Diseñé un sistema que hipotéticamente serviría para firmar la paz con las Colonias Independientes y tenerlas algo controladas. Consistía en enviar un Embajador de la Paz que mejorase la imagen corporativa y les entregase Memorias diseñadas para que se enamorasen de Dreamland. Todo el mundo ama Dreamland en cuanto lo usa más de cinco minutos, así que en teoría este sistema haría que se volvieran tan adictos que acabasen por firmar la paz entre naciones y colaborasen unidas con tal de tener pleno acceso a la red —explicó lo más rápido que pudo—. Al final acabé en el Departamento de Calidad por decisión del tribunal, pero eso no es relevante. Cuando preparé ese Aval de Valía, no estaba pensando en nada más que en pasar la Prueba de Valor. No esperaba que lo fueran a usar para... Oh, Dios.

Miranda les sorprendió volviendo a hablar por su cuenta.

—Tenía entendido que los embajadores de la paz solo entregaban chips de muestra de Dreamland para fortalecer las relaciones entre naciones —dijo, hablándole a Hux.

—Eso creíamos nosotros también —contestó el tipo empleando la lengua común—. Pero todo empezó a cambiar muy rápido. Los que usaban las muestras actuaban de manera extraña. Mi hermano fue uno de ellos. Murió abatido por la policía mientras intentaba asesinar a un ministro.

Miranda se inclinó hacia delante.

—¿Insinúas que lo estaban controlando?

—Afirmo que lo estaban controlando. Joder, a él y a todos los demás. Yo me marché cagando leches en cuanto comenzó a complicarse la cosa. Mucha gente también emigró a otras Colonias. Yo vine aquí porque me dije, ¿dónde no van a querer conquistar esos cabrones? En su propio territorio. —Asintió con la cabeza—. Van a por todas las Colonias Independientes. Da igual que no consigan asesinar al gobernante de turno. Basta con meter esa mierda en la cabeza de alguien importante para tener la suficiente información con la que derribar una nación.

Suki enterró las manos en su rostro, encogida sobre sí misma. Varias lágrimas le brotaron de los ojos, precipitándose hasta mojarle los zapatos. Notó cómo la mano de Hugo le presionaba el hombro para darle fuerza y se abrazó a él escondiendo la cara en su pecho.

—No lo sabía —dijo, con la voz amortiguada por la ropa—. Prometo que no tenía ni idea...

—Te creo —susurró Hugo, rodeándola con el brazo bueno.

—Bueno, ya vale de cháchara sobre las Colonias Independientes —intervino LaFleur—. Has dicho que el Estado va a atacarnos.

Suki se secó las lágrimas con el dorso de la mano y se incorporó de nuevo.

—Has dicho que el Gobierno conquista con puñaladas traperas en lugar de fuerza bruta —murmuró Suki, siendo repetidas después sus palabras por Miranda—. Es cierto. Pero solo cuando les interesa lo que van a conquistar.

LaFleur frunció el ceño.

—¿A qué te refieres?

—Me refiero a que, cuando el Gobierno va hasta una nueva Colonia Independiente con embajadores de la paz, lo hace para asegurarse el bienestar del territorio. Las personas pueden tener una utilidad, pero sobre todo les interesan las especies vivas. ¿Sabíais que han traído salmones de Japón? Ahora van a poder criarlos en cautividad para que se reproduzcan y mantener una estabilidad dentro del mercado de los altos cargos. —En este momento hizo una pequeña pausa. Miranda sonrió, ya que ya sabía a dónde iban a llegar—. Aparte de chatarra, tierra y *skrugs*... ¿Qué tenéis vosotros que ellos quieran?

LaFleur parecía molesta de verdad. Se cruzó de brazos, alzando el mentón.

—Pruébalo.

Suki había llegado a donde quería.

—Tráeme al droide.

LaFleur negó con la cabeza.

—No. Ni de coña. Le darás la orden de que nos ataque.

—No lo haré. Tapadme la boca si no os fiais de mí. Solo tenéis que preguntarle por el mapa.

—¿Qué mapa?

—¿Qué mapa? —preguntó también Hugo.

Suki se giró hacia él.

—El que tú vas a diseñar para hacerles creer que en unas horas van a estar muertos. ¡YA!

Hugo saltó por encima de los asientos hasta llegar al terminal portátil, lo abrió y comenzó a trabajar al instante.

LaFleur pareció rendirse ante la intriga e hizo un gesto a Hux para que trajera al droide. El hombre salió por la puerta y, mientras duraba la espera, Miranda y LaFleur se dedicaron a mirarse y a sonreírse con condescendencia. Al cabo de poco, Hux regresó tirando del droide con otro de los matones de LaFleur, un hombre sin pelo en la cabeza con grandes gafas de culo de vaso y aspecto de técnico. A Miranda se le hundió el corazón al darse cuenta de que a Red le faltaba un brazo y estaba desconectado. Tan apagado como si le hubieran arrebatado la vida. Le habían puesto unas cadenas que sujetaban sus pies y su único brazo estaba amarrado a su espalda con una brida de grueso metal que rodeaba su cintura.

Antes de que la agente pudiera decir nada, Henry le metió un trapo en la boca.

—Ya lo estábamos desmontando. Le hemos sacado el núcleo —anunció el técnico.

—Pues vuélveselo a poner —ordenó LaFleur.

El técnico se arrodilló e introdujo aquel valioso chip abriendo el oculto compartimento de la coronilla del androide. Se trataba, nada más y nada menos, del lugar donde residía todo lo que alguna vez había sido Red.

Después, el técnico comenzó a montarle el brazo, pero LaFleur lo detuvo a gritos.

—¡El brazo no, inútil! —graznó—. ¿Eres tonto o qué te pasa?

El técnico le pasó el brazo mecánico a Hux y se puso en pie.

—No debería tardar en activarse.

LaFleur y sus compañeros apuntaron a Red con sus armas mientras esperaban a que abriera los ojos, expectantes. A Miranda se le aceleró el pulso cuando las funciones motoras más básicas de Red comenzaron a funcionar: su pecho comenzó a simular la respiración humana, se llevó la mano a la cabeza como si le doliera de verdad y sus párpados se alzaron con lentitud.

—¿Qué ha pasado? —preguntó.

—Hola, droide —le saludó LaFleur—. Estábamos desmontándote, pero tu amiga nos ha dicho que tienes un mapa para nosotros. ¿Y bien?

Red parpadeó varias veces seguidas.

—¿Mapa?

Suki se giró hacia Hugo.

—¡HUGO!

—¡Ya voy! —exclamó este—. ¡Necesito un poco de tiempo!

—¡RD-248! —exclamó Suki a través del canal privado—. Escucha con atención: Hugo está preparando el mapa. Finge que estás buscándolo en tus archivos.

Red parpadeó. Llevó la vista a Miranda, como un chiquillo desorientado que no sabe lo que hacer. La agente le respondió asintiendo con la cabeza de manera casi imperceptible.

—Eh... —empezó—. Ah, sí. El mapa. Sí. Dadme un segundo. Tengo que buscar en mis archivos.

—Los he visto más rápidos —espetó LaFleur.

—Acaban de extraerme el núcleo, señorita. Ahora mismo tengo todas las rutas cambiadas. ¡Está todo patas arriba!

LaFleur echó una mirada interrogativa a su técnico, y este se rascó la nariz.

—Tiene sentido, supongo —dijo, encogiéndose de hombros.

—Date prisa.

—¡Ya está! —exclamó Hugo, enviándolo justo después por el canal abierto.

—Oh, ya lo he encontrado —anunció Red.

Ejecutó el archivo y proyectó en una gran pantalla aérea un mapa que recogía el territorio del Estado. Alrededor de la Capital, la Meseta y los Confines había marcados varios núcleos de población, con un análisis bastante completo de recursos, armamento y densidad humana. El Foso estaba dentro del radio de los que serían aniquilados por el supuesto bombardeo. Incluía también la firma digital del Gobierno, un añadido que solo podía instalarse en documentos verdaderamente oficiales.

Suki giró el cuello hacia el informático.

—¡¿De dónde has sacado eso?! —exclamó alarmada.

Hugo sonrió y alzó las cejas un par de veces seguidas.

—Espero que no miren a conciencia los datos —murmuró—. Me los he inventado.

No parecía que fueran a hacerlo. Aquel mapa ya había sido suficiente como para asustar a LaFleur y los suyos, que comenzaban a verse nerviosos de verdad.

—Joder... —murmuró la mujer, que empezó a pasearse de un lado a otro del bar.

—¡LaFleur, dicen la verdad! —exclamó Hux—. ¡Esos cabrones van a matarnos a todos!

—Tenemos que aceptar el trato —intervino Henry.

El técnico soltó una carcajada justo después de examinar el mapa.

—El Valle no entra dentro del radio —dijo, caminando hacia la puerta—. ¡Ahí os quedáis!

Se puso en un pispás su traje protector y salió de la taberna. Poco después, el estruendo de un rugido de motor atravesando la calle principal del Foso les dejó claro que el técnico había puesto pies en polvorosa.

—No podemos permitir que esto pase, LaFleur —pidió Henry—. Mi mujer está enferma. No podré sacarla a tiempo.

—Cerrad el puto pico —exigió LaFleur, mientras se acercaba hasta Miranda. La agarró de la ropa acercándola hacia sí—. ¿Sabes qué pienso? Que la única forma de salvarnos está en esta cabecita tuya —dijo, tocando con un dedo debajo de su oreja izquierda—. Traedme herramientas de extracción. Vamos a abrirla.

—¡¿Qué?! —exclamó Hux—. ¡¡Estás loca!! ¡¡Hay que aceptar el trato!!

—¡No! —gruñó LaFleur—. Su Memoria puede servirnos para hablar con la Capital. Podemos negociar con ellos a cambio de recursos.

—¡Ha dicho que no les interesa nada de nuestro territorio, LaFleur! ¡Esto es una puta locura! ¡Vas a matarnos a todos!

—¡Mis herramientas! —exigió la mujer, pero tanto Hux como Henry negaron con la cabeza—. Da igual, lo haré con lo que tengo.

Acto seguido, LaFleur procedió a clavarle el afilado cuchillo en la piel a modo de bisturí. El grito de la policía fue ahogado por el trapo que llevaba prieto contra la garganta.

—¡RED! —exclamó Hugo—. ¡Ponte en pie, vamos! ¡Detenlos!

—No puedo —murmuró el droide.

—¡¿Cómo que no puedes?!

Suki respiraba entrecortada.

—Son civiles —dedujo.

—¡¿Y qué?! —exclamó Hugo—. ¡Le están haciendo daño a su compañera!

—Pero no la están intentando matar —negó Suki—. Sobrevivirá a esa lesión, por eso no puede hacer nada. Incluso en ocasiones así, los droides solo reaccionan ante órdenes directas de un superior.

Hugo observó a Suki mientras hablaba y después contempló cómo el cuerpo de Miranda se retorcía mientras LaFleur le rebanaba la piel. Sus gritos de dolor llegaban a su oído y le taladraban el cerebro.

Pero aquello le dio una idea.

—¡Aguanta, Miranda!

Hugo se lanzó de nuevo a por el terminal y abrió su programa de diseño de Sueños Inducidos. Por suerte, contaba con una herramienta perfecta para la ocasión. Solo tuvo que cambiar unas líneas de código, recuperar los archivos de conversaciones anteriores y, acto seguido, presionó ejecutar.

La voz de Miranda se escuchó alto y claro en la llamada.

—¡Red, Modo Asalto! —exclamó el programa de Hugo, simulando a la perfección el tono de voz de la agente.

La reacción fue instantánea. Los ojos de Red se volvieron de color naranja. El droide se puso en pie y de un fuerte tirón se libró de las cadenas que le mantenían inmovilizado.

Hux hizo un disparo de advertencia. Red contestó hundiéndole el puño en la tráquea.

Henry, asustado, dio un grito y se escondió detrás de una mesa. Desde allí comenzó a disparar al droide, pero Red le lanzó una silla, que se hizo añicos al colisionar contra su cuerpo.

Después caminó hasta LaFleur, a la que solo le dio tiempo de darse la vuelta. Con una fuerza brutal, Red la golpeó con el puño atravesando su tórax y traspasando su cuerpo hasta que sus dedos asomaron por la espalda de la mujer.

Sacó el brazo ensangrentado y el cuerpo de LaFleur se desplomó sobre el suelo. Un charco rojizo se formó a su alrededor.

Estaba muerta.

Red desató las manos de Miranda y ella se extrajo el trapo de la boca.

—¡¡Dios mío, Red!! —exclamó con los ojos como platos, mientras se quitaba las ataduras de los pies—. ¡Fin del Modo Asalto!

El pecho de Red se desinfló y sus ojos recuperaron su color verdoso habitual. El droide giró sobre sí mismo, observando el estropicio que había creado en un momento. Los cadáveres. Su brazo embadurnado en sangre hasta el codo. A Miranda no le hizo falta mirarlo para saber que aquello le había afectado de algún modo, pero no tenían tiempo para eso.

Fuera de la taberna se escuchaban gritos. El alboroto había alertado a los demás lugareños.

—Recoge tu brazo y tu arma. Nos largamos de aquí —ordenó.

Red asintió e hizo lo propio. Miranda se observó el corte sangrante de la oreja en un espejo, decidiendo que no tenía excesiva importancia por el momento. Recogió su arma de la mano del inconsciente Henry, se calzó el casco protector y cargó con las bombonas de oxígeno que había apoyadas en la puerta de la taberna, pertenecientes a los caídos en batalla. Con eso iban a tener suficiente para varios días más.

—Encárgate del fuego de cobertura —pidió a Red.

Él asintió y, cuando Miranda abrió la puerta de la taberna, el droide fue el primero en salir. Recibió una serie de disparos que supo responder lo suficiente bien como para que nadie se atreviera a apuntar a Miranda. Sin perder un solo segundo, echaron a correr en dirección a la enorme puerta que conectaba el Foso con el resto del mundo. Detrás de ellos corrían varios lugareños, disparando sus armas en su dirección. Uno de ellos era Henry, quien se había calzado el traje protector y vociferaba que habían aniquilado a LaFleur.

Estaba muy cabreado.

A la altura de la puerta, los centinelas se sorprendieron de verlos, pero no abrieron fuego en su dirección.

—¡¿A dónde vais?! —exclamó el que había sido más amable con ellos—. ¡Se está poniendo el sol! ¡Si no morís congelados, se os comerán los *skrugs*!

—Déjales ir —contestó el otro—. Ahora mismo tienen más posibilidades ahí fuera.

Red y Miranda atravesaron la enorme puerta y siguieron avanzando en dirección hacia el Tanque. Algunos lugareños, entre los que se incluía Henry, también se atrevieron a abandonar la seguridad del Foso, presos de la cólera que habían despertado.

—¡Hugo! —exclamó Red.

—¡Aquí estoy! —contestó el otro a través de la llamada.

—¡Hay que reiniciar el sistema del vehículo para que se reactiven las baterías!

—¡Estoy en ello! —Se hizo una pequeña pausa mientras el chico tecleaba sobre el cuadro de mandos—. Hay... un pequeño problema.

—¿Qué problema?

—No entiendo este lenguaje de programación.

—¿Qué es lo que ves?

—Pues... una serie de caracteres circulares. Números. El símbolo beta...

—Es Klanton. Yo lo conozco.

Una especie de aullido entrecortado inundó el cielo. El sol acababa de ponerse.

Los centinelas cerraron las puertas del Foso sin previo aviso. Los hombres y mujeres que disparaban a Miranda y Red retrocedieron sobre sus pasos y comenzaron a aporrear el metal para que volvieran a abrir, pero ya era demasiado tarde para ellos.

Mientras corrían, Miranda y Red escuchaban cómo sus gritos se apagaban uno tras otro, seguidos por un alarido de terror y un gemido de dolor. Al poco, el último de aquellos hombres atrapados fuera del Foso quedó en silencio. Las criaturas aullaron de nuevo, y Miranda supo que más les valía correr.

Les quedaba cerca de un kilómetro hasta el Tanque.

—¡Hace... mucho frío! —exclamó Miranda entre jadeos.

Quedaban pocos lugares en la Tierra en los que nevase. Esto se debía a la bajísima concentración de agua que había en la atmósfera, aunque no quitaba que las temperaturas durante la noche descendiesen por debajo de los veinte grados bajo cero a lo largo y ancho de todo el planeta. Los trajes de exploración estaban preparados para soportar el traicionero clima nocturno, pero el frío calaba igual y enfriaba todas las articulaciones, haciendo muy difícil y doloroso cualquier movimiento. No estaban diseñados para pasar una noche a la intemperie; la supervivencia podía convertirse en una lotería si se daba el caso.

Aquello se convirtió en una razón más para que corrieran todavía más deprisa.

Red iba dándole indicaciones a Hugo sin dejar de correr. Había guardado su brazo descolocado como pudo dentro del chaleco y le había cogido un par de bombonas de oxígeno a Miranda para que no fuera tan cargada, que llevaba echadas sobre el hombro.

—¡¿Has introducido el código?! —preguntó a viva voz.

—¡Sí, ya lo he hecho! —respondió Hugo al otro lado—. Está procesando la orden. Las luces están parpadeando.

—Eso es bueno.

—Me sale un mensaje de confirmación.

—¡Acéptalo!

Por encima del sonido de la respiración agitada, todos pudieron escuchar cómo los aullidos se aproximaban.

Suki abrió el mapa y puso el filtro de infrarrojos. Pisándoles los talones y cada vez más cerca de Miranda y Red había tres *skrugs*. De inmediato, Suki saltó del asiento y se enguantó un traje protector.

Las luces del Tanque comenzaron a reactivarse una a una. Hugo observó el cuadro de mandos y vio que el piloto de ambas baterías estaba de color verde.

—¡Ya está! ¡Ya funciona!

—¡Arranca! —ordenó Suki—. ¡Ve hacia ellos!

Hugo hizo lo propio y ordenó moverse al vehículo a una velocidad controlada para no pasarles de largo. Suki abrió la puerta del Tanque y sacó medio cuerpo por la apertura, sujetándose con una mano y disparando en dirección de los *skrugs* con la otra. No parecía alcanzarles; aquellas criaturas eran muy escurridizas.

La buena noticia era que Miranda y Red estaban a tan solo cien metros. La mala era que tenían los *skrugs* encima.

Uno saltó sobre Red. Otro se unió justo después, aplastándole para que no pudiera incorporarse. Por un momento, Miranda estuvo a punto de detenerse, pero Red se lo impidió.

—¡Sigue corriendo! —exclamó, mientras peleaba contra las alimañas para que no le arrebataran el brazo o los bidones de oxígeno. Uno de aquellos bichos hundió sus colmillos sobre su pecho.

Miranda se obligó a darse la vuelta y seguir corriendo.

Veinte metros. Tenía un *skrug* detrás.

—¡Dame la mano! —exclamó Suki.

Miranda estiró el brazo. Suki la cogió al vuelo y la empujó dentro del Tanque. El *skrug* saltó detrás de ella, pero se dio de morros contra el parachoques trasero y rodó por encima del vehículo.

—¡Arróllalos! —gritó la agente.

Hugo pisó el acelerador. Red, al ver aproximarse los faros del Tanque, estiró el cuerpo sobre la arena. El enorme vehículo pasó por encima de él, llevándose a los *skrugs* por los aires.

Hugo dio un fuerte frenazo que hizo tambalear el Tanque.

—¡Vamos! —exclamó Miranda.

Red se puso en pie lo más rápido que pudo, cargando con sus pertenencias. Los *skrugs* atropellados se habían quedado patas arriba meneando sus antenas mientras se retorcían de dolor, pero un nuevo grupo se aproximaba muy veloz por el oeste.

Suki y Miranda le tendieron la mano a Red y lo ayudaron a subir. En cuanto estuvo dentro, Miranda bajó la portezuela; justo a tiempo antes de que un *skrug* se estampara contra ella.

Ya estaban otra vez rodeados.

—¡Hugo! —gritó Suki.

—¡Entrando en velocidad crucero! —exclamó, bajando la palanca que activaba el modo de conducción automático.

El Tanque salió despedido. Los *skrug* volaron por los aires y, en cosa de segundos, quedaron por fin en el pasado.

Miranda se dejó caer con pesadez sobre los asientos traseros.

—¿Estás bien? —preguntó Hugo, girándose para verla.

Ella asintió con la cabeza.

—¿Vosotros?

—Todo bien también.

—¿Qué tal tu herida?

—Mejor, ya no duele tanto...

Red, suspirando algo más relajado, procedió a acoplarse su brazo al cuerpo. Miranda estaba preocupada por el boquete de su pecho, pero el droide hizo un aspaviento para indicarle que no era nada.

Suki se mordía el labio. Parecía haber estado preparando aquello por la forma en la que comenzó cuando por fin se decidió a hablar.

—Miranda, no sabes cuánto lamento lo ocurrido —dijo—. Siento mucho que mi Aval de Valía haya resultado ser...

Miranda levantó la mano obligándola a detenerse.

—No me importa, Suki. No eres tú la que ha usado a los embajadores de la paz. Lo importante es que sepas darte cuenta de por qué estuvo mal crearlos.

Aquello pareció captar la atención de Red, que dejó un momento de fisgar en su propia fisonomía y pasó a escuchar la conversación con detenimiento.

Hugo asintió.

—Todos cometemos errores. Tú solo estabas pensando en que no te Ascendieran.

—Aun así, lo siento —repitió la chica—. Ojalá hubiera sido más consciente de las consecuencias.

—No es lo que me preocupa —admitió Miranda—. Me tiene más intrigada otra cosa: esos embajadores de la paz solo están pensados para usarse con gente de fuera del Estado, ¿verdad?

—Así es.

—Y una vez se insertan las Memorias alteradas en las cabezas de los portadores, pueden controlar su voluntad. Hux ha dicho que los han usado para intentar asesinar en Japón.

—Como nuestros casos —apuntó Red.

—No, todo lo contrario —negó Miranda—; si el Estado ya es capaz de hacer todas estas cosas con gente de las Colonias Independientes y usarlos a su antojo mediante Dreamland, no tiene sentido que ahora lo estén probando con gente de la Capital. Saben que les funciona. Lo usan con normalidad para sus conquistas. Sabéis lo que eso significa, ¿verdad?

Si alguno de ellos tenía formada una conclusión, prefirió dejar la pregunta en el aire para que fuera la agente la que se encargase de contestarla.

—Quienquiera que esté usando los Sueños Inducidos para matar no pertenece a la alta membresía del Estado. Tiene que ser alguien mucho más poderoso si ha sido capaz de entrar en la red de Dreamland sin ser detectado.

19

—No os preocupéis —había dicho Suki—; mientras pueda consumir líquidos, un ser humano puede aguantar semanas sin comer.

La teoría era sencilla, pero la práctica estaba creciendo en complicación a cada hora que pasaba. Habían tenido la suerte de encontrar unas pocas *carlletas* en uno de los compartimentos del Tanque. Las habían dividido a partes iguales entre los tres humanos, pero aquello no iba a ser suficiente ni de lejos.

Red estaba preocupado; todavía les separaban dos días de viaje hasta llegar a la madriguera del Arquitecto, y aunque todos fingían estar calmados ante la idea, Red le daba vueltas a la irrefutable realidad de que, si no encontraban nada comestible allá a donde iban, la penuria se extendería a lo largo de todo el viaje de retorno.

Pasara lo que pase, no podía permitirlo. Encontraría comida para ellos.

Hugo estaba siendo el que mejor lo llevaba. Según había contado, hubo una época en la que su padre y él podían llegar a pasar varios días seguidos sin comer.

—Primero, había que cubrir el oxígeno —contó—. Después, ya venía todo lo demás.

No es que fueran unas vivencias que le gustase recordar, pero era un hecho que la experiencia había fortalecido su estómago para situaciones así.

Miranda también contaba con algo de práctica, aunque por fortuna no se había enfrentado tantas veces a la falta de comida como Hugo. Durante las primeras horas había reaccionado bien, pero, cuando comenzó a rugirle la tripa, se le había torcido el labio y arrugado el entrecejo. Sus respuestas a cualquier cosa eran monosilábicas y faltas de entusiasmo, pero por lo menos no le estaba alzando la voz a nadie.

Por el momento.

Suki era la que peor estaba llevando la situación con diferencia. Acostumbrada a una vida en la que nunca le había faltado de nada, no tener algo que llevarse a la boca le estaba pasando factura. Se encontraba en un estado anímico débil y taciturno: abrazaba su vientre constantemente, observaba mapas, recalculaba el tiempo que quedaba para llegar y de tanto en tanto dejaba caer alguna lágrima de frustración.

Hugo había sugerido que la mejor manera de pasar el tiempo era durmiendo. Al principio solo lo habían hecho Miranda y él —y, cuando Red vio lo mucho que Hugo se acercaba a Miranda, pensó que lo más seguro era que lo hacía porque tenía frío, por lo que se aseguró de taparlos a ambos con una gruesa manta—, pero unas horas después se había unido Suki, presa de la desazón. Los tres humanos dormían a ratos, conversaban en voz baja y observaban los seriales que Red proyectaba en su pantalla aérea para entretenerlos. Había sido precavido y había buscado aquellos en los que ninguna persona apareciera ingiriendo; no quería causar ningún disgusto a sus tres compañeros.

El tiempo pasaba más despacio de lo normal. Red intentaba dar algo de conversación, sobre todo a Hugo, a quien le repitió varias veces que estaba encantado con su nueva sensibilidad ante el dolor, la cual había podido experimentar en el Foso y había sido tan aterradora que de verdad había llegado a temer por una vida... ¡que no tenía!

Miranda puso los ojos en blanco y se giró hacia la ventana, dándoles la espalda.

—Tengo que reconocer que fue muy impactante la forma en la que acabaste con LaFleur —murmuró Hugo, con los ojos entrecerrados por el cansancio—. Parecía salido de un videojuego.

Hugo era un programador de realidades virtuales, así que debía saber del tema. A Red se le aceleraron los circuitos.

—Supongo que debió dejaros helados.

Nadie contestó.

Red meditó sobre esto mismo mientras pasaban los minutos y, cuando quiso darse cuenta, no dejaba de darle vueltas a la idea de que un humano había dejado de existir por su acción ofensiva. Red ya había discutido varias veces con Miranda con anterioridad sobre la concepción de la muerte en los humanos y aquella gran pregunta que habían intentado contestar a lo largo de toda su historia sobre la Tierra.

¿Qué hay después?

Aunque lo que de verdad estaba agobiando a Red era la mirada de LaFleur cuando notó su puño atravesarle el pecho. ¿Qué habría sentido? Ira. Quizá miedo. Es muy probable que una mezcla de ambos.

No podía saberlo con certeza. Solo estaba seguro de la impotencia que había sentido él cuando el técnico del Foso le había desconectado. De cómo el temor había invadido sus circuitos al plantearse que nunca más iba a poder aprender con Miranda, conversar con Hugo o intercambiar datos con Suki. Fuera como fuese, Red esperaba que LaFleur hubiera tenido una muerte rápida e instantánea.

Sus ojos se iluminaron por un segundo al tiempo que almacenaba estos pensamientos en su núcleo.

Red aprovechó un rato en el que los humanos estaban calmados para recargar su propia energía. Una vez volvió a conectarse, se encontró que sus compañeros estaban más animados. Todos ellos se habían aproximado a las ventanas del Tanque y observaban con mucha atención a través de las mismas. Se encontraban atravesando el enorme mar de gravilla rojiza, muy lejos de la carretera principal que unía la Capital con la Meseta.

Red consultó el itinerario. Les quedaban cincuenta y tres minutos y cuarenta y dos segundos para llegar hasta la localización aproximada del Arquitecto.

Nadie se atrevió a hablar durante lo que quedaba de trayecto hasta que, de pronto, el Tanque comenzó a aminorar la velocidad hasta detenerse por completo.

El sol golpeaba con fuerza. Nada se veía a su alrededor salvo roca y arena.

Justo cuando comenzaban a inquietarse, Suki dio un respingo y señaló hacia el sureste.

—¡Ahí!

Por cómo incidía el sol sobre su superficie, cualquiera hubiera asegurado que aquella cabaña no era más que un espejismo. A cosa de unos setecientos metros se alzaba una casucha de metal, de tejado en pico. Una leve columna de humo blanquecino salía de su chimenea y se perdía en el cielo. La choza estaba rodeada por una serie de trampas con cebos intactos.

Red consultó el mapa. Aquella no era zona de *skrugs*, pero debían estar puestas por mera precaución.

Se giró hacia Miranda esperando cualquier tipo de orden, pero parecía tan confundida de ver un atisbo de humanidad tan adentro de las tierras baldías como los demás.

—Vive aquí —murmuró al final—. Este es su hogar.

Los humanos comenzaron a calzarse los trajes. Estaban nerviosos. Hasta Red se sentía inquieto; habían recorrido medio continente para llegar hasta allí, atravesado varios peligros y perdido sus provisiones. La estabilidad mental de los humanos dependía de que encontraran respuestas en esa cabaña.

Miranda abrió la puerta del Tanque y saltó fuera. Le siguieron Hugo y Suki, caminando también con sus respectivas armas en la mano, pero no teniendo muy claro hacia dónde apuntar. Red iba en la retaguardia, cerrando el paso sin dejar de escanear la zona.

Resultó que aquella cabaña estaba bastante bien acondicionada: varios generadores rodeaban su estructura creando una finísima cúpula de oxígeno; junto a ellos, alguien había excavado, removido y reacondicionado la tierra para convertirla en lo que debía ser un huerto, que a pesar del esfuerzo apenas había conseguido sacar adelante un par de ramitas. Dada la situación y la manera en la que se comportaba la tierra desde hacía cerca de cien años, aquello ya de por sí era todo un logro.

—¿Eso es... un tomate? —preguntó Hugo.

Parpadeaba con gran asombro mientras observaba el rojizo fruto que había crecido en uno de los tallos. Comenzó a caminar con más rapidez para dirigirse hacia él, pero Miranda le asió del traje y le detuvo.

Junto al huerto había un gran procesador atmosférico de agua. Este aparato recogía parte de las partículas de oxígeno creadas por el generador y las juntaba con hidrógeno para crear el cristalino líquido. Era el sistema que empleaban las grandes ciudades y los pueblos del Exterior para abastecerse de agua, solo que estos lo hacían a una escala mucho mayor. Aun así, una máquina de ese calibre en un lugar tan inhóspito sugería que su usuario no recibía muchas visitas con las que comerciar.

Unos pocos pasos más y todos alcanzaron a ver a una figura de un metro sesenta de alto. Estaba agazapa a un lado del huerto, abonando sus hortalizas.

Miranda se giró hacia Red.

—Estate preparado para cualquier cosa.

Red asintió y alzó el arma.

Ambos policías encaminaron la marcha. Traspasaron la pequeña cúpula de partículas sin encontrar ninguna clase de resistencia
y se acercaron hasta estar a unos diez metros de aquella persona.

—¡Manos arriba! —exclamó de repente Miranda, apuntándole
y haciendo que el extraño perdiera el equilibrio del susto y cayera
sobre el abono que acababa de colocar.

—¡*PORCA PUTTANA*! —exclamó aquella persona en un idio-
ma que los humanos no debieron reconocer por no ser la lengua
común, pero que Red captó y tradujo al instante como unas palabras no muy cordiales de bienvenida. Tenía voz de varón y era
imposible ver su rostro de tan opaco que era el casco de su traje.

El hombre se revolvió y dio varias vueltas sobre el abono hasta
que consiguió ponerse de rodillas, acción que acompañó de otras
tantas maldiciones.

—¡¿Qué narices hacéis ahí mirándome como un pasmarote?!
—exclamó—. ¡Dadme una mano para que pueda levantarme, tontos del culo!

Red ladeó el cuello, extrañado. Observó a Miranda, quien le
hizo un gesto de asentimiento con la cabeza. El droide guardó el
arma y, sujetando al hombre por el brazo, lo ayudó a ponerse en
pie.

—Ay, ay, ay. Mis rodillas —se quejó durante el proceso. Pesaba
poco; debía estar bastante delgado. Una vez erguido, el hombre se
giró para contemplar el estropicio—. ¡Estupendo! ¡Lo habéis echado todo a perder! —exclamó, rascando con el pie los tallos partidos
por la mitad—. Nada, ya no florecerá. Me cago en Cristo.

Miranda estaba tan confusa como los demás, pero no le tembló
la voz al repetir la orden.

—Manos arriba —gruñó.

El hombre puso los brazos en jarra.

—Aún serás capaz de ordenarme que me quite el casco, será
posible... —farfulló, pasando después a otra tanda de palabrotas al
tiempo que caminaba hacia su choza. Abrió la puerta y pasó dentro, dejándola por cerrar.

Todos se giraron a observar a Miranda. Ella bajó la pistola, resoplando por la nariz.

Hugo dio un paso en su dirección, hablándole en voz baja.

—No creo que vaya a hacernos daño, Miranda.

La policía no parecía del todo segura de aquello, pero guardó su arma y echó a caminar. Entró la primera en aquella extraña vivienda, seguida después de los demás.

Red quedó maravillado con la cantidad de cosas que había en aquel espacio tan reducido: una pequeña cocina, una chimenea y una cama-sofá de pelaje de *skrug*; artefactos de una tecnología un tanto primitiva de todos los tipos y colores adornaban el suelo, las esquinas y colgaban del techo; partes de seres vivos disecados en tres pares de estanterías de tarros de varios tamaños y, como guinda del pastel, aquel hombre gruñón arrancándose el traje a tirones hasta revelar a un anciano encorvado, enjuto, de greñas blancas y gafas de culo de vaso. Entre palabras malsonantes, recogió un bastón que estaba apoyado junto a la alacena y tomó asiento en la única superficie mullidita de su choza.

El respingo de Miranda fue inevitable cuando por fin lo reconoció.

—Eres el Arquitecto.

—Y tú eres esa policía entrometida que estaba husmeando en los archivos de Cena —contestó el susodicho, de mala gana y apuntándole con su bastón—. Debéis de estar mal de la cabeza para haber venido hasta aquí.

—Intentaste matarme.

—Pues arréstame si quieres. Prometo dar mucha guerra de vuelta a la Capital.

Aquello sirvió a Red para darse cuenta de la realidad: aquel hombre, sin importar de qué era capaz en Dreamland, no suponía un peligro en la vida real. Apenas podía moverse y sabiéndose en una clara desventaja no iba a hacer ningún disparate. Solo podía farfullar mientras les fulminaba con la mirada desde su asiento para sentirse mejor consigo mismo.

Red pensó que, mientras Miranda procesaba aquella información, lo mejor sería que él tomase la iniciativa.

—Hemos venido para hablar con usted sobre Cena —informó.

—Ah, ¿todavía seguís con eso? —rio el anciano—. Ya, está claro. Sois jóvenes, os preocupáis por las cosas.

—¿Vive usted aquí solo? —preguntó Suki sin poder contenerse.

—Tengo unos amigos que me visitan cada cierto tiempo para traerme provisiones. Podría vivir mucho mejor; soy exuberantemente rico. Pero no me interesaba tener un palacio con dinero manchado de sangre, así que este es mi retiro.

Miranda entrecerró los ojos, hablando con prudencia.

—¿Quién cojones eres?

—Soy el Arquitecto —repitió el hombre, con una sonrisa de oreja a oreja—. Aunque ya veo que no soy lo que esperabas.

—Me dijiste que estabas ayudando a Cena a avanzar con su investigación del trastorno por uso de Sueños Inducidos —intentó la chica—. Podrías ayudarnos a nosotros ahora.

—¿Por qué iba a hacerlo?

—Porque tenemos armas —intervino Hugo.

—Un *skrug* cojo, sordo y ciego me daría mucho más miedo que vosotros cuatro, créeme. Aunque fuerais armados hasta los dientes.

Red carraspeó.

—«Es perfectamente obvio que el mundo entero se va al infierno. La única oportunidad posible es que procuremos que no sea así» —citó—. Mencionaste a Oppenheimer cuando Miranda habló contigo. Esa es otra de sus frases célebres.

El anciano escrutó a Red de arriba abajo con sus ojos astutos. Algo cambió en su cara, ya que volvió a sonreír, pero de una forma menos altiva y distante.

—Impresionante. Han avanzado mucho con los droides. Cuando me marché de la Capital, solo se usaban para sumar números a las brigadas del ejército. Ahora parece que piensen y todo.

Suki hizo números rápidamente.

—Los droides demuestran inteligencia artificial desde hace más de cincuenta años.

—¿Cuántos años tienes? —preguntó Miranda.

El Arquitecto sonrió.

—Doscientos treinta y siete.

A Hugo se le cayó la mandíbula.

—¿Cómo es posible? —preguntó—. La media actual de esperanza de vida está en los cuarenta y nueve. Solo los altos cargos van más allá, y se pueden contar con los dedos de una mano los que han llegado a los cien.

—Os lo he dicho ya: soy cochinamente rico. Eso soluciona muchos problemas.

—¿Y qué te hizo serlo? —inquirió Miranda.

El anciano resopló.

—No tenía intención de contaros nada de esto, la verdad. Pero, ya que sois las únicas personas que veo en meses, estoy de humor para una conversación escabrosa —dijo, sonriente. Le brillaban los ojos—. Si puedo bañarme en una montaña de créditos, es porque yo inventé la Ascensión. Fue mi Aval de Valía.

Una corriente fría atravesó la cabaña. Nadie se atrevía a pronunciar palabra.

El Arquitecto prosiguió.

—Cena tenía preguntas al respecto —comenzó a relatar, apoyando la espalda contra el respaldo de pelo—. ¿Cómo se te ocurrió? ¿Qué querías conseguir? Y también otras más inteligentes: ¿cuánto ha influido en nuestra sociedad? ¿En qué consiste en realidad? Y mi favorita: ¿es verdad que se trata todo de una gran mentira? —Hizo una pequeña pausa, la cual aprovechó para recorrerlos a todos con la mirada—. Disfrutad este momento de incertidumbre, porque es el último atisbo de inocencia que os queda.

Miranda consiguió recuperar el habla.

—¿Qué es en realidad la Ascensión? —preguntó con un hilo de voz.

Red sabía que había muchas especulaciones al respecto de la verdadera naturaleza de la Ascensión. Aunque la gran mayoría de los ciudadanos apoyaba la iniciativa, había un pequeño sector radicalizado que protestaba en su contra y la señalaba como una forma del Gobierno para tapar agujeros. Habían incluso llegado a manifestarse públicamente un par de veces. Red examinó sus archivos en su momento en busca de cuál había sido el final de aquel conflicto, pero no encontró información al respecto.

Lo más seguro era que ese pequeño sector hubiera sido Ascendido.

El Arquitecto dejó escapar un leve bufido.

—Ya se lo dije, señorita Rodríguez. Hay un sistema para evitar el final de la raza humana. Está tan a la vista que pasa desapercibido ante miles de millones de personas al día, y es tan importante y complicado de mantener que no se tolera ni un solo fallo en él.

—¿Cuál es el sistema?

El anciano se relamió. A pesar de lo reacio que había estado antes, parecía estar disfrutando de lo lindo que le hicieran aquellas preguntas.

—¿Le gusta usar Dreamland, señorita Rodríguez? —Paseó la mirada entre los demás—. ¿Y a vosotros? No, no tenéis pinta. No lo usáis para el ocio. Si no, no estaríais aquí haciendo todas estas preguntas. Pero sois la gran excepción: todo el mundo está enganchado a la red de redes. En especial aquellos con vidas más miserables. Uno puede ser quien le dé la real gana en Dreamland, ¿verdad? Vivir aventuras, salir con quien quiera, ser lo que quiera ser sin nadie que lo juzgue.

—Ni la imaginación es el límite —añadió Suki, citando una de las coletillas más famosas de la red.

—Exacto. Y esto es algo que beneficia a los que controlan esta red. ¿Un chip en la cabeza de todos y cada uno de los ciudadanos del Estado? Joder, es la fantasía erótica de George Orwell. —Rio con su propio chiste—. Recogen datos de todos y cada uno de nosotros y los usan para recomendarnos cosas que todavía nos enganchen más. ¿Que tienes hambre? Aquí tienes las tres mejores cafeterías de tu cuadrante. ¿Que últimamente te sientes solo? Cómprate un animal eléctrico. ¿Que te gustaría conocer el mundo fuera de la Capital? *Boom*, te recomendamos nuestra nueva simulación Aventura en el Exterior, para que conozcas el mundo más allá de la frontera. Pero no se queda ahí la cosa, claro: hay gente que paga mucho dinero por estos datos. Gente del propio Gobierno.

—No puede ser —negó Suki—. Una de las máximas de Dreamland es la confidencialidad.

—Es una mentira.

—Disculpe, pero me parece que está usted muy equivocado...

—Niña, fui director del Departamento de Coordinación Central durante veinte años, al igual que Cena. Créeme cuando te digo que esos datos valen oro.

Suki cerró la boca y apretó los labios con frustración.

—Eso que dices no es tan terrible —intervino Hugo—. Creo que la gente ya espera que Dreamland sepa mucho sobre quiénes son.

—Oh, ¿no lo es? —se jactó el anciano—. Lleváis chips en vuestras cabezas. Saben que estáis aquí, ahora mismo, en medio de la nada. Quizá incluso estén espiando todo lo que hablamos.

—Tomamos las suficientes precauciones al salir de la Capital para que...

—¿Estás seguro?

Esta vez fue Hugo el que enmudeció.

Miranda intervino a continuación.

—¿Qué tiene esto que ver con la Ascensión?

—Absolutamente todo, pero todavía no me habéis dejado llegar —dijo el anciano, pasando después a continuar con su relato—. ¿Sabéis cómo se fue a la mierda la Tierra? Por las malditas abejas. El mundo se había preparado para resistir a que la contaminación vertida a nuestra atmósfera abriera un agujero en la capa de ozono que no iba a tener vuelta atrás.

»Cuando comenzaron los devastadores incendios forestales de finales del siglo XXIII, la gente estaba preparada. Cuando los rayos ultravioleta derritieron los polos y el nivel del mar subió, las ciudades que serían afectadas habían sido desalojadas. Incluso cuando con el tiempo comenzaron a secarse los océanos por culpa del puñetero sol, la humanidad tenía un plan y un sistema para asegurar que no fuéramos a morir de sed.

»Pero para lo que no estaba preparada era para que murieran las puñeteras abejas. —Hizo una pequeña pausa para recobrar algo de aire—. Se salvaron muchos tipos de animales y plantas, sí, pero no les dimos a las abejas la importancia que merecían. ¿Y qué vino luego? Ellas fueron muriendo y ya no pudieron seguir polinizando. Los humanos comenzaron a sustituirles, pero era imposible seguirle el ritmo a la naturaleza. Murieron gran parte de las especies vegetales.

»Acto seguido, las especies animales que las consumían. Y poco después, los depredadores. En apenas siete años se extinguió casi toda la flora y fauna del planeta, lo que se tradujo en que la cantidad de oxígeno que retenía nuestra atmósfera cayó a niveles tan bajos que la vida ya no era posible. Y fue porque a ningún lumbrera se le ocurrió pensar en las abejas.

Red tenía datos sobre aquella oscura parte de la historia de la humanidad. Si los demás la conocían, ninguno dio muestras de hacerlo.

—Por suerte, pudimos actuar a tiempo de que el daño fuera irreparable. Llegaron los generadores de partículas para retener el oxígeno en el interior de las grandes ciudades. Todas las naciones de nuestra Tierra arrimaron el hombro en esta lucha contra reloj para salvarnos de una extinción asegurada. A pesar de todas las disputas y dificultades que tuvimos, pudimos conseguirlo.

»La humanidad era capaz de seguir respirando, pero tenía los días contados si no se ponía las pilas —prosiguió el anciano—. Para suplir la falta de alimentos llegaron las pastillas alimenticias y los sustitutivos, pero nadie estaba conforme. Todos querían regresar a algo que nunca volvería a ser. La gente se volvió loca de la noche a la mañana.

»Fue en este momento, cuando todo parecía ir en picado, cuando apareció Dreamland. No tenía nada que ver con lo que es ahora, pero durante un tiempo supuso un consuelo. Era gratuito y de libre acceso, hecho por y para los humanos. Pensado para aliviar su desazón e infelicidad. —Sonrió—. Fue tan efectivo como lo es ahora, solo que hubo un problema: con la excesiva pobreza que sacudía a la humanidad, dejaron de nacer nuevos niños. ¿Quién iba a querer tenerlos si no podían pagar ni las facturas más básicas?

El Arquitecto disfrutaba de tener una audiencia tan atenta. Se le notaba en la mirada.

—Pero no podíamos quedarnos sin población joven. Hubiera sido un desastre para la humanidad. Por ese motivo, se niveló la economía creando nuevos puestos de trabajo y se puso en marcha un bombardeo informativo en Dreamland para persuadir a la población para que siguiera reproduciéndose. Con las debidas medidas de control, por supuesto. ¿Os imagináis qué pasó? —El Arquitecto hizo una breve pausa para dejarles prepararse para la respuesta a esa pregunta retórica—. ¡Que la gente se lo tragó con patatas!

»Dreamland les lavó la cabeza y les creó la necesidad de tener hijos a pesar de estar muriéndose de hambre. Y así ha sido con todas las generaciones desde entonces. Vuestros padres os tuvieron por eso mismo. Vuestra existencia está marcada por ese plan de futuro porque así lo quisimos nosotros.

Todos parecían incómodos con aquella revelación. Incluso el propio Red arrugó el entrecejo.

—Las cosas comenzaron a mejorar y eso hizo que la población se calmara, lo cual favoreció que siguiera creciendo a un ritmo aceptable, incluso a pesar de la desnutrición. El Gobierno vio propicio continuar con las medidas de control para asegurarnos siempre de que pudiéramos crecer a un ritmo que pudiéramos manejar, pero no fue suficiente. En cosa de un par de décadas volvíamos a estar desbordados.

»A raíz de esta nueva alarma, fue cuando abrieron las primeras clínicas de donación de carne. La gente puso la voz en el cielo, claro. En aquella época el canibalismo no estaba bien visto, por lo que solo los más desesperados consumían carne humana. De pronto habían regresado todos los problemas anteriores. Aquello iba a tardar varias generaciones en ser aceptado, y eso era algo que no convenía. Teníamos que conseguir que la gente dejara de verlo como algo malo para nivelar el crecimiento. Si no, el planeta no iba a ser suficiente para todos nosotros.

El Arquitecto se irguió, aproximando el cuerpo en dirección de sus oyentes.

—Aquí fue cuando presenté mi Aval de Valía: un proyecto pensado para salvar a la humanidad reduciendo su número, pero manteniéndola contenta al mismo tiempo. Lo llamé la Ascensión.

La tensión del ambiente podía cortarse con un cuchillo. Red se sorprendió al notarse a sí mismo escuchando tan ensimismado como los demás.

—Mi sistema se dividía en tres etapas —explicó el anciano, levantando los dedos al tiempo que mencionaba cada una de ellas—. Primera fase: desestabilización. Poco a poco fue disminuyendo la calidad y la cantidad de los procesados. Ya no era posible recibir todos los nutrientes necesarios para sobrevivir solo con pastillas, por lo que la gente comenzó a consumir más carne por pura supervivencia. —Extendió el siguiente dedo.

»Segunda fase: retención. La enorme crisis fue la perfecta excusa para que Dreamland pasase a ser un servicio de pago. Aquello que daba ganas de vivir a la gente era tan necesario para ellos que comenzaron a donar su propia carne a cambio de créditos para pagar sus suscripciones. De esta forma, la creciente demanda de carne surgida en la anterior fase quedaba abastecida... y las personas morían antes. —El Arquitecto levantó el dedo corazón con una sonrisa de oreja a oreja.

»Lo que nos lleva a la tercera fase: la esperanza. Con una situación así, las personas necesitan algo más allá de Dreamland para pensar que en algún momento las cosas van a cambiar a mejor. Se me ocurrió entonces diseñar un programa financiado por el Gobierno para reducir los números de la población: la Ascensión, una solución para todos los criminales indeseables, los que sobrepasan la ley, los que buscan hacer algo grande, los que no aportan nada de utilidad, los descontentos y los descorazonados.

—Y todos ellos son enviados al espacio a buscar planetas que puedan ser colonizados por la humanidad —intervino Miranda—. Ya conocemos esa parte.

El Arquitecto dejó escapar una risa mortecina.

—Eso es lo que quería deciros con toda esta historia: no conocéis nada de la realidad.

Miranda frunció el ceño, lo que dio pie al anciano a continuar con su explicación.

—¿Cuántos detenidos al día puede haber solo en la Capital? ¿Decenas de miles? ¿Cientos de miles?

—Aproximadamente —aseguró Red—. Es difícil decirlo, ya que no son de divulgación pública las cifras oficiales.

—¿Y de verdad se os ocurre pensar que el Gobierno tiene recursos para enviar a tantas personas en naves espaciales a recorrer la galaxia? ¿De verdad sois tan inocentes?

—¿Está diciendo entonces que... la Ascensión es una farsa? —inquirió Suki con voz nerviosa.

—Así es. Es la gran mentira de nuestro querido Estado. Aunque no del todo, claro. Es cierto que algunos de los Ascendidos son seleccionados y enviados fuera de la Tierra para buscarnos un nuevo planeta. Al menos así era en mi época. Pero hablamos de una gran minoría. Uno entre varios millones. Y ninguno ha regresado a día de hoy, por lo que podéis darlos a todos por muertos.

—Eso no puede ser verdad —bramó Hugo—. Mi hermana, Aisha, fue Ascendida hace cinco años. Nos envía vídeos desde su nave cada ciertos meses para decirnos que está bien.

—¿Y qué duran esos vídeos? ¿Diez segundos exactos? —cuestionó el Arquitecto, haciendo enmudecer a Hugo al instante—.

¿No te parece que es algo que podría hacer en un abrir y cerrar de ojos una compañía experta en simulaciones?

Nadie quería hacer la pregunta. Nadie estaba preparado para saber la respuesta. Ni siquiera Red, que ya había llegado a la terrible conclusión. Que ya le temblaban las rodillas y se le había sobrecalentado el núcleo solo de pensar en lo que implicaba aquella realidad.

Al fin, fue Hugo el que se aproximó al Arquitecto y, poniéndose en cuclillas para mirarlo directamente a los ojos, murmuró:

—¿Qué es lo que hacen con los que no son enviados al espacio?

El anciano sonrió, deleitándose de haber llegado por fin al final de la macabra historia de su vida.

—Está claro, ¿no? —asintió—. Se convierten en nuestra carne.

Dana no cabía en sí de la emoción.

La remesa de Ascendidos de la semana que se había congregado en aquel edificio de Admisiones del Gobierno, a apenas unas manzanas de la corporación Dreamland, era de lo más interesante. Agrupados a lo largo de unas diez enormes salas de espera, todos ellos observaban a su alrededor, nerviosos. Muchos tenían los ojos rasgados, por lo que debían ser nuevas incorporaciones llegadas desde las Colonias Independientes recién conquistadas.

Dana no dejaba de sonreír mientras se preguntaba cuáles de aquellas personas serían los miembros de su tripulación. Fuera como fuese, le daba la sensación de que iban a estar muy preparados para lo que les venía. Algo muy interesante de la Ascensión era que siempre se encargaba de reunir a miembros de la sociedad de todas las edades, afinidades y escalafones sociales. Pensaba que no sería muy frecuente, pero incluso allí se encontraban varios altos cargos del Gobierno, de Dreamland y de las clínicas de carne,

inconfundibles por sus vestimentas moradas, azul turquesa y rojizas, respectivamente.

Dana llevó la vista al frente. Delante de ella estaba sentada
una niña de unos once años, que chupaba una pastilla alimenticia
sin soltar la mano de su madre. A la adulta se la veía algo ten-
sa, pero su hija movía sus pequeños pies con ímpetu de un lado
a otro, que quedaban unos cuantos centímetros por encima del
suelo.

Dana le guiñó un ojo y la niña sonrió.

—¿Dana Castillo? —llamó la mujer de la ventanilla.

La chica se puso de pie de un salto. Por fin llegaba su momento,
y todavía no estaba segura de cómo encajarlo. Sin embargo, siempre había pensado que todos los cambios eran buenos justo por
eso, porque suponía dar un giro de ciento ochenta grados hacia
algo distinto. Diferente. Complejo.

Infló el pecho y echó a caminar hacia la ventanilla. Estaba a
punto de llegar cuando la arrollaron un par de droides arrastrando a un hombre que daba patadas en todas direcciones con tal de
liberarse.

Dana lo reconoció al instante: era James Cena.

—¡MARCHAOS! —exclamaba con los ojos desorbitados.
Estaba despeinado, con el traje de chaqueta azul intenso hecho un
asco y con saliva resbalándole de la boca a cada grito que pegaba—.
¡ES TODO MENTIRA! ¡ES UNA TRAMPA! ¡VAN A...!

Uno de los droides le propinó un puñetazo a Cena en la boca
del estómago, lo cual hizo que se doblara sobre sí mismo y no tuviera fuerzas para continuar resistiéndose. Sus pies colgaban como
si se hubiera roto la columna mientras los droides lo arrastraban
hacia una de las cientos de puertas que esperaban al otro lado de
la sala. James levantó la cabeza y se las arregló para dejar salir un
atisbo de voz antes de ser empujado dentro:

—Si no os marcháis ya..., estáis todos muertos.

Dana rodó los ojos. Al darse la vuelta, vio cómo la madre de
la niña la abrazaba con fuerza, echándose a temblar. Varios de los

presentes comenzaban a intercambiar miradas dudosas y a removerse incómodos en el asiento.

Aquello era de lo más frecuente. Mucha gente consideraba la Ascensión como una muerte segura cuando solo se trataba de una nueva forma de vida lejos de la Tierra. Aunque fuera seguro, era algo que aterraba a muchas personas. A Dana, por el contrario, lo único que le preocupaba era que el motor de su nave no explotara nada más realizar el despegue.

Aquello sí que sería un bajonazo.

—Dana Castillo —repitió la administrativa.

Dana sacudió la cabeza y reanudó sus pasos hasta la ventanilla.

—Hola —saludó a la administrativa con una sonrisa.

—Señorita Castillo —comenzó la mujer del tirón sin apenas respirar, mientras le ponía delante un enorme documento—, por la presente usted se declara voluntaria para acceder a la Ascensión y no hace al Estado responsable de las inconveniencias que puedan sobrevenirse durante su desarrollo. Si está conforme firme aquí, aquí y aquí. —Señaló varias zonas en blanco a lo largo del papel—. Léalo con calma y, si está de acuerdo con todo, firme en el margen izquierdo de todos los folios. Después coloque el documento sobre esta bandeja que hay a mi derecha y cruce la puerta treinta y cinco. —Miró por encima su listado y alzó la cabeza gritando otro nombre—. ¡Carl Cattegat!

Dana observó el documento, parpadeando confundida.

—¿No sería más segura una firma digital? —preguntó—. En fin, este contrato de papel podría perderse, mancharse o pudrirse con el tiempo...

La administrativa la observó por encima de las gafas. No daba muestras de que le gustasen mucho aquella clase de preguntas. Sin embargo, contestó recitando tan rápido como antes lo que debía ser una respuesta predeterminada para curiosos como ella.

—Las inscripciones son solo informativas para el Ascendido. *A posteriori* son digitalizadas y recicladas. Las entregamos siempre en papel para que el nuevo recluta tenga una primera experiencia palpable de la misión y esté a tiempo de decidir si se echa atrás o no. Una vez se firman esos papeles, pasa a ser considerado como perteneciente al rango de Ascendido por el Estado y no hay vuelta atrás. Las firmas digitales serán tomadas en la siguiente sala.

Y, una vez hubo soltado su desaborido monólogo, giró el cuello hacia el hombre que se había aproximado a la ventanilla y le soltó exactamente la misma explicación sobre el procedimiento que le había dado a ella.

Dana revisó el documento. Se trataba de una descripción a grandes rasgos de la Ascensión, con datos históricos de la misión, protocolos base y pruebas físicas que eran necesarias para pasar a formar parte de la misma. No dejaba de ser, como ya había dicho la administrativa, un documento informativo.

Dana sonrió. Se moría por conocer más detalles; estaba claro que le esperaban al otro lado de la puerta.

Cogió la pluma de ventanilla y firmó donde le había indicado la mujer. Justo cuando estaba a punto de depositar el documento sobre la bandeja junto a los demás, su terminal portátil comenzó a vibrar y a hacer ruido.

Era el tono de Suki.

Dana extrajo la pequeña y cuadrangular pantalla y observó la foto. Era un retrato de ambas, sonrientes y mirando a cámara. Suki guiñaba un ojo con la lengua fuera y Dana hacía el símbolo de la paz con los dedos.

Creía que ya lo habían dejado todo claro. Habían tenido su momento de despedida. Aun así, Dana sentía que se habían quedado algunas cosas por decir. Extendió su pulgar, coqueteando con la idea de descolgar y escuchar la voz de Suki por una última vez. Darle la oportunidad de un último adiós agradable que pudiera llevarse consigo.

Pero la conocía. Conocía cómo era Suki. Aprovecharía ese último momento para intentar hacerla cambiar de opinión. Emplearía cualquier estrategia para hacerla dudar y la haría volver a finalizar la conversación con un mal sabor de boca.

No era así como quería recordarla. No si podía evitarlo.

Movió el pulgar hasta presionar el desvío de llamada y el terminal dejó de sonar. Acto seguido, lo arrojó a la papelera de reciclaje. Allá a donde iba no le iba a hacer falta.

Colocó su inscripción sobre la bandeja y cruzó la puerta. El terminal seguía bramando con fuerza y comenzaba a llenarse de mensajes desesperados, pero Dana ya no lo oía.

Al otro lado le esperaba una sala muy pequeña. Allí solo había un operario junto a un terminal de sobremesa, que estaba conectado a un enorme escáner radiológico.

El hombre le saludó con una sonrisa.

—Buenos días, Castillo. Por favor, desnúdate y colócate sobre la plataforma.

Dana sonrió. *Castillo*. Le gustaba cómo sonaba. Quizá les pediría a sus compañeros de tripulación que la llamasen por su apellido.

Se quitó la ropa y subió al escáner siguiendo las indicaciones posturales del operario. Esperó sin siquiera pestañear unos diez segundos hasta que la máquina emitió un fuerte pitido.

—Excelente, ya puedes volver a respirar —le indicó—. Vale, veo que está todo correcto. Muy bien. Mantén esa postura. Voy a tomarte unas fotografías, ¿vale?

—¿Para qué?

—Para las promos. No te preocupes, te sacarán vestida.

Dana asintió. Supuso que a sus amigos les gustaría verla aparecer en los vídeos promocionales, así que puso su mejor sonrisa. Un escáner 3D recorrió su cuerpo de arriba abajo en cosa de cinco segundos.

—Perfecto —asintió el operario—. Ahora voy a rociarte con un poco de agua con desinfectante, así que procura no tragar nada.

Dana cerró los ojos y aguardó mientras los chorros la limpiaban de cabo a rabo. Después se pusieron en marcha unos mecanismos de secado y en apenas quince segundos le arrancaron de la piel hasta la última gota.

—Coge un uniforme de la pila. No te preocupes por la talla, solo es para poder taparte durante el examen médico.

La joven se acercó a la pila de ropa y se colocó la primera prenda que vio. Se trataba de un sencillo poncho de plástico elástico grisáceo que le recubría desde el cuello hasta las rodillas. No era demasiado cómodo, pero a Dana le daba igual.

Antes de que se aproximara a la siguiente puerta, el operario se acercó a ella y colocó delante de él un terminal portátil de tamaño medio. En él solo aparecía el logo plateado de la Ascensión: una estrella fugaz que cruzaba por delante de un planeta, encuadrado dentro de un rombo con su vértice inferior abierto. Bajo él estaba escrito su nombre.

—Dana Castillo —empezó el operario, haciendo que a Dana se le inflara el pecho de orgullo—. Por la presente, eres declarada admitida como miembro de la Ascensión con la honorable misión de asegurar la perpetuación de la humanidad como especie. Si deseas enrolarte en esta aventura, por favor, ingresa tu código.

Dana asintió y desplegó el menú de Dreamland de su brazo izquierdo. Accedió a su firma digital y la volcó sobre el terminal del operario, que resplandeció y se lo agradeció con música triunfal.

—Excelente —repitió el hombre—. Ahora, por favor, pasa a la siguiente sala.

Al otro lado de la puerta le esperaba esta vez una mujer. Era joven y llevaba el rostro oculto por una mascarilla. Iba vestida con un mono de plástico, guantes en ambas manos y un gorrito que recogía todo su pelo apenas dejando entrever un par de mechones rubios. A Dana le recordó a una especie de enfermera.

—Por favor, colócate ahí —pidió, señalándole una báscula que había pegada a la esquina.

Dana obedeció y la operaria tomó varias medidas acerca de su peso, constitución y estatura. También anotó varios datos sobre su cuerpo, como la distancia entre las puntas de los dedos de ambas manos cuando tenía los brazos estirados en forma de te, además de la altura a la que estaba su cadera.

—Tienes veintitrés años, ¿verdad? —preguntó, tomando nota.

—Sí.

—¿Consumes algún ácido?

Dana negó con la cabeza.

—No.

—¿Tienes algún tipo de enfermedad conocida?

—No que yo sepa.

—Tu índice de nutrición es muy bueno.

—Trabajo en Dreamland.

—Bien —asintió la chica, pasando después a engancharle un aparato al brazo—. Voy a tomarte la tensión y unas muestras de sangre. Relájate.

Dana apartó la mirada mientras la operaria terminaba de trabajar. Una vez hubieron concluido todas las pruebas, los ojos de la mujer se arrugaron como si estuviera sonriendo debajo de la máscara.

—Ya estás lista, Dana. Solo nos queda un último detalle. Por favor, toma asiento sobre la camilla.

Así hizo la chica, pero no pudo evitar sobresaltarse cuando vio a la operaria acercarse a ella con un láser en la mano.

—Tranquila —murmuró apaciblemente—. Voy a marcarte.

—¿Para qué?

—Es necesario para todos los reclutas. Te colocamos una combinación única e intransferible para saber quién eres en todo momento.

—Pensaba que para eso eran las firmas digitales.

La operaria sonrió.

—No podrás conectarte a los servidores de Dreamland desde fuera de la Tierra, cariño. Allí arriba estaréis solos.

Dana asintió. Parecía algo lógico. Cerró los ojos y se relajó. Notó cómo un calor penetraba la piel de su cuello durante unos cuantos segundos que parecieron interminables hasta que la operaria volvió a hablar.

—Ya está. —Alargó el brazo para tenderle un espejo de mano. Dana pudo ver una marca en el lado izquierdo de su cuello: el logo de la Ascensión y una retahíla de veinte dígitos, letras y símbolos—. Ahora sí que estás preparada.

Dana sonrió y le devolvió el espejo.

—Gracias.

La operaria señaló un pequeño tubo al final de la habitación. Era un ascensor individual que descendía hacia las entrañas del edificio.

—Es la última puerta, te lo prometo —aseguró.

Dana se colocó de pie y caminó despacio hacia el tubo. Observó cómo de estrecho era y, mientras se colaba en su interior, deseaba que con el tiempo Suki llegara a sentirse orgullosa de ella. Que la amase desde la distancia, como ella iba a seguir haciendo, y que la recordara cada vez que mirase hacia las estrellas.

—Estoy preparada —anunció.

La operaria asintió y puso en funcionamiento el tubo, que hizo a Dana descender de forma lenta pero constante. Perdió de vista la sala en la que había estado siendo examinada y estuvo sumida en la total oscuridad durante un tiempo que le pareció una eternidad.

El corazón le iba a cien por hora. Notaba la adrenalina corriendo por todo su cuerpo, bombeando hasta las puntas de sus dedos.

Una tenue luz alumbró sus pies conforme llegaba al final del recorrido. Gritos de euforia bañaban sus oídos. Una sonrisa iluminó su rostro.

Y entonces lo vio.

Por un momento pensó que se trataría del hangar, pero se hallaba ante lo que en un principio le pareció una especie de fábrica. Había máquinas por todas partes, trabajando a una velocidad de vértigo. Varias decenas de droides paseaban, armas en mano, custodiándolas. Junto a ella había un montón de tubos más, de los cuales descendían otras personas que reconocía de la sala de espera. Todos ellos miraban de un lado a otro, observando aquella maquinaria con tantas preguntas como ella.

Un droide con los ojos anaranjados se aproximó a ella, pistola en mano.

—Estás bloqueando el ascensor. Por favor, camina.

Dana ordenó a sus piernas que comenzasen a moverse. A su alrededor, otros droides obligaban a los demás humanos a abandonar los tubos y a reunirse con el grupo que caminaba hacia el interior de aquella fábrica, también flanqueados por robots cobrizos de aspecto humanoide.

Los gritos llegaban desde el otro lado del muro de gente. Dana tardó un tiempo en darse cuenta de que no eran gritos entusiastas, sino que reflejaban una emoción muy distinta.

Miedo. Pánico. La más absoluta definición del terror humano.

Dana se dio la vuelta e intentó correr de vuelta hacia el tubo, pero dio de bruces con un droide. Toda una fila de robots impedía el paso al grupo que acababa de descender por los ascensores junto a ella. Unas doscientas personas de todas las edades. Dana las observaba; estaban tan asustados como ella.

—¡Mamá! ¡Mami! —escuchó entre el tumulto.

Dana caminó hacia aquella voz y vio que se trataba de la niña de la pastilla alimenticia de la sala de espera. Las lágrimas le habían empapado el rostro y buscaba a su madre entre los presentes, pero ella no estaba allí. Dana le dio la mano y la apretó con fuerza.

No tenía claro qué estaba pasando allá delante, pero el muro de personas hacia el que se dirigían parecía haberse reducido. Dana pisó algo blando y al mirar hacia abajo vio una mano. Dio un salto, gritando y caminando hacia atrás con la niña agarrada a ella, que también gritó y lloró al ver que aquella extremidad pertenecía a un cuerpo sin vida.

Los droides las obligaron a seguir caminando, aunque se encontraban en la última fila de su grupo. Conforme seguían avanzando pisaban más y más cuerpos. Un hombre del muro de personas que había más adelante consiguió traspasar la pared de droides que le separaba del grupo de Dana, pero fue abatido en el acto por varios pares de armas. Apenas quedaban unas personas allá delante, y una vez hubieron terminado con ellas, los droides del frente se desplegaron y se dirigieron hacia los tubos de los que acababan de salir Dana y su grupo, lo más seguro que para recibir a la siguiente remesa.

Fue entonces cuando Dana se dio cuenta de lo que estaba ocurriendo.

Ante ellos había una plataforma corrediza que se adentraba hacia un mar de máquinas preparadas para trabajar la carne humana. Una pasarela de muerte segura que no permitía ningún tipo de escapatoria.

Varias personas del grupo rompieron filas y se lanzaron por encima de los droides para intentar huir de vuelta hacia los tubos. Tal y como había pasado con el hombre al que había visto Dana, fueron abatidos a tiros de inmediato.

La niña comenzó a llorar con más fuerza y a subirse encima de Dana. Ella la levantó en brazos y la agarró abrazándola hacia sí.

Junto a la plataforma corrediza había un par de droides operarios. Cuando el grupo llegó a su altura, uno de ellos agarró a la primera persona con la que dio y la arrojó a la cinta. Era un hombre de unos cuarenta años, que cayó de bruces sobre la plataforma e intentó trepar de vuelta a donde estaba el grupo.

Lloraba sin remedio. Sus ojos estaban abiertos como platos del horror.

—¡AYUDA! ¡AYUDADME, POR FAVOR!

Una máquina lo izó colocándolo de pie y lo obligó a mantener su cuerpo erguido, con los brazos extendidos en forma de te. Unas pinzas le sujetaban la cabeza. Otras, el cuerpo.

El hombre siguió gritando hasta que la cinta avanzó y lo llevó a la altura de una segunda máquina, la cual le inyectó un líquido transparente en el brazo. Tuvo efecto inmediato, ya que el hombre dejó de vociferar y entrecerró los ojos, con una mueca apacible y somnolienta.

La cinta lo hizo avanzar hacia la siguiente máquina. Una enorme cuchilla apareció de la nada y le cortó la cabeza.

Entonces comenzaron los gritos de desesperación. Varias personas intentaron escapar por encima del muro de droides y fueron abatidas sin piedad. Otros se derrumbaron y comenzaron a llorar. Dana tenía los ojos muy abiertos, como si le resultase imposible apartar la mirada del grotesco espectáculo. Apretó el cuerpo de la niña hacia sí, manteniéndola de espaldas al horror.

—No te gires, cariño —le susurró.

Dana observó cómo las pinzas que sujetaban la cabeza de aquel hombre se desviaban hacia un lado, mientras que su cuerpo era llevado hacia otro. La cabeza fue tratada con rapidez; un soplete quemó enseguida la base del cuello para evitar que siguiera escapándose la sangre. Acto seguido, fue conectado a varios artefactos eléctricos y colocado dentro de un recipiente de unos treinta centímetros, que inmediatamente fue congelado y enviado a través de una cinta que se perdía al otro lado de la pared.

Conservaban las cabezas. Dios sabría por qué, pero lo hacían.

El cuerpo, por otro lado, siguió aquel recorrido principal donde fue puesto del revés y zarandeado para extraer su sangre, la cual se almacenó en una enorme caldera con capacidad para cerca de cien litros. A Dana le impresionó la rapidez con la que el cuerpo escupió todo el líquido y se preguntó si sería cosa de la inyección que le habían puesto a aquel hombre al inicio de la pasarela.

El cuerpo fue tumbado sobre una plancha y una serie de cuchillas pequeñas descendieron del techo, haciéndole cortes aquí y allá hasta que el despiece de miembros, órganos y secciones estuvo completo. Las piezas eran separadas dependiendo de su fisonomía en cintas corredera más pequeñas: manos y pies por un lado, costillas y muslos por otro, corazón e hígados por un tercero...

—No somos sus salvadores —dijo una mujer de unos treinta años que estaba junto a Dana, quien observaba el despiece con lágrimas en los ojos—. Somos su carne.

En cosa de minutos, los droides fueron haciendo pasar a todas aquellas personas, una detrás de otra. Dana tenía la mente aletargada y las piernas congeladas; el tiempo pasaba a cámara lenta, pero al mismo tiempo tan rápido que cuando Dana quiso darse cuenta, solo quedaban un chico de su edad, la mujer de treinta, la niña y ella.

El chico fue el primero en ser arrojado.

Dana solo podía pensar en lo arrepentida que estaba de haber tomado aquella decisión que la había llevado a su muerte. Si hubiera hecho caso a Suki, seguiría ahora mismo trabajando en su Cámara del Sueño. Seguiría soñando con hacer algo grande, disfrutando de la compañía de la chica más increíble del mundo mientras hacían maratones de películas del siglo XXII todos los fines de semana. Estaría bien, sin ser consciente de que su vida nunca había sido suya en realidad, sin haber desaparecido sin que nadie supiera cómo la habían engañado como a una tonta y lo que le habían hecho.

El droide arrancó de sus brazos a la niña. La pequeña gritó e intentó zafarse de él, pero en un abrir y cerrar de ojos ya estaba en formación de te.

—¡NO! —exclamó Dana, y tuvo que apartar los ojos para evitar ver lo que venía después del pinchazo.

La niña dejó de llorar.

Un droide agarró a Dana de los hombros. Notaba cómo sus mejillas estaban empapadas. La boca le sabía a una mezcla de sal y mocos. Ni siquiera le quedaban fuerzas para resistirse.

—Cierra los ojos —le aconsejó la mujer.

Dana siguió su consejo. El droide la llevó hasta la plataforma y sollozó, esperando el momento en el que le agarrasen las pinzas.

Una ensordecedora sirena retumbó en las paredes del lugar. Dana tuvo que taparse los oídos de lo mucho que molestaba. Una voz sonó por megafonía justo después. Parecía humana.

—Demanda de la semana... completa —dijo—. Demanda de la semana... completa. Por favor, procedan a almacenaje de *stock*.

Dana fue arrastrada fuera de la cinta. Los droides las condujeron a ella y a la otra mujer por el pasillo por el que habían accedido, de vuelta hacia los tubos de acceso. Sin embargo, a unos cincuenta metros de los pequeños ascensores las hicieron torcer hacia la derecha. Allí se encontraba otra cinta corredera inclinada en diagonal, donde varios recipientes de tamaño humano esperaban a su llegada.

Dana los reconoció enseguida: eran las cápsulas de criogenia de la Cámara del Sueño.

De modo que todas aquellas personas por las que había estado velando tanto tiempo... nunca habían elegido estar ahí.

—¡NO! —bramó, con la garganta rota—. ¡POR FAVOR, NO!

Los droides arrojaron a la mujer primero. Una segunda máquina la enganchó a varios artefactos eléctricos dentro de la propia cápsula y una tercera hizo descender la tapa y la selló por fuera. Más androides traían al siguiente grupo de Ascendidos, que al igual que ellas se iban directos al *stock*.

Llegó la siguiente cápsula y Dana fue empujada dentro. Resistió inútilmente a la máquina que la enganchó a varios cables; incluso perforó la carne bajo su oreja izquierda para tener acceso a su Memoria, a la que se conectó. Mientras se cerraba la tapa y su cuerpo comenzaba a notar el frío de la criogenia, aquel aparato enlazado a ella desplegó su menú de Dreamland, que apareció ante sus ojos mientras una agradable voz le daba la bienvenida.

—Buenos días, recluta Castillo. Bienvenida al servidor oculto de la Ascensión, donde sus sueños pueden hacerse realidad más allá de las estrellas.

Dana gritó con todas sus fuerzas, exhalando un último aliento mientras notaba cómo comenzaba a quedarse dormida.

—Por favor, póngase cómoda mientras despegamos. Y recuerde: con Dreamland, ni la imaginación será el límite.

21

El vehículo llevaba parado cerca de diez minutos.

Observaban el paso fronterizo desde el Tanque sin decir ni una sola palabra. En realidad, así había sido el viaje de vuelta desde que Suki se había rendido después de haber estado llamando al terminal de Dana durante cerca de dos horas. Silencio. Miradas furtivas. Algún que otro intercambio de palabras nervioso y un siseo alarmante pidiendo más silencio todavía.

Al menos habían conseguido algo de comida. El Arquitecto les había dado suficientes víveres para la vuelta a casa a cambio una de sus armas y algo de munición. Nadie había tenido fuerzas para negarse, así que ese había sido el trato.

Y ahora, de vuelta en la Capital y a apenas cien metros de la enorme cúpula que la recubría, parecía que regresaban a una ciudad muy distinta de la que recordaban. Mucho más sucia y gris.

—Lo saben —murmuró Hugo, rompiendo por fin el silencio—. Saben dónde hemos estado, lo que hemos hecho y lo que hemos averiguado.

Miranda apretó las manos sobre el frío tacto del volante.

—No hables.

Hugo soltó una risotada.

—Pero ¿qué más da lo que diga? —volvió a reír—. Ya escuchasteis a ese tío: están en nuestras cabezas. Da igual las precauciones que hayamos tomado. Saben lo que ha pasado. Quizá hasta sepan lo que estamos pensando todos ahora mismo.

—No vamos a huir a ningún lado —sentenció Suki, con voz siseante—. Somos miembros proactivos de esta sociedad totalmente capacitados para guardar en secreto una medida de control poblacional de nuestro Gobierno.

Hugo bufó.

—¿El genocidio te parece una *medida de control poblacional?*

Suki se dio la vuelta y golpeó el hombro de Hugo. Él la observó con malos ojos mientras volvía a ponerse los mechones en su sitio.

—No hables así —murmuró la chica.

—No veo que sea útil —gruñó el informático—. Se han llevado a tu chica, Suki. —Aquello la hizo retroceder con los ojos abiertos como platos—. ¿Vas a decirme que no estás pensando en mil maneras para recuperarla? Ellos lo saben. Saben lo mucho que los detestas ahora.

Viendo que las cosas comenzaban a desmadrarse, esta vez fue Red el que intervino.

—No tenemos manera de saber qué estarán planeando para nosotros, pero sí es un hecho que, hasta el momento, la Ascensión ha demostrado su efectividad. —Hugo y Suki se giraron hacia él, con sendas miradas de estupor en el rostro—. Es un sistema que aprovecha los puntos flacos de nuestro modo de vida actual y le da la vuelta para que podamos mantener un ritmo sostenible como sociedad.

Hugo volvió a bufar.

—Increíble. No puedo creer que estés de su lado.

—No estoy de ningún lado —negó el droide con la cabeza—. Solo os señalo aquello a lo que os podéis aferrar.

Suki bajó la cabeza, apretando los ojos para que no se le escaparan las lágrimas. Hugo, que no estaba nada contento, se giró hacia Miranda, que no había apartado la vista del paso fronterizo en ningún momento.

—Tú no puedes pensar así, Miranda —dijo—. No me trago que estés conforme con esto.

La policía tardó en reaccionar. Poco a poco, dejó escapar el aire de su pecho y apartó las manos del volante, sobre el cual quedó la marca de sus uñas. Se dio la vuelta con lentitud y, cuando comenzó a hablar, lo hizo con la voz de alguien que había envejecido cien años de golpe.

—Escuchadme con atención porque solo lo diré una vez —comenzó—. Vamos a entrar ahí y vamos a dispersarnos. Quiero que cada uno volváis a casa, comáis un poco, os duchéis, veáis un par de capítulos de vuestro serial favorito y os metáis en la cama. A partir de ahora, vamos a mantener un perfil bajo. Suki, tú vuelves a tus labores en Dreamland. Hugo, tú sigues con tu Aval de Valía. Red, tú y yo comenzamos con el siguiente caso que nos asigne la inspectora. —En ese momento tuvo que parar. Dio un pequeño suspiro y continuó hablando, esta vez con los ojos vidriosos—. Nuestro Gobierno tiene un sistema que funciona y que nos ha mantenido vivos hasta ahora. No es perfecto, pero es efectivo. Y nosotros nos aseguraremos de que así siga siendo. ¿Queda claro?

Suki la observaba sin respirar. Red asintió con la cabeza desde el fondo del Tanque. Hugo se había cruzado de brazos y fruncía el ceño como un animal enfurecido.

—¿Y si no es eso lo que pensamos? ¿Cómo vamos a convencerles a *ellos*? —preguntó.

Miranda los miró uno a uno. Después se inclinó en su dirección para poder murmurar en voz baja.

—Fingidlo hasta creerlo.

Hugo estaba hundido en su sofá.

Esperó en completo silencio mientras Miranda y Red registraban su apartamento de arriba abajo. Su mirada se desvió un par de veces en dirección de la habitación de su padre y coqueteó con la idea de acercarse, pero, siendo sincero consigo mismo, no tenía fuerzas ni para ponerse en pie.

Miranda salió de la cocina guardando su arma en el cinto. Red apareció detrás de ella imitando su gesto.

—Está todo en orden —anunció.

—No, Miranda —negó Hugo, sin levantar la vista del suelo—. No lo está.

Miranda suspiró por la nariz y se giró hacia Red.

—¿Puedes dejarnos solos un momento?

Red los miró. Hugo pudo notar cómo el droide buscaba algo que decirle antes de abandonar la casa, pero nada llegó a salir de su boca. Incluso él, siendo una máquina, parecía tener dificultades encajando aquella situación. Simplemente, se despidió asintiendo con la cabeza y se marchó.

Hugo evitó mirar a Miranda a los ojos, incluso cuando tomó asiento a su lado.

—¿Por qué lo haces?

—¿El qué? —respondió la agente con confusión.

—¿Por qué los defiendes? —continuó—. En el poco tiempo que te conozco ya he entendido muchas cosas sobre ti, y todo esto va en contra de lo que crees. En contra de quién eres. ¿Por qué no luchas?

Miranda dejó caer los hombros. Antes de comenzar a hablar, se mordió un par de veces la parte interior de la mejilla.

—¿Recuerdas lo que te conté sobre mi madre cuando nos conocimos?

Hugo alzó la mirada hacia ella. Por supuesto que lo recordaba; era la clase de presentación que no se olvidaba a la ligera. Asintió con la cabeza.

—Le dispararon en tu salón por no querer ir a la Ascensión.

Miranda asintió.

—Mis padres eran inmigrantes. Cuando el Estado conquistó Colombia y la adhirió al territorio de los Confines, decidieron venir a la Capital en busca de una vida mejor. Es muy difícil que te concedan esa clase de permiso, pero los dos eran muy trabajadores. Eran obreros. Se conocieron en la construcción de un edificio gubernamental del Estado y se enamoraron. Después pidieron el permiso y, al poco tiempo de llegar aquí, me tuvieron a mí. —Sonrió un poco, evocando alguna clase de recuerdo durante su breve instante de silencio.

»No sé cómo serían antes de que yo llegara, pero los recuerdo siempre trabajando. Doce horas al día, seis días a la semana. Pagábamos las facturas por los pelos y siempre estaban muy cansados. Cuando volvían de trabajar, se metían en la cama, encendían Dreamland y navegaban hasta quedarse dormidos. Estaban tan enganchados como el resto. —Agachó la cabeza por un segundo antes de continuar—. Debió ser por eso por lo que decidieron Ascenderlos. Debieron bajar su rendimiento. Lo más probable era que lo utilizasen durante el trabajo.

»Yo me esforzaba por hacer las cosas bien: les preparaba la comida, les lavaba la ropa, recorría las calles buscando las mejores ofertas. Pero no era suficiente. Hiciera lo que hiciese, ellos eran muy infelices. Se veía en sus ojos. Y lo único que parecía aliviar ese sufrimiento era Dreamland.

—¿Cuántos años tenías? —preguntó Hugo.

—Muy pocos. —Miranda negó con la cabeza—. Pero eso no es lo importante. Lo que les pasó a mis padres es que perdieron la ilusión por vivir, y eso les convirtió en miembros inútiles para nuestra sociedad. Cuando vinieron a llevárselos, mi madre se puso en medio. La eliminaron en el acto. —Los ojos de Miranda estaban fijos en la pared, sumergidos en recuerdos de hacía mucho tiempo—. A mi padre se lo llevaron a rastras. Nunca volví a saber sobre él; nunca me llegó ningún vídeo suyo, como a ti con tu hermana, por lo que deduje que lo habían ejecutado por resistirse.

—Lo siento mucho —murmuró el chico—. ¿Cómo sobreviviste?

—Tuve suerte. Una vecina sintió lástima por mí y me ayudó. Era carnicera. Me pasaba sobras de lo que se traía del trabajo. Y me dejaba pasar las noches en su casa, compartiendo su oxígeno. Unos pocos meses después, me dio un trabajo como recadera para que pudiera ganar unos créditos. Los suficientes para sobrevivir.

—¿Dónde está esa mujer ahora?

Miranda se encogió de hombros.

—Un día desapareció. Sin más. Pasé un par de semanas duras, pero cumplí los dieciséis y pude ingresar en la Academia de Policía.

—¿Por qué me cuentas todo esto, Miranda?

La agente giró, mirando a Hugo a los ojos. Su piel de color bronce brillaba por el reflejo de las luces del salón y Hugo se sintió abrumado por un segundo.

—Porque me inscribí en la Academia porque pensé que, como policía, podría ayudar a la gente. —Su voz se alzaba con decisión, llenando todo el salón—. Incluso cuando son infelices y la sociedad los señala como inútiles, las personas merecen la pena, Hugo. Es lo que siempre he querido demostrar. —Su pecho se desinfló y, cuando volvió a hablar, no parecía tan segura de sí misma—. Sin embargo, todo esto… Es muy difícil de llevar. No sé qué puedo hacer por todas esas personas. Solo puedo proteger a las que están al alcance de mi mano. Y esos sois vosotros.

Hugo sintió un nudo en la garganta.

—No quiero que te pase nada, Miranda.

—Yo tampoco quiero te ocurra nada a ti, Hugo. —El corazón del chico se aceleró por un momento—. Ni a Red. Ni a Suki. —Notó un pinchazo cuando llegaron esas palabras, pero no dejó de sentirse agradecido—. Desearía que no hubieras venido con nosotros. No sabrías nada de esto y seguirías adelante con tu vida. —La agente negó con la cabeza—. Nunca debí dejarte participar en la investigación. Fue un gran error.

La respiración de Hugo volvió a acelerarse, pero esta vez por lo mucho que necesitaba pronunciar unas palabras que prácticamente se le escaparon del pecho.

—No. No pienses así. Yo no me arrepiento de nada. Si tuviera que elegir entre la ignorancia completa y volver a vivir todo lo que hemos pasado juntos, elegiría lo segundo sin pensarlo. —Asintió—. No más mentiras en nuestras vidas. Incluso si vienen a por nosotros por saber la verdad.

Miranda esbozó una suave sonrisa. A Hugo le sorprendió notar el suave tacto de la mano de la chica posándose sobre la suya.

—Siento mucho lo de tu padre —musitó. Los ojos le brillaban, pero Hugo no tenía cuerpo para preguntarse la razón.

Agachó la cabeza, asintiendo.

—Yo también.

Red estaba inquieto.

Desde que habían cruzado la puerta del hogar de Miranda, la agente no había dejado de llevarse la mano a la cabeza. Su respiración era más acelerada de lo normal. Su sudor tenía un olor ácido, producto de lo que sin duda era algún tipo de ansiedad. No, más. Mucho más; era miedo. Miranda estaba tan asustada como los demás, pero solo en la comodidad de sus cuatro paredes estaba dejando que se le notara.

Sentada en la cama, escarbó entre el cajón de la ropa y extrajo un manojo de inyectables. Su mano temblaba mientras intentaba colocárselo sin mucho éxito.

Red tomó asiento a su lado y sujetó su muñeca.

—Déjame a mí.

Miranda lo observó con ojos vidriosos. No dijo nada y le permitió arrebatarle el sedante. Con movimientos suaves, Red le inyectó el líquido en el antebrazo. Miranda cerró los ojos mientras la sensación de tranquilidad le recorría por dentro.

—¿Puedes quedarte conmigo? —susurró.

Red parpadeó. Nunca había imaginado una situación en la que Miranda necesitase su compañía fuera de horarios de trabajo.

Aunque compartían mucho tiempo juntos, ambos sabían que aquella relación profesional se ceñía solo a lo laboral. Sin embargo, que Miranda le dejase presenciar aquella debilidad solo podía significar que lo apreciaba como algo más que un aliado mecánico.

Red sonrió, asintiendo con la cabeza.

—Claro. Me quedaré aquí.

A Miranda ya se le cerraban los ojos.

—Gracias... —pudo murmurar, mientras dejaba caer su cuerpo despacio sobre la cama.

Red permaneció durante varias horas en silencio en la esquina de la cama, repasando en su mente todo lo que había sido aquel viaje al Exterior.

La Ascensión. La gran incógnita por fin revelada.

Se giró con cuidado para comprobar que Miranda seguía durmiendo como un tronco antes de adentrarse en Dreamland.

Los datos de los que disponía en la red acerca de la Ascensión eran vagas aproximaciones. Los cálculos de fuentes no oficiales hablaban de miles de Ascendidos al día. Centenares de miles al mes. Así había sido desde hacía años. Pero no solo aquel dato llamó su atención: muchos otros rondaban la red, como el porcentaje de suspendidos en la Prueba de Valor, que ascendía hasta el setenta y tres por ciento. De todos los seres humanos que intentaban asegurarse un futuro prometedor en la sociedad, solo el veintisiete por ciento sobrevivían.

Red pensó en Hugo y su Aval de Valía todavía por terminar. Lo más sensato era que fuera el primero que eliminasen de ellos cuatro. Suki era un alto cargo, por lo que quizá mostrasen algo más de compasión por ella. Miranda y él eran agentes, así que esperarían a que cometiesen alguna imprudencia policial. Pero Hugo sería fácil de quitárselo de en medio. Solo bastaba con un suspenso del tribunal.

Volvió a darse la vuelta y a contemplar a Miranda, quien dormía apaciblemente. Su ceño estaba algo fruncido, pero su rostro dejaba ver que por fin había encontrado algo de paz.

Aun así, Red notaba una agobiante sensación que recorría sus circuitos. Una intranquilidad que no había dejado de ir en aumento desde que habían abandonado al Arquitecto y que ahora le asaltaba en cuanto bajaba la guardia.

Por fin pudo ponerle nombre. Era angustia.

—Oh —murmuró, al darse cuenta de lo preocupado que estaba.

Por un segundo, sus pupilas reflejaron un color rojizo.

Suki llevaba encerrada en su habitación desde que había entrado en casa.

Agradecía no haberse encontrado con su padre al llegar porque no tenía nada de ganas de explicarle por qué tenía los ojos tan hinchados. Había pasado tantas horas viendo viejos vídeos y fotografías de Dana que ya era de madrugada. Cuando se dio cuenta de que por mucho que siguiera atesorando esos fragmentos del pasado no iba a sentirse mejor, se secó las lágrimas con el dorso de la mano y se incorporó en la cama.

No quería verlo, pero sabía que era la única manera de convencerse de que había pasado. Respiró hondo un par de veces y, cuando se sintió preparada, proyectó en pantalla aérea los vídeos de la última Ascensión.

En ella aparecían numerosas personas de todas las edades. Iban ataviados con el uniforme morado noche de los Exploradores y saludaban a cámara lanzando besos, sacando la lengua o alzando el pulgar con confianza, todos ellos acompañados de la voz del amigable comentarista que siempre daba los reportes de las Ascensiones. Una vez hacían su breve despedida, los reclutas caminaban por la pasarela en dirección a la nave que se les había asignado. Suki estuvo durante cerca de una hora escuchando nombres y viendo rostros ir y venir hasta que, de pronto, la encontró.

Ahí estaba Dana. Estaba preciosa: se había trenzado el pelo rubio y sus ojos azules se iluminaron con ilusión cuando llegó hasta la plataforma. Saludó con la mano abierta, dando las gracias por los vítores, y terminó mandando un beso a cámara. Después, dio la vuelta y subió la rampa al trote, perdiéndose en el interior de la enorme nave.

Y se acabó. Eso era todo lo que quedaba de ella. El único legado que iba a dejar al mundo.

Suki retrocedió y volvió a visualizar ese fragmento varias veces seguidas. Las primeras ocasiones no pudo contener las lágrimas, que volvieron a brotar con fuerza de sus ojos. Pero a partir de la cuarta repetición, comenzó a sentir otra cosa.

Desasosiego. Pena. Frustración.

Todas ellas eran buenas palabras para definir el sentimiento, pero había algo más. Congeló la imagen de Dana justo en el momento en el que lanzaba el beso a cámara. Acercó sus dedos como si intentara acariciar su rostro, pero atravesó la pantalla holográfica, distorsionando su imagen.

Había algo diferente. Algo en esa forma de moverse que no encajaba.

El sonido de sus tripas rugiendo con fuerza hizo que ese pensamiento se diluyera por completo. Cerró la pantalla y se puso en pie. Atravesó el largo pasillo y descendió las escaleras de piedra hasta las cocinas. Tanto su padre como el servicio debían estar durmiendo, así que no le sorprendió encontrar la estancia vacía. Mientras echaba un ojo a lo que había en el interior del frigorífico, escuchó unas patitas adentrarse en la cocina.

Sacó la cabeza del electrodoméstico y se encontró con una imitación de braco francés tan bien lograda que nadie hubiera dicho que en realidad se trataba de un animal eléctrico.

—Hola, Jin —saludó Suki, poniéndose de rodillas para poder acariciarla—. ¿Cómo estás, preciosa? ¿Me has echado de menos?

La perra hizo una imitación perfecta de un ladrido animal, sacó su áspera y húmeda lengua y se la pasó por el dorso de las manos.

—Sí, yo también —respondió Suki.

La sonrisa que se había dibujado en el rostro de Suki comenzó a borrarse poco a poco mientras acariciaba a Jin. Sabía que la compra de un animal eléctrico iba acompañada de un sello de garantía que aseguraba estar fabricado con los mejores materiales posibles. De hecho, su diseño era tan impecable que podrían pasar por animales de verdad. A Suki en concreto siempre le había impresionado lo precioso que era su pelaje.

—Son tan suaves porque utilizan pelo humano —había comentado su padre el día que la trajeron a casa—. Por eso serán tan caros. Me pregunto a cuánto se pagará la donación de una cabellera entera.

Suki apartó las manos de golpe del cuerpo de Jin.

¿Para qué iban a pagar por ello si podían tenerlo gratis?

Hugo había pasado toda la noche mirando el techo.

Cuando sonó el despertador, se levantó de la cama, se vistió y salió a la calle.

Siempre se había sentido agobiado ahí fuera, rodeado de personas yendo y viniendo de un lado a otro, con sus menús de Dreamland desplegados y caminando en fila por los raíles para transeúntes. Ahora se sentía aliviado dentro de aquel inmenso mar de gente, donde era fácil ocultarse y fingir ser uno más.

Desplegó su menú de Dreamland y proyectó en su pantalla aérea un episodio aleatorio. Fingirlo hasta creerlo; eso era lo que había dicho Miranda. Y de verdad que lo estaba intentando, pero se convertía en una tarea imposible cada vez que alzaba la vista y veía las enormes pantallas publicitarias que recubrían cada edificio de las calles, con el logo de la Ascensión acompañado de fotos de chicos y chicas de su edad sonriendo junto con eslóganes de lo más manidos:

Únete a la Ascensión. El futuro es ahora.

Y su favorito: La decisión de la que nunca te arrepentirás. «Fingirlo hasta creerlo», se recordó.

Era preferible observar a esas inocentes personas, que como un rebaño caminaban sin darse cuenta de que en realidad solo se movían en círculos dentro de un complejo matadero. Por difícil de aceptar que fuera, era reconfortante saber la verdad.

Pasó junto a una clínica de carne, donde no pudo evitar reír a carcajadas cuando una de las azafatas le tendió un folleto en el que le animaban a donar. «Un solo brazo puede alimentar a una familia entera durante tres semanas», decía la propaganda. Poco le faltó para que le salieran lágrimas de la risa.

Seguido por la atenta mirada de varios transeúntes, siguió avanzando hasta que, sin darse cuenta, acabó en el hospital del vecindario.

Se dirigió a las cabinas de autodiagnóstico, donde eligió realizar una consulta anónima. La máquina le preguntó por pantalla qué le ocurría y Hugo seleccionó la opción «herida de bala». Después le preguntó si esta herida era reciente, si la bala había salido, si sentía dolor y en qué grado, si ya estaba cicatrizando, si había infección y si necesitaba un justificante médico. Hugo contestó que no, sí, sí, un cinco, sí y no lo sé. Rechazó el justificante por el recargo que suponía y la máquina le mostró por pantalla que debía pagar doscientos créditos. En cuanto Hugo hizo lo propio, una rendija se abrió y dejó caer pequeño frasco de pastillas. Se engulló dos a palo seco y se marchó de allí.

Sus pasos le guiaron hasta el mercado asignado a su bloque, que apenas estaba a doscientos metros.

El corazón comenzó a latirle con fuerza. Llevaba toda la noche dándole vueltas a una pregunta que había estado acosándole desde que le llegó la notificación de la defunción de su padre. Cuando se había puesto en pie esa mañana, todavía no tenía claro si iba a ser lo suficiente fuerte como para buscar la respuesta, pero ahí estaba; caminando despacio, un pie detrás de otro, hasta llegar a los enormes frigoríficos de carne.

No tuvo que buscar demasiado. Aquello que esperaba encontrar estaba ahí, como si alguien lo hubiera colocado en su refrigerador favorito sabiendo que sería el primero en el que buscaría:

MEAT
P R O D U C T S

NOMBRE: Luice Molving.
EDAD: 36 años.
DIETA: Consumía carne humana, por lo menos, una vez al mes.
NÚMERO DE LOTE: 73.
Luice era un cortador de carne que fue apuñalado por su hijo, quien se marchó de la Capital y no pudo escuchar sus últimas palabras antes de perecer: «La Ascensión es el futuro».
Una pena, pero nos quedamos con su espléndida declaración final y su exquisita carne musculada. ¡Rico, rico!

En la foto que acompañaba la serie de bandejas, su padre sonreía como si le hiciera feliz la idea de convertirse en la comida de otros.

Como si aquellas hubieran sido de verdad sus últimas palabras y no una advertencia dirigida exclusivamente para él.

«La Ascensión es el futuro».

Hugo cayó de rodillas. Con las lágrimas brotando con violencia de sus ojos, enterró la cara en sus manos.

«No sé cómo ayudar a estas personas», había dicho Miranda.

La respuesta era sencilla: ni fingirlo, ni creerlo.

22

¿Tienes hoy tu Prueba de Valor?
Desde Dreamland queremos desearte mucha suerte y animarte a que celebres este día con alegría. Sea cual sea el resultado, pasarás a formar parte de nuestro Estado, ya sea como un miembro más o como recluta de la Ascensión.
Este día definirá el resto de tu vida. ¡Disfrútalo!

Miranda consultó el reloj de pared.

27 de septiembre
Las cuatro de la tarde.

Llevó la vista hasta Red, que estaba enfrascado en la búsqueda de comerciantes de ácidos de la Capital que hubieran intentado traspasar la frontera en las últimas setenta y dos horas para el nuevo caso. El cuerpo de Eliott Dak, un alto cargo de Dreamland, había sido encontrado por su hijo en una pose muy poco favorecedora en la cocina de su mansión. El examen toxicológico apuntaba a que había sido envenenado con ácido. Red había comenzado preguntando a los distribuidores legales —y no tan legales— de la Capital cuáles habían sido sus últimos movimientos, pero por el momento no habían sacado nada en claro.

Si Miranda era sincera consigo misma, no le interesaba nada averiguar quién había asesinado a Eliott Dak. Y ese cambio de su propia actitud la asustaba y la hacía sentir muy incómoda.

Carraspeó con suavidad para llamar la atención del droide.

—Quedan dos horas para la Prueba de Valor de Hugo —musitó.

Red, que había estado trabajando de forma muy eficiente hasta el momento, se detuvo de golpe. Miranda hubiera jurado que incluso por un momento dejó de respirar.

—Así es —asintió sin alzar la vista.

—¿Cómo te sientes al respecto? —insistió ella, cosa que le hizo soltar un resoplido.

—Miranda, soy un droide. Yo no *siento*.

La agente se cruzó de hombros.

—Empiezo a pensar que asumir eso es una absoluta gilipollez. —Aquel taco hizo que Red levantara la vista hacia ella, así que se apuntó un tanto—. Habéis pasado cosas juntos. Y hoy puede que vaya a... —Miranda tuvo que frenarse y pensar en cómo formular aquello—. Que vaya a ser Ascendido. Sería la última vez que lo vieras. Perder a un amigo debe removerte algún circuito por dentro.

Red se encogió de hombros.

—Los droides no tenemos amigos, Miranda. Solo mentores y ciudadanos a los que ayudamos. Está en nuestros Reglamentos.

Miranda puso los ojos en blanco. Cualquier otro día hubiera podido seguir debatiendo, pero no estaba de humor.

Red pareció notarlo, así que dejó por un momento el terminal y se acercó a ella, colocando una mano sobre su hombro en actitud amistosa. Miranda pestañeó, sorprendida por ese repentino acercamiento.

—No te preocupes —dijo él—. Hugo es fuerte. Pase lo que pase, podrá encajarlo.

Miranda se apartó, desviando la mirada a otro lado.

—Es muy incómodo que actúes así. Pareces una persona.

—Oh. Puedo editar mi paquete emocional para resultar menos afectuoso si eso resulta más de tu agrado.

—No —espetó Miranda, y por un momento le pareció que había respondido demasiado rápido—. Da igual.

Su terminal de mano comenzó a vibrar y Miranda agradeció tener que dejar a mitad aquella conversación. Descolgó la llamada y se encontró con la imagen de Hugo. No con su avatar, sino con su rostro tal y como era. Sin ningún tipo de añadido o cambio.

—Hola, Miranda —saludó él con un suspiro.

—Hola, Hugo —respondió ella. Notó su respiración acelerarse al poder intercambiar por fin unas palabras con él—. ¿Cómo estás?

—¿Cómo crees que estoy? —El chico volvió a suspirar—. En una hora iré hacia Dreamland. Quería despedirme de ti y de Red por lo que pudiera pasar.

—Tu Aval de Valía es muy bueno, Hugo. No creo que vayan a suspenderte.

Hugo dejó caer los hombros.

—¿De verdad no lo crees? —inquirió con escepticismo. Miranda no supo qué contestar—. He hecho lo que me pediste, Miranda. He mantenido un perfil bajo. He usado Dreamland. Me he cortado el pelo para parecer una persona más respetable... —Se acarició los mechones de la coronilla, tan cortos que podía moldearlos como quisiera. Aunque a Miranda en el fondo le encantaban sus greñas largas, el corte le sentaba bien—. Y, aun así, siento que voy de camino al matadero.

—¡Hugo! —exclamó Miranda, observando después a su alrededor para comprobar que no hubiera nadie cerca. Red lo observaba con una ceja levantada—. Por Dios, no digas esa clase de cosas.

—Es que es la verdad. —Se encogió de hombros—. En fin, no quiero robarte más tiempo. Quería decirte que, bueno...

Pareció dudarlo por un segundo. Miranda aprovechó ese momento para negar con la cabeza e interrumpirle.

—Para. No sigas —pidió—. Estaré esperándote en el *hall* de Dreamland. Podrás decírmelo cuando salgas de tu Prueba de Valor con un aprobado.

Hugo apretó los labios. Tenía los ojos humedecidos. Agachó la cabeza, asintiendo.

—Te veré entonces.

—Nos veremos entonces —asintió Miranda—. Mucha suerte, Hugo. Estaremos contigo.

Hugo suspiró.

—Ojalá fuera real.

El chico colgó. Miranda se desplomó sobre el asiento, con la vista perdida en la pared. ¿Había hecho lo correcto?

Red se puso rígido en el asiento y Miranda supo que Hugo acababa de llamarle. Hablaron sobre códigos y lenguajes de programación, y le pareció que incluso Red hizo un chiste al respecto, pero la agente no fue capaz de entenderlo. Estaba más pendiente de cómo el droide movía los meñiques sin parar. Tal vez fuera un error de su *software*. Tal vez, simplemente, que estaba nervioso.

—De acuerdo, Hugo —dijo por fin—. Sí, también estaré allí. Sí, te lo prometo. Gracias a ti. Buena suerte.

Miranda notó cómo una sombra cruzaba el rostro de Red justo después de terminar la llamada.

—Espero que apruebe —confesó—. No me gustaría verlo convertido en vuestra carne.

Lo primero que se le pasó por la cabeza a Miranda cuando escuchó aquello fue señalar que, en realidad, Red sí que se preocupaba por sus amigos. Lo segundo, reprenderle por siquiera dedicar un segundo a pensar acerca de la historia del Arquitecto. Lo tercero, sin embargo, fue más bien una sensación. Como un pinchazo en la parte más recóndita de su cerebro, que acababa de llenarse de luz de repente.

—Red... —comenzó, hablando despacio. Muchas ideas giraban a lo largo de su mente y aporreaban su cráneo para salir la primera de todas—. ¿Qué fue lo que el padre de Hugo le dijo mientras le intentaba hundir las uñas en la cabeza?

Red se giró hacia ella, interesado.

—«Todos somos su carne». ¿Por qué lo preguntas?

—¿Y te acuerdas de lo que dijo Úrsula Cano cuando intentamos detenerla?

—Sí, que escuchaba una especie de voces que le decían que matara al bebé.

Habría sido imposible darse cuenta sin saber la verdad del mundo en el que vivían. Pero, siendo que ya conocían cuál era el mayor secreto del Estado, todo era distinto. Lo tenían delante de sus narices.

—Recoge tus cosas, Red. Nos vamos a Dreamland.

Suki estaba cada vez más segura de una cosa: la chica de ese vídeo de la Ascensión no era Dana.

Se encontraba en su despacho, observándolo en bucle tal y como había hecho la noche anterior. Tenía ambos codos apoyados sobre la mesa y se sujetaba el rostro con las manos, como si esperase a que algo cambiara. Pero siempre era igual: la chica rubia de la trenza subía a la plataforma, saludaba con la mano abierta, lanzaba un beso a la cámara y se iba por la pasarela.

Alguien tocó a su puerta. Suki hizo desaparecer la imagen de inmediato.

—¿Sí?

Una chica de su edad con unas gafas rosadas enormes se asomó por la puerta. Era Zen, su secretaria.

—Perdone que la moleste, señorita Planker. Una policía y su droide están aquí e insisten en hablar con usted.

Suki se puso de pie al instante.

—Que pasen.

La puerta se abrió y entraron Miranda y Red. Nadie habló hasta que Zen desapareció, dejándoles solos.

—Suki, necesitamos tu ayuda —comenzó Miranda. Se le notaba alterada—. Creo que estamos a punto de resolver el caso.

—¿Qué? —preguntó la chica, cruzándose de brazos—. Creía que habíamos dicho que íbamos a dejar el agua correr. Perfil bajo, ¿recuerdas?

—A la mierda el puto perfil bajo, Suki —espetó de pronto la policía. Tanto ella como Red parpadearon atónitos—. Ya casi lo tengo. Necesito tu ayuda para completarlo.

—Bueno... —Suki dudó un momento, pero acabó por tomar asiento en su escritorio y asintió con la cabeza—. ¿Cómo puedo ayudaros?

—Necesitamos acceso a la Cámara del Sueño.

Suki se reclinó sobre el asiento.

—Ya me extrañaba a mí que no hubierais llamado y ya está. ¿Eres consciente del lío en que me puedo meter, Miranda?

La agente se acercó a pasos rápidos y tomó asiento en una de las sillas para visitas que estaban al otro lado de la mesa. Hablaba rápido y con la voz tan baja que Suki tuvo que acercarse para poder escucharla bien.

—He estado pensando en los sujetos enloquecidos. No tenemos ni idea de cómo fue para los demás, pero sí sabemos una cosa: tanto el padre de Hugo como Úrsula estaban intentando proteger a alguien de la Ascensión.

Suki alzó una ceja con escepticismo.

—Leí los informes de arriba abajo. El padre de Hugo casi le abre la cabeza. Y Úrsula decía que había que matar a un bebé.

—Eso dijo, pero también nos contó algo más: le estaba protegiendo de unas voces.

—¿Unas... voces?

Esta vez fue Red el que dio un paso adelante.

—He estado indagando un poco —explicó—. Todos sabéis lo mucho que Dreamland protege los servidores de la Cámara del Sueño, ya que el código para manejar el nivel de subconsciente que exige la criogenia es incompatible con el resto de la red. De hecho, mezclar una mente criogenizada con la de un usurario normal en un mismo servidor resulta hasta peligroso; de ahí la separación a la que estamos acostumbrados. —Suki asintió mientras seguía su explicación—. En el noventa y nueve hubo un fallo con el sistema de la Cámara del Sueño. Un error que provocó que las barreras que separan a Dreamland de los servidores del Sueño se resquebrajaran. Millones de personas reportaron haber escuchado voces durante cerca de un minuto y medio, que coincide con el tiempo en el que tardó en restablecerse el sistema.

—Nadie le dio mucha importancia —continuó Miranda—, sobre todo porque no ha vuelto a repetirse desde entonces. Pero es una prueba de que los usuarios de la Cámara del Sueño tienen su conciencia dentro de algún lugar oculto de Dreamland. Están encerrados en alguna parte, inaccesible para todos los demás.

—No me estás contando nada que no sepa ya, Miranda. Los servidores del Sueño son el lugar donde alojamos a todos los usuarios que deciden vivir en Dreamland por no poder costearse el precio de la vida en el Estado. Es un lugar privado donde viven en paz y armonía sin interactuar con los demás usuarios. Todo el mundo lo sabe —murmuró Suki—. ¿A dónde quieres llegar?

Miranda esbozó una sonrisa triunfal.

—¿Recuerdas lo que dijo el padre de Hugo mientras intentaba abrirle el cráneo?

Suki hizo memoria de aquel espeluznante informe. Cuando aquella frase llegó a su mente, empezó a atender por qué Miranda estaba tan agitada.

—«Todos somos su carne...».

Miranda asintió.

—Creo que de alguna manera alguien hizo a todos los enloquecidos entrar en contacto con el servidor del Sueño. Por eso Úrsula hablaba de que había escuchado unas voces, al igual que pasó en el caso del noventa y nueve. Y, mientras estuvieron allí, debieron averiguar algo que les dejó trastocados. Tanto como para intentar asesinar a los que les rodeaban.

—Pero ¿por qué harían tal cosa?

—Piensa en lo que sentiste cuando hablamos con el Arquitecto y súmale a eso haber estado en contacto con un lugar que se ha demostrado que es incompatible con la estructura de tu Memoria hasta el punto de poder causarte daños graves. Si volvieras sabiendo que todo es una mentira y que el sistema quiere comerse a tus hijos, ¿qué harías?

Suki se llevó una mano al mentón.

—Me sigue pareciendo extraño que quisieran atacarles de esa manera, a no ser que... —Suki dio un respingo.

Miranda asintió.

—El padre de Hugo quiso abrirle la cabeza para sacarle la Memoria. Y Úrsula no atacó al bebé porque todavía era demasiado pequeño para tener una.

Suki se tapó la mano con la boca.

Tenía sentido. Aquellas personas habían estado en contacto con información que les había hecho volver asustados, aturdidos, posiblemente con menor cordura y con la idea de que los reclutas de la Ascensión eran, en realidad, convertidos en carne.

Solo tuvo que sumar dos más dos.

—La Cámara del Sueño es otra tapadera de la Ascensión; eso es lo que debieron averiguar al adentrarse en su servidor: que ahí es donde esconden a los Ascendidos —dedujo—. Entonces ahí debe ser donde los... preparan para ser comidos. Por eso debió decir aquella frase el padre de Hugo. Se trastornó con la idea de que alguien cocinara a su hijo. O puede que incluso volviera del servidor con algún virus en su Memoria que se encargara de volverle tarumba, con una única idea fijada en la cabeza.

Miranda asintió.

—Eso pensamos nosotros.

Suki tamborileó los dedos sobre la mesa. Aquella información, aunque peligrosa, abría un mar de posibilidades.

Giró la pantalla de su terminal de sobremesa y proyectó el vídeo en bucle de la Ascensión de Dana.

—Hay algo que me llamó la atención cuando vi esto —dijo, señalando el momento en el que Dana lanzaba un beso a cámara—. Ahí. Ese gesto.

—Parece un gesto común —anotó Red—. Muy humano.

—Sí, pero también muy calculado. —Giró el cuerpo de nuevo hacia ellos—. ¿Os hubierais parado a analizar un vídeo de la Ascensión antes de saber lo que nos contó el Arquitecto? No, ¿verdad? ¿Para qué? Están tan bien preparados que parecen grabados de verdad. Pero ese gesto es lo que me mosquea. —Volvió a señalar la pantalla—. Es el gran momento de Dana. Lo último que sus seres queridos verán de ella. En ningún universo hubiera decidido lanzar un beso a cámara como última despedida. —Desbloqueó su terminal privado y les mostró varias fotos de Dana; en todas ellas solía salir con dos dedos en uve, haciendo el símbolo de la victoria. Era su marca personal—. Es un error de novato, la verdad.

—¿Error de novato? —se interesó Miranda—. ¿A qué te refieres?

Suki dejó de lado el terminal y volvió a señalar la pantalla.

—Esa no es Dana. Es una recreación perfecta de ella. ¿Y sabéis qué corporación está especializada en recreaciones perfectas?

—Dreamland —respondió Red de inmediato.

—Pero eso implicaría que ese trabajo se estuviera realizando en este mismo edificio... —se aventuró Miranda.

—Cena no iba mal encaminado con su investigación —afirmó Suki—. Aunque, para realizar algo así, haría falta todo un departamento. Uno escondido y del que solo supieran sus trabajadores. O quizá algunos de ellos. Dana nunca pareció conocer nada de esto; al final solo era una chica de mantenimiento. Pero yo diría que, en efecto, la Cámara del Sueño es el mejor lugar para ocultar una zona así. ¿A quién le gusta pasear entre los muertos?

Suki se puso de pie.

—Felicidades, Miranda. Parece que sí que estás a punto de resolver el caso.

El ascensor descendió hacia las entrañas de la Tierra.

Red estaba rígido. Algo en su programación le decía que no debería estar ahí. Que se encontraba husmeando en terreno prohibido. Que, como droide, era su deber ponerle un final a aquella indecorosa aventura.

Pero no quería.

Estaban en silencio. Miranda y Suki habían intentado llegar a alguna conclusión sobre qué había en el servidor de la Cámara de Sueño. Al final habían decidido que lo mejor iba a ser acercarse a indagar.

Cuando se abrieron las puertas del ascensor, Red se encontró con toda una ciudad durmiente. Repisas, columnas, pasillos y más pasillos, hasta allá a donde alcanzaba la vista. Siguió a Miranda y Suki mientras ambas se encaminaban hacia algún lugar. Tomó nota del recorrido que realizaban, ya que aquel espacio resultaba muy similar a un laberinto.

Después de andar varios minutos, llegaron a un solitario escritorio en medio de un pasillo algo más iluminado que los demás. Suki se acercó al terminal.

—Este era el puesto de Dana —dijo, sentándose en la silla y comenzando a encender la maquinaria—. Debe haber algo aquí que nos diga por qué están enloqueciendo al entrar en contacto con el servidor del Sueño.

—Puedo responderte a eso —dijo una voz a la espalda de Red.

Los tres se giraron para ver de quién se trataba y dieron con un hombre de cuarenta y cinco años, pelo oscuro y ojos rasgados. Red analizó las facciones de su rostro y la base de datos de la policía le devolvió un nombre: Alexei Planker.

Suki se levantó del escritorio y avanzó hacia él con los ojos enrojecidos.

—¡¿Papá?!

Alexei sonrió con tristeza.

—Hola, palomita.

Suki negaba con la cabeza convulsivamente.

—No. Por favor. No. Dime que tú no tienes nada que ver con la Ascensión. Dime que Dana no está convertida en carne por tu culpa.

Alexei se llevó las manos a los bolsillos de los pantalones y dejó caer los hombros.

—Ojalá pudiera hacerlo.

Por un momento pareció que Suki iba a desmayarse, pero consiguió aguantar la compostura y mantenerse erguida.

—¿Qué hace usted aquí? —preguntó Miranda.

—No habéis dejado de investigar —negó Alexei—. Habla muy bien de vosotros como profesionales, pero muy mal de cómo os comportáis para con vuestra sociedad. Tu plan de mantener la normalidad hubiera funcionado, Miranda, si es que de verdad os hubieras parado a fingirlo hasta creerlo.

Miranda entrecerró los ojos.

—Entonces, sí que espiáis a vuestros usuarios.

—Es importante hacerlo. Justo para evitar que hagáis cosas como estas.

—Dime, ¿qué hay en el servidor del Sueño?

Alexei sonrió con complacencia.

—El futuro.

Suki pudo articular palabras por fin, aunque salían de su garganta a trompicones.

—No puedo creerlo. No puedo creer que tú estés detrás de todo esto. Uma Sharma nunca permitiría...

—Uma Sharma lo autorizó ella misma —interrumpió Alexei—. De hecho, ya ha ordenado la primera prueba de campo para dentro de unas horas.

Miranda debió cansarse de tanta incógnita porque sacó su arma y apuntó al hombre a la cabeza.

—¿Qué es la prueba de campo?

Alexei alzó una ceja, sonriente.

—¿Vas a dispararme, agente Rodríguez?

—Puede que yo no —admitió—. Pero mi droide podría hacer lo si se lo ordenara. Red, apúntale al corazón.

Inmediatamente y contra toda su voluntad, Red extrajo su arma y la dirigió hacia el pecho de Alexei. Sus ojos resplandecían de un color anaranjado a pesar de la poca luz de aquel terrible pasillo.

—Habla —ordenó Miranda.

Alexei lo pensó por un momento, pero algo debió hacerle parecer que era una buena idea contarles lo que querían saber.

—Lo habéis averiguado. Hay un departamento oculto. Lo llamamos el Departamento de Vida Alternativa. Soy uno de sus dirigentes. Conseguí el puesto poco después de llegar aquí.

Hizo una pequeña pausa que aprovechó para peinarse el pelo hacia atrás.

—Siempre se ha dicho que en la Cámara del Sueño damos cobijo a aquellas personas que no pueden costearse la vida en el Estado. Es una verdad a medias. —Volvió a meter ambas manos en los bolsillos—. Les metemos en el servidor del Sueño, sí. Pero aprovechamos todo lo que puedan darnos de sí mismos hasta dejarles solo la cabeza. Es una forma de ahorrar espacio y seguir adelante con la producción cárnica. Y ellos están bien; ni se enteran. No van a volver a despertar, así que no necesitarán usar de nuevo las piernas.

»También hacemos lo mismo con los Ascendidos, claro. Nos quedamos con lo necesario para satisfacer la demanda de carne y aquellos que no convertimos en piezas consumibles ese día son almacenados como *stock* en la Cámara del Sueño o en distintas Cámaras de Almacenaje repartidas a lo largo de la Capital, la Meseta y los Confines para cuando sea necesario despiezarlos. No somos ningunos monstruos, así que siempre los hemos mantenido a todos vivos en unas cápsulas donde estarán soñando para siempre; hablo tanto de los que están enteros como de los que solo conservan ya la cabeza.

—Eso es espantoso... —murmuró Suki.

—Lo sé, cariño. Por eso siempre tuvimos las esperanzas puestas en encontrar otro planeta. Todavía enviamos exploradores aleatorios cada cierto tiempo, pero nos hemos cansado de esperar. Incluso con las medidas poblacionales, la Prueba de Valor, la Ascensión... seguimos creciendo sin parar. Somos demasiados y se nos agotan los recursos. Incluso se nos agota el espacio para almacenar a todos los que llegan a la Cámara. Por ese motivo, Uma Sharma autorizó que pusiéramos en marcha el Proyecto Sueño.

—¿Proyecto Sueño?

Alexei asintió.

—Fue mi Aval de Valía. Un proyecto destinado a salvarnos a todos. Sospecho que querréis que os cuente en qué consiste.

La agente endureció la mirada. Fue suficiente para que Alexei continuase hablando.

—El gran problema de la Tierra es la falta de espacio. Además, con el tiempo iremos a peor. Se encarecerán los precios y la gente sufrirá. Habrá suicidios en masa. Familias enteras que no podrán costearse el oxígeno. La mejor forma de conseguir ayudar a toda esa gente es manteniéndoles con vida... en otro lugar. Un lugar más allá de la vida terrenal donde la conciencia de cada persona sea infinita.

»Con este proyecto hemos conseguido lo inimaginable: la vida eterna. Los cuerpos morirán, pero nuestras mentes siempre seguirán viviendo. Y el lugar en el que habitarán es el servidor del Sueño. —Hizo una pequeña pausa—. Veréis: el gran problema que hemos tenido siempre es que no podemos mantener una conciencia viva en el ciberespacio si nos desprendemos de todo un cuerpo. Por eso nos hemos visto obligados a conservar las cabezas. Pero, como bien dedujisteis, hemos estado perfeccionando la técnica.

»En nuestros ensayos, como vosotros los habéis llamado, hemos estado luchando por librar a la humanidad de sus cadenas materiales. Anoche tuvimos, por fin, nuestro primer caso de éxito. —Caminó hasta el panel izquierdo y tecleó una complicada combinación de números y letras. Acto seguido, una de las pequeñas celdas del pasillo se abrió. Alexei metió la mano y extrajo una camilla, que se extendió mostrando una pequeña urna de cristal criogenizada. A través de la escarcha se veía la cabeza de un hombre.

»Quiero que conozcáis a Peter Queen. Es la primera persona a la que hemos podido llevar hasta el servidor del Sueño de manera remota, mientras dormía en su casa utilizando el servicio de Sueños Inducidos. La transmutación de su alma en un complejo código virtual ha sido completa y él ni siquiera se ha enterado. A ojos de cualquiera ha muerto de un ataque al corazón. Como no ha levantado ningún tipo de sospechas, hemos podido traerle hasta aquí sin problema.

»Ahora que su conciencia está en el servidor del Sueño y su carne ha sido consumida, podríamos deshacernos también de su cabeza. Ya no la necesita para sobrevivir, porque ya no es ahí donde reside su alma. La hemos conservado solo por puro sentimentalismo.

Red parpadeó.

—No he percibido que actualizarais su Memoria.

—Como he dicho, hemos perfeccionado la técnica. Ni siquiera tú podrías rastrearlo ahora, RD-248. —Sonrió—. Peter Queen ha abierto grandes posibilidades para nosotros. Hemos transferido esta misma mañana al servidor las conciencias de todas las personas que albergaban esta y las demás Cámaras de Almacenaje a las que solo les quedase la cabeza. Millones de mentes alojadas de manera permanente en el servidor del Sueño, que vivirán eternamente. ¿Os imagináis la cantidad de espacio y nuevos recursos que supone para nosotros poder deshacernos de toda esa carne inútil?

—¿Qué les ocurrió a los anteriores sujetos? ¿Por qué fallasteis con ellos?

Alexei se encogió de hombros.

—No lo tenemos claro. Creemos que debió ser cosa del servidor. Por la razón que sea, rechazaba la entrada de personas por esa vía. Supongo que por no realizar una conexión directa desde aquí.

Suki negó con la cabeza.

—No era el servidor. Eran ellos. ¡Los Ascendidos! —Su padre la observó con curiosidad—. Están vivos, pero atrapados dentro del servidor del Sueño, así que estaban luchando. Cada vez que intentabais alojar de manera permanente una conciencia, se defendían haciendo que el servidor escupiese a vuestros sujetos. Por eso ellos volvían trastornados. Veían de primera mano lo que estaba pasando, a lo que se exponía cualquier persona que llevase una Memoria: a acabar convertido en una sombra digital de sí mismos, encerrados en ese maldito servidor para siempre. Y si a eso le sumamos que la Memoria pudiera verse trastocada por ese acceso... —Suspiró—. Por eso volvían convertidos en seres tan primitivos. Y por eso es por lo que no hay que jugar así con las cabezas de la gente.

Alexei sonrió con sinceridad.

—Es una muy buena teoría. Eres digna merecedora de tu puesto en Calidad, Suki.

—¿Y cómo pensáis escoger a quién subís al servidor del Sueño? —cuestionó Miranda a voces—. ¿Quiénes sois vosotros para decidir quién vive en la Tierra y quién muere convertido en unos y ceros?

—No lo decidimos. Está pensado para que pongamos un número de nuevos alojamientos y el servidor los seleccione de forma aleatoria de entre todos los usuarios de Dreamland, subiendo su conciencia al servidor del Sueño.

—Y supongo que los altos cargos estarán fuera de la ecuación.

Alexei sonrió.

—Eso depende.

—No puedo creerlo —negó Suki con la cabeza. Se había llevado las manos al rostro del espanto y respiraba muy agitada—. No podéis hacer eso. Hay que pararlo.

Alexei la miró con dulzura. Como un padre que ve a su hija entrar en el dormitorio diciéndole que ha tenido una horrible pesadilla y se dispusiera a decirle que ya ha pasado y que nunca fue real.

—No puedo hacerlo, Suki. Ya está dada la orden y no tengo autoridad para cancelarla. —Suspiró, como si aquello le pesara de verdad—. Esta noche, mientras nuestro Estado duerma, subiremos al servidor del Sueño a los primeros cien millones de usuarios.

En apenas un pestañeo, Miranda se lanzó sobre Alexei y le rompió la mandíbula de un puñetazo.

23

Hugo observó la inmensidad del que debía ser el edificio más emblemático de toda la Capital.

Toda la fachada era de un cristal resplandeciente, aunque parecía tener un tono grisáceo aquella mañana. Un par de droides vestidos de azul turquesa, apostados a ambos lados de la entrada, lo observaban con suspicacia. Hugo carraspeó y se acercó, pero antes de que pudiera decir para qué estaba allí le hicieron una señal con la cabeza para que siguiera caminando.

Hugo obedeció y se adentró en las entrañas de Dreamland.

Aquel lugar era muy superior a cualquier edificio en el que hubiera estado antes. A diferencia de las modestas instalaciones de los supermercados y los hospitales, Dreamland hacía gala de la tecnología más avanzada. Sus paredes estaban adornadas con logos de la compañía, del Estado y de la Ascensión. Algunas personas paseaban de un lado a otro con informes en la mano y trajes de color aguamarina preciosos, tan característicos de los empleados de la compañía.

Un enorme cartel holográfico le saludó al entrar:

HOLA, HUGO.
BIENVENIDO A DREAMLAND.

Hugo tragó saliva mientras se dirigía al primer control, donde tuvo que enseñar el contenido de su mochila bandolera y escanearon su cuerpo para comprobar si ocultaba cualquier cosa debajo de la ropa. Tuvo que dar su nombre completo, escanear su huella dactilar y firmar una declaración de varias páginas que eximía a Dreamland de cualquier culpabilidad si le ocurría algo dentro del edificio. Después firmó otro documento: en este ponía su nombre y declaraba hacer acto de presencia voluntaria para su Prueba de Valor, la cual supondría un Ascenso si no era aprobada.

Hugo torció el labio. ¿Le quedaba alguna otra opción? Y por encima de aquello apareció otra pregunta todavía más complicada de responder: «¿Seré lo suficiente valiente?».

Firmó y una vez estuvo todo correcto le entregaron un identificador con sus datos, que se colgó al cuello.

—Sala 403C. Piso cincuenta y dos —dijo uno de los guardias del control.

Hugo se dirigió a uno de los tantos enormes ascensores y presionó el botón que le habían indicado. Segundos después, las puertas se abrieron y le mostraron un enorme pasillo con puertas a ambos lados. Caminó un rato hasta por fin encontrar la 403C. Respiró hondo y colocó su mano sobre el lector de la puerta, que hizo que esta se deslizara en lateral.

Ante él se encontraba un enorme auditorio con cabida para cerca de tres mil personas, aunque estaba vacío salvo por los dos droides de seguridad y las tres personas que se encontraban en la tarima del tribunal charlando animadamente mientras esperaban su llegada. Hugo reconoció a dos de ellas muy rápido: Flin Kerser, el rector de la Academia Oficial de Acceso a Industrias Informáticas y Uma Sharma, también conocida como la Madre, la abeja reina de Dreamland. Según la circular, el tercer miembro de su jurado iba a ser James Cena, pero estaba claro que no iba a poder presentarse cuando lo estaban convirtiendo en lonchas de *bacon*. Su sustituta era una mujer de cabello blanquecino perfectamente alisado y mirada inquisidora. Hugo estudió sus facciones con tal de averiguar de quién se trataba, pero el profesor Kerser se encargó de resolver su duda:

—¡Ah, Hugo! —exclamó, acercándose sonriente para estrecharle la mano. Flin Kerser le había instruido en varias asignaturas en las que Hugo había sacado la máxima nota, así que estaba seguro de que guardaba un buen recuerdo de él—. Qué alegría que me haya tocado tu tribunal. Estoy deseando ver qué nos traes. Según parece, te tocaba de tercer miembro a Cena, pero en su lugar ha venido la señora Yale. Es la directora del Departamento de Servicios, así que no habrá nadie más objetivo que ella para tu evaluación.

—Aunque Kerser ya se ha encargado de regalarnos los oídos con historias de tu paso por la Academia —intervino Yale, extendiéndole también la mano—. Esperemos que hoy tengas tanta suerte como dice que siempre te ha acompañado.

—Gracias —musitó Hugo, porque en realidad no sabía ni cómo contestar a aquello.

Se dejó estrechar la mano por Yale, aunque en realidad su vista estaba puesta en Uma Sharma. La Madre se acercaba a él a pasos lentos, marcando su ritmo con su exquisito bastón.

—En pocas ocasiones se me convoca como parte de un tribunal, así que tiene que merecer la pena lo que has hecho —dijo—. Esperemos que así sea... por tu bien.

Hugo no conocía a aquella mujer, pero había sonado sin lugar a dudas a una amenaza. ¿Cuánto sabría la Madre acerca de sus últimas aventuras?

Hugo tragó saliva. Uma Sharma no había extendido su brazo, así que inclinó la cabeza como saludo.

—Señora Sharma, un placer.

La Madre alzó una ceja y se giró hacia el rector.

—¿No les enseñáis a hacer reverencias como es debido en la Academia, Kerser?

El profesor titubeó.

—Pues... Bueno, tenemos varios cursos de... Ya sabe...

Uma Sharma puso los ojos en blanco y caminó de vuelta al estrado.

—Es una broma, Kerser. Respira.

El pecho del profesor se deshinchó como un globo y asintió con la cabeza. Después se giró hacia Hugo, le dio la mano otra vez, apretó su antebrazo y le dio un toquecito en el hombro, como si quisiera infundirle fuerzas. Sin embargo, había conseguido el efecto contrario. No recordaba al señor Kerser como un hombre nervioso.

—Suerte, chico —le deseó, antes de escabullirse hasta el estrado.

Yale le dedicó una última mirada escrutiñadora mientras ocupaba su butaca. Una vez estuvo todo el jurado en sus puestos, Uma Sharma se puso todavía más recta en el asiento y dijo:

—Bien. Que comience la Prueba de Valor del aspirante al puesto de técnico especialista en Sueños Inducidos, Hugo Kórberg. Por favor, procede.

Hugo tenía más que ensayada aquella presentación desde hacía meses. Iba a tratarse de una dinámica y breve explicación de su trayectoria estudiantil, pasando después por una amplia demostración de su Aval de Valía y finalizando con unos minutos para ruegos y preguntas por parte del tribunal. La había ensayado con su padre decenas de veces. La conocía a la perfección, palabra por palabra, y era capaz de recitarla de forma tan natural que parecía estar teniendo una agradable conversación con un amigo de toda la vida.

Pero, a pesar de todo, Hugo no dejaba de sentir el aliento de la muerte pegado a la nuca.

Su positividad aumentó lo suficiente cuando subió su Aval de Valía al catálogo de sueños de Dreamland desde el terminal de la sala y el tribunal pasó a ejecutar su Sueño Inducido: sus rostros dibujaron una pacífica sonrisa mientras visitaban la armoniosa cabaña del bosque que había diseñado para que hiciera feliz hasta a la persona más difícil de contentar. Pasaron varios minutos dentro de la simulación, lo más seguro que evaluando distintos aspectos de la misma. Poco a poco, los miembros del jurado fueron saliendo del sueño. Al volver a la realidad, el profesor Kerser le guiñó el ojo. Yale, sin embargo, solo cruzó los brazos sobre la mesa en actitud impaciente. La última, cómo no, fue Uma Sharma, que salió del sueño con una mirada apacible en el rostro y sonrió cuando se dirigió a él.

—Debo felicitarte, Kórberg. La cantidad de detalles que hay es tan minuciosa que supera a los estándares de nuestra compañía.

Hugo sintió un gran alivio mientras se le destensaba la garganta.

—Sin embargo… —comenzó la Madre, y Hugo supo que ya no había vuelta atrás—. Hay fallos. Errores de programación.

—Fallos que entran dentro de lo normal —intervino el rector Kerser—. Además, el aspirante quiere un puesto como diseñador, no como programador.

Uma Sharma le fulminó con la mirada y Kerser pareció hundirse en el asiento.

—Yo también me he dado cuenta —intervino Yale—. Hay algunos errores. La mayoría son pasables, a excepción del gran fallo de los copos de nieve.

Hugo arrugó el entrecejo. ¿De qué narices estaban hablando?

—Perdone, pero no entiendo a qué se refiere.

—Desde luego que no —vociferó Yale—. De lo contrario no hubieras metido la pata con algo tan básico. Hablamos de los copos de nieve. Has empleado una geometría de tipo dodecagonal, cuando es una norma de estilo que en Dreamland siempre usamos dendritas estelares con forma de Helecho. Un error de diseñador novato, me temo.

Hugo parpadeó varias veces. No podía creerlo. Iban a suspenderle... ¿por unos copos de nieve?

—Aunque se trate de un error de estilo, me gustaría señalar que los Avales de Valía sirven para aportar variedad y nuevas ideas a nuestro mundo.

—Eso es cierto —asintió la Madre—. Pero lo que no se puede hacer es ir en contra de las normas. Y eso es lo que tú has hecho, Hugo.

Y así acababa todo. Con un error estúpido que estaba claro que se habían esforzado por encontrar. Había estado en lo cierto: desde el principio, Hugo había tenido marcado el suspenso. Se había convertido en un cadáver andante desde el mismo momento en el que había pisado la Capital. Y ya era demasiado tarde para cambiarlo.

Hugo llevó la mirada hacia el profesor Kerser, que parecía tan nervioso como él.

—Parece que no hay nada más que debatir, chico —dijo, incapaz de sostenerle la mirada.

La Madre se puso en pie. Como presidenta del tribunal, le tocaba hacer los honores:

—Sin más preámbulos, procedamos con la votación. Mi veredicto es el suspenso.

—Suspenso —afirmó Yale, sin pestañear.

Durante la breve pausa, Hugo mantuvo algo de esperanza hasta que escuchó al rector Kerser añadir mientras se removía en el asiento:

—Suspenso también.

Uma Sharma asintió.

—Bien. Dada la decisión unánime de este tribunal, el resultado innegable es que el aspirante Hugo Kórberg queda declarado en nombre del Estado...

Un enorme estruendo al otro lado de la puerta la hizo detenerse. Aquel golpe vino acompañado de varios gritos y una breve ráfaga de disparos.

Antes de que nadie pudiera preguntarse qué estaba pasando allá fuera, la puerta se deslizó y dos personas y un droide entraron en la sala. Hugo los reconoció al instante. Su corazón comenzó a latir con tanta fuerza que apenas le cabía en el pecho. Red, con los ojos anaranjados, atravesó el primero la puerta e incapacitó a los otros droides con una bala para cada uno. Miranda, que llevaba los nudillos de la mano derecha manchados de sangre, disparó a las cámaras de la sala. Suki fue la última en entrar; tenía los ojos enrojecidos, pero la mirada muy decidida.

—¡¿Qué está pasando aquí?! —exclamó Uma Sharma. Los demás miembros del tribunal también se pusieron en pie—. Bueno, ¿sabéis qué? Llegáis en el momento preciso para ver el resultado de la Prueba de Valor de vuestro amigo. —Se giró hacia Hugo. Los ojos le chisporroteaban—. Hugo Kórberg, quedas declarado en nombre del Estado como suspenso en su Prueba de Valor, y por tanto destinado a...

Un disparo que estuvo cerca de rozarle la oreja la detuvo. Hugo alzó la vista y buscó a su causante. Había sido Miranda, cuya arma apuntaba en dirección de la mujer.

—Ni una palabra más —ordenó.

Uma Sharma negó con la cabeza.

—Jovencita, estás metiéndote donde no te llaman. Y tú, Suki... —dijo, haciendo que la chica se tensara al escuchar su nombre—. No esperaba esto de ti.

Suki no titubeó. Alzó la barbilla y se irguió al contestar.

—Ha tenido la mala idea de jugar con lo que más quiero, Sharma.

La Madre bufó. Antes de que pudiera continuar con la conversación, Miranda hizo una seña a Red y este se acercó a paso decidido hasta Yale y Kerser, a quienes tumbó en el suelo y esposó con las manos a la espalda.

—¡No he hecho nada! —exclamó el hombre.

—Nadie sufrirá ningún daño —anunció Suki, con la vista clavada en Uma Sharma—. Solo la queremos a ella.

Red la cogió del brazo y tiró de ella, llevándola hacia el terminal que Hugo había usado para cargar su trabajo. A pesar de lo modesto que parecía el equipo, desde él se podía acceder a casi cualquier rincón de Dreamland si se tenía las contraseñas correctas.

—Vas a anular la subida de los cien millones de usuarios al servidor de la Cámara del Sueño —ordenó Miranda.

La Madre sonrió, caminando a paso sereno con su bastón.

—Veo que ya habéis hablado con Alexei. ¿Es esa su sangre? —Miranda no contestó, así que se dirigió a Suki en su lugar—. Habrá sido un enorme palo para ti, Planker. Tu propio padre, segando tantas almas de golpe.

—Debería de caérsele la cara de vergüenza —contestó la chica.

—¿Por asegurar la supervivencia de la raza humana? ¿O por conquistar la vida eterna? Permíteme que lo dude. Aunque una cosa sí que es cierta: tengo que agradeceros que me hayáis quitado a Cena de encima. Vuestra investigación fue la excusa perfecta para Ascenderle. Empezaba a fisgar demasiado donde no le tocaba; justo igual que vosotros. Si habéis llegado hasta aquí, es porque me convenía que lo hicierais para que el resto de los departamentos pensaran que estábamos poniéndonos las pilas para solucionarlo todo. Fue una suerte que trazaras aquel plan de acción, Suki: pudimos controlar aún mejor los pasos de la policía.

Aquellas palabras calaron hondo en Suki, que no pudo evitar agachar la cabeza. Red condujo a la Madre hasta el terminal, pero ella no dio muestras de ceder a sus peticiones. Miranda se acercó y pegó el cañón de su pistola a la sien de la anciana.

—Anula. La. Subida —ordenó con la mandíbula apretada.

—¿Qué ha pasado con todo eso de «fingirlo hasta creerlo», Miranda? —cuestionó la mujer—. Pensaba que serías tú la que mejor aguantaría el tipo.

—Estoy hasta las narices de esta puta mierda, eso pasa.

—No es una conducta muy policial que digamos.

—Anula la subida.

—En cosa de minutos esta sala estará llena de droides armados hasta los dientes. ¿Seguro que queréis seguir con esto?

—Anúlalo o te juro que...

—¿Qué? ¿Me vas a disparar? —rio Uma Sharma—. Aunque quisieras no podrías, Miranda.

La agente golpeó el bastón de Uma Sharma, haciéndola trastabillar y caer de rodillas sobre el cuadro de mandos.

—Anula la subida —ordenó, apretando la pistola contra su piel.

Cuando la mujer alzó su mirada siniestra hacia Miranda, Hugo supo que aquella humillación no iba a quedar impune.

—Suficiente —dijo—. Estoy cansada de vuestros juegos de párvulos. Droide, acaba con ellos.

Red no se movió.

—¡Droide! —exclamó la Madre con autoridad.

—No va a hacerte caso —respondió Miranda con una sonrisa—. Hemos desactivado temporalmente su nervio auditivo. No se le puede dar órdenes por voz. —En cosa de segundos su rostro se tornó serio, amenazante—. Ahora, anula la subida. Porque quizá yo no te dispare, pero él sí lo hará cuando su contador interno llegue a cero. Y créeme, no falta mucho.

Sharma asesinó a Miranda con la mirada. A Hugo se le heló la sangre, pero por fortuna la Madre colocó sus manos sobre el teclado holográfico y comenzó a escribir con rapidez. Hugo se fijó en que la Madre había colocado su clave personal y observó cómo navegó a través de varios procesos lanzados hasta dar con el que les interesaba.

—Cancélalo —repitió Miranda.

La Madre le dedicó una última mirada por encima del hombro. Sin dar margen de maniobra, cambió rápidamente de pantalla y ejecutó un comando distinto

Hugo se lanzó para detenerla, pero ya era demasiado tarde.

—¡No! —exclamó.

—¿Qué ha hecho? —preguntó Suki, con un hilo de voz.

A su lado, Red soltó a Sharma y se desplomó. Hugo tragó saliva.

—Acaba de ordenarle a todos los droides del edificio que vengan a su rescate. Y eso incluye a...

Antes de que pudiera terminar de hablar, Red se alzó de nuevo sobre sus pies. De un manotazo apartó la mano de Miranda y mandó a tomar viento la pistola que apuntaba a la cabeza de Sharma. Los ojos del droide resplandecían de color naranja mientras caminaba hacia la agente con paso decidido.

Miranda retrocedió hacia la pared.

—¡HUGO! —exclamó—. ¡ANULA LA SUBIDA!

Y tuvo el tiempo justo para patear el arma que Red acababa de desenfundar. De milagro se la arrancó de la mano, desviando el disparo, pero el droide respondió con un puñetazo que por poco rozó el hombro derecho de Miranda.

El puño atravesó la pared.

Cada segundo contaba, así que Hugo se lanzó sobre el teclado. Sharma se había erguido para volver a acercarse a los controles del terminal, pero Hugo se lo impidió.

—Quieta ahí, vieja.

Sharma rio entre dientes.

—¿Qué os importa lo que les ocurra? Hagáis lo que hagáis, todos vosotros estáis Ascendidos.

Suki, que se había aproximado a la carrera, recogió el bastón de la mujer del suelo y lo usó para propinarle un buen golpetazo en la cara. Uma Sharma, que no se lo había visto venir, se desplomó inconsciente en el suelo.

—Oh, Dios mío, ¿la he matado?

Hugo miró a la señora por encima, que tenía una contusión en la mejilla, pero roncaba a pierna suelta.

—Por desgracia, no.

Hugo regresó toda su atención al terminal. La Madre se había dejado su clave personal puesta, así que en poco tiempo consiguió llegar a la orden de subida.

Presionó la tecla de cancelar.

La buscó varias veces en la cola de procesos, pero la orden de subida ya no estaba en ningún sitio.

—¡¿Ya está?! —preguntó Suki.

Sí que lo estaba, pero al mismo tiempo no. Habían cancelado aquella subida, pero otra vendría después. Y otra más. No importaba si la Madre no volvía a despertar; otra persona lo ordenaría. Y ellos ya no estarían allí para anularla.

Y ahí estaba otra vez, viendo cómo se llevaban a Aisha a rastras. «Nunca sigas mis pasos, hermanito mío», había dicho antes de que la Ascendieran.

Qué pena que a Hugo siempre le gustase llevar la contraria.

Solo quedaba responder la gran pregunta: ¿iban a ser lo suficiente valientes?

Hugo se giró hacia Suki.

—Cuando estuvimos con el Arquitecto, grabé toda la conversación.

Suki abrió mucho los ojos.

—¡¿Qué?!

Hugo se encogió de hombros.

—Pensé que podría sernos útil. La iba a borrar en cuanto volvimos a la Capital, aunque... al final no lo hice. No tenía muy claro por qué, pero... ahora ya lo sé.

Suki debía haber llegado a la misma conclusión que él, porque comenzó a asentir con la cabeza.

—Todos deben saber que somos su carne.

—Todos deben saber que somos su carne —repitió Hugo, asintiendo también.

Suki levantó la barbilla.

—Hazlo.

Hugo preparó el archivo para subirlo a Dreamland TV y en un abrir y cerrar de ojos ya estaba colgado como uno de los anuncios oficiales de la red: la conversación completa con el Arquitecto vista desde los ojos de Hugo, donde revelaba los secretos más oscuros sobre la Ascensión, era de libre acceso para todo el mundo.

Echó un vistazo rápido a Miranda y Red, quienes ya habían pasado a las manos. Por la forma en la que Red reaccionaba al sonido de su alrededor, su nervio auditivo ya volvía a funcionar. A Miranda le sangraba la nariz y no dejaba de llamar al droide, pidiéndole que despertara y abandonara el Modo Asalto.

—No está muerta todavía —señaló Suki.

—¿Sharma? No, ya te lo he dicho.

—No, Miranda. Dos-cuatro-ocho todavía no la ha matado.

Justo en ese momento, Red aprovechó un momento de flaqueza de Miranda para golpearle en el estómago. Hugo recordó la forma en la que Red había atravesado el pecho de LaFleur en el Foso. ¿Por qué todavía no había hecho lo mismo con Miranda? Estaba claro que la había tenido a tiro.

—¡Está conteniéndose! —conjeturó Suki con un respingo, y antes de que Hugo pudiera detenerla, corrió hacia Red armada con el bastón de Uma Sharma.

De un golpe se lo partió en la espalda. La respuesta de Red fue coger a Suki y lanzarla por los aires hasta la mesa del tribunal.

Hugo se giró hacia la pantalla. Tenía que anular la orden de los droides. Tecleó con fervor, pero no conocía el comando. Comenzó a probar una serie de órdenes, pero todas daban error.

—¡Mierda!

—¡BASTA! —exclamó Miranda, llamando la atención del androide, que se giró hacia ella sin que sus ojos anaranjados parpadeasen—. ¡YA VALE, RED!

El androide se agachó y recogió la pistola del suelo. Apuntaba al pecho de una indefensa, agotada y ensangrentada Miranda.

—¡NO! —exclamó Hugo—. ¡Red, no puedes dispararle! ¡Es tu amiga!

El cuello del droide se giró en su dirección, como si acabase de darse cuenta de que estaba ahí, aunque la pistola seguía apuntando a Miranda.

Suki salió de detrás de la mesa del tribunal. Tenía una brecha en la cabeza.

—¡Todos somos tus amigos..., Red! —exclamó con lágrimas en los ojos, lo que hizo que esta vez el droide se girase hacia ella. A Hugo no se le escapó que era la primera vez que la chica usaba su nombre de pila y no su código de lote—. ¡Y los amigos se protegen unos a otros! ¡Se cuidan entre ellos, como hacemos nosotros!

—Tienes que parar, Red —intentó Miranda de nuevo, consiguiendo que Red volviera a mirarla a ella—. Yo no puedo hacerlo esta vez. Solo puedes hacerlo tú. Sé que puedes hacerlo.

El dedo del droide estaba sobre el gatillo. Temblaba. Como si una parte de él quisiera presionarlo, pero la otra no fuera capaz. Dos mitades que se debatían haciéndole parecer una máquina averiada y errática.

Su boca se abrió y su voz se alzó en apenas un murmullo.

—¿Es malo... no ser capaz... de darte cuenta... de que estás haciendo... algo malo? —preguntó a trompicones.

A Miranda le brotaron las lágrimas.

—Sí, Red. Lo es.

Los ojos del droide parpadearon, cambiando de la iluminación anaranjada del Modo Asalto a su tonalidad habitual de manera intermitente.

—Creo que... por fin... lo entiendo... —murmuró, esbozando un intento de sonrisa que se deformó hasta convertirse en una grotesca mueca—. Gracias por todo..., Miranda.

En un abrir y cerrar de ojos, Red hizo girar la pistola sobre su dedo, la presionó bajo su barbilla y se voló la cabeza.

El cuerpo del droide se desplomó sobre el suelo de la sala como un enorme pedazo de plomo.

—¡NO! —exclamó Miranda, corriendo hasta él y arrodillándose a su lado. Zarandeó sus hombros como si se tratara de un ser vivo al que pudiera despertar—. ¡RED, NO!

Suki salió corriendo en su dirección y se arrodilló junto a ella. Miranda aprovechó para abrazarla y dejar que se derramasen algunas lágrimas más.

Hugo apartó la vista. Notaba cómo sus mejillas también se empañaban conforme su llanto se unía al de las chicas.

El inconfundible ruido de disparos al otro lado de la puerta les hizo reaccionar. Hugo se puso en pie al momento. Suki corrió hasta la puerta y la bloqueó desde dentro. Miranda giró con dulzura el cuello de Red y extrajo de su nuca el núcleo, empapado de un aceite verdoso. Después, se aproximó al droide y besó su frente, todavía con lágrimas resbalándole por las mejillas. Acto seguido, recogió las armas del suelo y volcó la mesa del tribunal para usarla de cobertura. Allí debajo encontró a Kerser y Yale, escondidos y temblando como cucarachas.

—¡Suki, a cubierto! —exclamó.

Hugo consultó la pantalla. El mensaje del Arquitecto llevaba varios minutos circulando y lo que estaba ocurriendo le hizo dar un salto.

—¡Chicas! ¡La gente está viendo el vídeo! ¡Lo están compartiendo y... el número de usuarios de Dreamland está bajando exponencialmente!

—¿Qué? —preguntó Suki, que corrió a esconderse de la línea de fuego junto a Hugo para poder ver el terminal.

—Mira estos datos. ¡Qué barbaridad!

Los ojos de Suki se iluminaron mientras contemplaba la pantalla.

—¿Todavía tienes la clave de acceso de Uma Sharma? —preguntó.

—Sí. ¿Por qué?

Suki se giró hacia él.

—Porque desde que hemos hablado con mi padre llevo pensando todo el tiempo que, si hay alguien que puede acceder al servidor del Sueño, es ella.

Hugo quería preguntarle quién era su padre, pero la cuestión que estaba planteando eclipsó aquella duda.

—¿Qué estás sugiriendo? —preguntó, aunque ya lo sabía.

—Despertémosles —susurró Suki, con una sonrisa de oreja a oreja—. Despertemos a todos antes de que puedan trocearlos.

Varios disparos atravesaron la puerta y cruzaron la sala. Todos agacharon la cabeza por instinto. Los droides comenzaron a aporrear la puerta, con lo que en cosa de segundos estarían dentro.

—¡¿Qué narices estáis diciendo?! —exclamó Miranda, desde la mesa del tribunal—. ¡Eso es una completa locura!

—¡Lo sé! —dijo la chica—. Tal vez sea tarde para los vuestros, pero Dana podría seguir viva ahí abajo. ¡Y mucha otra gente encerrada sin su consentimiento, como Cena!

Miranda lo meditó por un segundo. Llevó la vista hacia Hugo.

—¿Podrías hacerlo? —preguntó.

Otro porrazo. La puerta comenzaba a ceder.

—Puedo intentarlo —dijo Hugo, lanzándose a por el teclado.

La cabeza le iba a mil por ahora. ¿Qué narices estaban haciendo?

No lo tenía muy claro, pero algo de lo que sí estaba seguro era que de verdad estaban siendo valientes y que Aisha y su padre, estuvieran donde estuviesen, estarían observándolo con orgullo.

—¡Atentos, ya vienen! —exclamó Miranda, preparándose para comenzar con los disparos de cobertura—. ¡Agachaos!

Y, en cosa de segundos, pasaron dos cosas muy importantes.

La primera, que la puerta acristalada que les separaba de diez droides armados se desprendió de su eje, cayendo al suelo y haciéndose añicos.

La segunda, que Hugo encontró el comando correcto para traer de vuelta a los usuarios del servidor oculto y veinte millones de personas despertaron al unísono en las Cámaras de Almacenaje de cada rincón del Estado.

24

{{TÍTULO NO ENCONTRADO}}
ERRORDELSISTEMAINICIANDOPROTOCOLO
DE CONTENCIÓN 459.23 ERROR DEL
SISTEMA INICIANDO PROTOCOLO DE
CONTENCIÓN 459.23 ERROR DEL SISTEMA
INICIANDO PROTOCOLO DE CONTENCIÓN
459.23 ERROR DEL SISTEMA INICIANDO
PROTOCOLO DE CONTENCIÓN 459.23
ERROR DEL SISTEMA...

No sabía qué narices debían haber tocado Hugo y Suki, pero los droides se estaban retirando.

Apenas quedaron dos de ellos rezagados, que se encaramaron en la puerta sin preocuparse por cubrirse demasiado mientras abrían fuego hacia el interior de la sala. El terminal con el que estaban trabajando sus amigos cayó al suelo chisporroteando al ser alcanzado en el tiroteo y una bala rozó la mejilla de Miranda mientras salía de su cobertura para disparar. No tenía la puntería de Red, pero pudo acertarles a aquellas dos máquinas e incapacitarlas, haciendo que cayeran desplomadas.

Red.

Miranda sacudió la cabeza. No podía permitirse pensar en él. No ahora.

—¡¿Estáis bien los dos?! —preguntó, estirando el cuello para ver a Hugo y a Suki, que se habían echado cuerpo a tierra y tenían las manos sobre la cabeza.

Suki levantó el pulgar y Miranda se permitió respirar.

Una explosión atravesó el edificio y lo hizo sacudirse de arriba abajo. Miranda apuntó hacia la puerta instintivamente, pero aquello venía desde muy adentro: el estruendo ascendía desde las mismísimas entrañas de Dreamland.

—¡¿Qué es eso?! —preguntó Hugo.

Suki consultó su terminal personal y abrió los ojos como platos.

—Está habiendo altercados en los niveles inferiores.

—Oh, Dios... —dijo Hugo, llevándose las manos al rostro—. ¿Nos hemos cargado la Cámara del Sueño?

Suki negó con la cabeza.

—No. Esa explosión no ha tenido que ver con nosotros. Según parece..., hay varios niveles inferiores incendiados.

—¿Y las personas de la Cámara del Sueño? ¿Están bien?

Suki parpadeó varias veces y alzó la mirada hacia sus amigos.

—Más que bien. Aquí dice que todas las cápsulas de la Cámara del Sueño y de las demás Cámaras de Almacenaje de la Capital, la Meseta y los Confines están abiertas —anunció—. Todos han despertado.

—Pues igual esa explosión sí que ha tenido un poco que ver con nosotros —intervino Miranda.

El gimoteo ahogado del hombre con pinta de profesor les devolvió a la realidad.

—¡Por favor, no me dejéis aquí! —pidió. A su lado, la mujer de pelo blanquecino observaba con fiereza a la agente, pero le temblaba el labio inferior—. Si es verdad toda esa historia del Arquitecto que habéis hecho circular, los Ascendidos van a estar muy cabreados. ¡Nos matarán cuando nos encuentren!

Miranda no quería comenzar a pensar todavía en lo que implicaba que hubiera tantas personas correteando a sus anchas por

Dreamland, pero en algo sí que tenía razón: aquel edificio ya no era seguro para nadie.

La agente se arrodilló y abrió las esposas de ambos prisioneros, quienes se acariciaron las muñecas libres mientras se ponían de pie. Hugo se aproximó al hombre, con rostro compungido.

—Siento mucho lo que ha pasado, señor Kerser. Gracias por haberme respaldado lo que pudo durante la Prueba de Valor.

El profesor Kerser tenía los ojos desorbitados.

—Eso ya no tiene importancia, Hugo. Dios mío. ¡Las acciones tienen consecuencias! ¿O es que no os habéis parado a pensarlo? —Se llevó una mano al rostro, acariciándose el puente de la nariz—. Quizá estemos a tiempo de arreglarlo. Yale, ¿qué protocolo tenéis para…?

Se giró hacia donde hacía unos segundos antes había estado la mujer de cabello blanquecino, pero ya no se encontraba allí. En cosa de un abrir y cerrar de ojos se había esfumado de la sala.

—Ah, típico —rumió Kerser—. Esto es un sálvese-quien-pueda, chicos. Os sugiero que hagáis lo mismo. Marchaos a casa y rezad. Rezad todo lo que sepáis. Va a hacernos falta. —Se giró hacia Hugo por última vez—. Mi hijo está en la Academia.

Hugo asintió, dándole su bendición.

—Váyase. Tenga cuidado.

—Lo mismo vosotros. Y siento lo de tu padre, Hugo. Era un gran hombre.

Dicho lo cual, el señor Kerser desapareció por la puerta.

—¿Qué hacemos con ella? —preguntó Hugo, mirando a la inconsciente Uma Sharma—. Fijo que se la meriendan si la dejamos aquí.

—Avisaré de que está en esta sala —dijo Suki, adentrándose de nuevo en el menú de su terminal—. Alguien vendrá a por ella.

Hugo hizo un silencio.

—¿Es necesario hacer eso?

Miranda se acercó, pistola en mano, hasta el alféizar. Cubriéndose con la pared, sacó su cuerpo de aquella sala lo suficiente para ver qué se encontraba al otro lado. No había ni un alma a ambos lados de aquel angosto pasillo.

—Nos vamos —anunció

Suki y Hugo asintieron, poniéndose en marcha. Pasaron al otro lado de la puerta y esperaron con paciencia mientras Miranda se acercaba al cuerpo de Red. Notaba los ojos de sus amigos pegados a la nuca, pero le daba igual.

Se acuclilló y cogió la munición del cinto del droide.

—Tengo que sacarles de aquí —le dijo. Los ojos de Red, abiertos como platos, estaban clavados en el techo con una curiosa expresión similar a la sorpresa—. Pero una vez termine todo esto volveré a por ti. —Se llevó la mano al bolsillo de la cazadora donde había guardado su núcleo y le dio un par de toquecitos—. Te lo prometo, Red.

—Miranda… —murmuró Hugo con impaciencia. Se escuchaban voces provenientes de alguna sala no muy lejana.

Miranda le lanzó un último vistazo a Red. Odiaba dejarle ahí, tendido en el suelo con un tiro en la cabeza y pareciendo que formaba parte de un escuadrón cualquiera de robots descerebrados. Odiaba tener que decirle adiós, pero una promesa era una promesa y Miranda iba a cumplirla.

Suki les condujo a través del pasillo. La chica dijo que los ascensores no eran seguros, ya que podría irse la luz en cualquier momento y quedarían atrapados. Estaban en un piso cincuenta y dos, por lo que les esperaba un largo descenso hasta la salida por la escalera de incendios. Tuvieron que tomárselo con toda la filosofía posible para no entrar en pánico mientras escuchaban distintos tipos de voces, disparos y gritos conforme descendían. Llegados a un punto, un escuadrón de tres droides apareció en la puerta del piso veintiséis mientras bajaban al trote, pero Miranda se encontraba encabezando la marcha y pudo dejarles inoperativos antes de que se dieran cuenta de lo que estaba pasando.

—Es extraño: todos estos pisos están siempre llenos de droides de seguridad y apenas nos hemos cruzado con unos pocos

—comentó Suki—. Deben estar todos cerca de la Cámara del Sueño, intentando controlar a la muchedumbre.

—Y no parece estar saliendo bien o ya tendrían todo esto bajo control —aseguró Hugo.

—Eso respalda en parte tu teoría, Suki —dijo Miranda como pudo, mientras corrían escaleras abajo—. Si están ofreciendo ese nivel de resistencia, es porque quizá sí que hayan estado preparándose para pelear.

—Me encantaría escuchar esa teoría sobre un ejército de muertos vivientes —confesó Hugo—, pero creo que será mejor hablar de ello en un momento en el que podamos respirar.

Siguieron descendiendo sin muchos más sustos hasta que, por fin y tras varios minutos de correr sin apenas aliento, llegaron a la planta baja del edificio. Suki volvió a encabezar la marcha, guiándoles a través de varios pasillos. Empezaba a correr el aire; señal de que estaban cerca de la salida.

—¡Por aquí! —exclamó Suki, señalando un recodo.

Miranda y Hugo se adelantaron, llegando primeros a lo que sin duda era uno de los corredores que llevaban al amplio *hall* del edificio.

—Por fin —murmuró Miranda, pero al darse la vuelta vio que Suki se había detenido.

La chica estaba tecleando algo en un cuadro de mandos anclado a la pared. Cuando Miranda quiso darse cuenta de lo que estaba haciendo, ya no había vuelta atrás: una enorme cristalera de seguridad brotó del techo, creando una barrera transparente entre Suki y ellos dos.

—¡Suki! —exclamó Miranda, mientras corría de vuelta hacia ella. Hugo la siguió y ambos comenzaron a aporrear el cristal, que parecía tener un grosor de unos quince centímetros—. ¡¿Qué estás haciendo?!

La chica retrocedió varios pasos y los observó con una mueca triste en el rostro.

—Lo siento mucho, chicos. Pero no puedo ir con vosotros.

—Pero ¡¿qué dices?! —exclamó Hugo, golpeando la barrera todavía con más fuerza.

Suki negó con la cabeza.

—Es inútil, Hugo. Este muro está diseñado para resistir ataques terroristas. No lo derribaríais ni gastando todas las balas.

Miranda colocó una mano sobre el cristal.

—Suki, por favor —rogó, pero ya sabía que convencerla sería imposible.

Ella negó con la cabeza.

—Aquí hay gente que conozco. Dana... podría estar viva.

Hugo dio un respingo.

—¡Pues déjanos ayudarte a buscarla! ¡Entre los tres la encontraremos! ¡Y Miranda sabe disparar de la leche!

Suki extrajo su terminal portátil y aprovechó la proximidad de Miranda para escanear la palma de su mano. Tecleaba con fiereza con la vista clavada en la pantalla.

—No, es demasiado arriesgado. Y déjame que te recuerde que yo también sé disparar, Hugo. Conozco este sitio. Sabré defenderme. —Levantó la mirada hacia la agente cuando hubo terminado la gestión—. Acabo de darte acceso al Tanque, Miranda. Está donde lo dejamos al volver del Exterior, a un par de manzanas de aquí. Úsalo para poner a Hugo a salvo.

—No —gruñó Miranda, pero antes de que pudiera continuar, Suki la interrumpió.

—Miranda, podemos quedarnos aquí discutiendo sobre mí o puedes salvar una vida esta noche. Tú decides.

La agente de policía apretó la mandíbula. Suki sabía dónde tocar: Red había caído, y ahora parecía imposible llegar hasta ella, que estaba decidida a adentrarse en la boca del lobo sola y desarmada. La única forma de hacer que todo aquello valiera la pena era consiguiendo que Hugo saliera ileso de allí.

—Iremos a por el Tanque y lo traeremos aquí —aseguró, señalando a Suki a través del cristal tal y como si estuviera amenazándola—. Os esperaremos a ti y a Dana.

—¡Eso es! —asintió Hugo—. O nos vamos todos, o aquí no se marcha nadie.

Suki lo meditó por un segundo, pero acabó asintiendo con la cabeza.

—Me parece bien —dijo, sonriéndoles a ambos por última vez—. Cuidaos ahí fuera.

Y, tras aquellas últimas palabras, retrocedió hacia el interior del pasillo y se perdió al girar el recodo. A Miranda se le aceleró el corazón al escuchar varios disparos más allá, al otro lado de las paredes, pero se esforzó por calmarse.

«Tranquila, no le han dado a ella —se dijo—. Esos disparos suenan mucho más lejanos».

Se giró hacia Hugo, que seguía pegado al cristal con la misma cara de espanto que ella.

—Vamos —dijo, tirando de él.

En el *hall* se cruzaron con varios grupos de trabajadores que llegaban desde otros pasillos, escaleras de emergencia y algunos de los pocos ascensores que no se habían estropeado. Pero el momento demoledor llegó cuando traspasaron las puertas acristaladas de la entrada y la realidad les recibió como un cruel y amargo aluvión.

Las calles estaban repletas de gente. En la Capital, las calles siempre estaban muy concurridas hasta que se cerraba el suministro de oxígeno. Era lo normal cualquier día a cualquier hora del año en la principal ciudad del Estado. Lo que no era normal era lo que estaba pasando ese día: las calles se habían convertido en un terreno directamente intransitable.

Las personas estaban amontonadas en un enorme mar de gente que se extendía mucho más allá de lo que la vista alcanzaba a ver. Algunos de ellos llevaban pancartas y protestaban a gritos por la gran verdad que acababan de conocer sobre su ya no tan amado Estado. Otros, trabajadores de Dreamland o de otros edificios de la zona, intentaban abrirse paso para regresar a sus hogares. Los había que llevaban bolsas de compra, lo más seguro porque regresaban a sus casas de algún supermercado cuando habían sido arrollados por la muchedumbre enfurecida. Aunque los que más destacaban de todos ellos, sin lugar a dudas, eran el enorme grupo de personas desnudas cuyas vergüenzas apenas se disimulaban con una especie de poncho de plástico y sus cuellos estaban adornados por un tatuaje con el símbolo de la Ascensión y algún tipo de código de letras y números. Ellos eran, desde luego, los más confundidos e iracundos de todo el personal.

—¡Esto está colapsado, Miranda! —exclamó Hugo para hacerse escuchar entre la multitud—. ¡Va a ser imposible que lleguemos hasta el Tanque!

—¡Y una mierda! —gritó la agente, agarrando a Hugo de la mano mientras se adentraba en el tumulto.

Cada paso que daban tenía que ganarse con esfuerzo, deslizándose a través de los cuerpos sudorosos de todas aquellas personas igual de ansiosas por avanzar que ellos y defendiendo el poco terreno conquistado a empujones para evitar retroceder. Hugo se agarraba a su mano y empujaba hacia donde Miranda tiraba de él hasta que, de pronto, comenzaron los disparos.

La muchedumbre ya no estaba solo enfadada; también asustada. Todos querían correr a esconderse en cualquier madriguera, pero no había posibilidad de huir a ningún sitio. Los empujones que se habían dado hasta entonces aumentaron en frecuencia e intensidad, y de pronto la mano de Hugo había desaparecido.

—¡Miranda! ¡Miranda! —escuchaba en algún lugar.

—¡HUGO! —exclamó, intentando retroceder hacia donde lo había perdido.

Los disparos se escucharon más cercanos esta vez.

—¡Que vienen los droides! —exclamó una voz por encima de todas las demás.

Y entonces fue cuando comenzó a cundir el pánico. Varios gritos de personas se sucedieron y Miranda vio muchos cuerpos lanzándose en su dirección. Algunos de ellos trepaban por encima de la gente para huir. Otros caían al suelo abatidos. Miranda no supo cómo, pero aquella barrera de gente fue disminuyendo hasta que pudo ver varios cuerpos tendidos en tierra. Todos ellos estaban muertos: algunos habían sido abatidos a tiros, otros habían debido morir por aplastamiento.

Los droides disparaban, pero Miranda pudo cubrirse con una montaña de personas mientras devolvía los tiros.

—¡¡Hugo!! —volvió a llamar.

—¡Aquí! —respondió él.

Miranda siguió su voz. Estaba a dos metros, tendido en el suelo. Se había quedado lívido. Cuando Miranda se arrastró en su dirección, vio que la tibia sobresalía de su pierna izquierda.

—¡Me han aplastado! —bramó Hugo—. ¡Me he caído al suelo y les ha dado igual! ¡Me han pisado la pierna y...! ¡Agh!

—¡Mierda! —exclamó Miranda.

Abatió enseguida a dos de los droides que estaban más cercanos y cargó con Hugo pasándose su brazo por encima de los hombros.

—¡Vamos!

Aprovechando que la calle estaba algo más vacía, siguieron avanzado mientras esquivaban a la gente. Miranda arrastró a un Hugo que no podía evitar llorar del dolor hacia un enorme supermercado que tenían a apenas unos diez metros, rezando para que no les alcanzara ninguna bala perdida.

Dentro del comercio las cosas no estaban mucho mejor. La gente corría en todas direcciones, arrasando con los paneles de artículos caseros y llevándose los mejores pedazos de carne.

Miranda arrastró a Hugo hacia el interior. Iban dejando un reguero de sangre a su paso.

—Miranda, tienes que dejarme —dijo el chico a trompicones—. No voy a poder andar hasta el Tanque.

—No —reconoció Miranda—. Pero vas a estar a salvo, ¿me oyes?

La agente arrastró a Hugo hasta uno de los enormes surtidores de pastillas, donde kilos y kilos de producto se acumulaban en una vitrina de cerca de dos metros de ancho por uno y medio de largo. Miranda cargó con Hugo en brazos y lo colocó dentro de aquella piscina de pastillas. Entre ambos ocultaron su cuerpo, teniendo especial cuidado con la pierna herida.

Cuando Miranda estuvo satisfecha por lo tapado que se encontraba Hugo, buscó su mano y le colocó la pistola.

—Es muy fácil de usar. Apuntas y aprietas el gatillo.

—Miranda, tú necesitas esto mucho más que yo —protestó el chico.

—No —negó ella, apretando todavía más la mano de Hugo sobre la pistola. Notaba un nudo en la garganta—. Tienes que defenderte, ¿me oyes? No creo que los droides entren aquí, pero si se te acerca cualquiera que quiera hacerte daño tienes que disparar. Apunta al pecho. Aquí —dijo, conduciendo el cañón de la pistola hacia la altura de su propio corazón, todavía sin soltar la mano de Hugo—. Si intentas dar a la cabeza podrías fallar. Esta zona tiene mucho más espacio para que aciertes y, como mínimo, les dejarás bien jodidos.

Hugo la observaba como si en realidad no la estuviera escuchando. Tenía los ojos empañados.

—Eres lo mejor que me ha pasado nunca, Miranda —confesó. El labio le temblaba.

—Hugo… —empezó ella.

—Solo quería que lo supieras.

No era el momento. Miranda no podía permitirse pensar en lo que significaban aquellas palabras. Ni en que estaba abandonándole. Como había hecho con Suki. Y con Red. No podía permitírselo. Al igual que Hugo no podía permitirse flaquear.

Alargó el brazo hasta acariciar su rostro mientras le sujetaba de la mejilla.

—Hugo, voy a volver a por ti —le aseguró—. Y, cuando estemos en el Tanque, podrás decirme lo mucho que te mola que esté siempre salvándote el culo.

Aquello hizo sonreír al chico.

—Gracias, Miranda. Ten cuidado.

La agente se despidió con un rápido asentimiento de cabeza y en pocos pasos regresó a la calle.

Fuera la situación se había calmado un poco. Los droides habían dejado de abrir fuego a todo lo que se movía y solo abatían a los que intentaban agredirles abiertamente. Miranda circuló empleando otros cuerpos, contenedores de basura o vehículos como cobertura hasta que se vio de nuevo arrastrada por una muchedumbre que huía de la zona.

La buena noticia era que se aproximaban a donde Suki había dejado el Tanque. Ya lo veía, a lo lejos. Estaba a quince metros. Diez.

La mala noticia era que se desplazaban demasiado deprisa, de modo que Miranda no pudo salir de aquella marea de gente y se vio arrastrada varios metros más allá del armatoste. Aquellas personas, por la razón que fuera, se dirigían hacia la frontera. Algunos de ellos llevaban trajes de supervivencia cargados de varias bombonas de oxígeno, pero muchos otros iban solo con lo puesto.

Esta vez fueron los guardias de la frontera los que abrieron fuego en dirección de los recién llegados. Miranda cometió el fatal error de encogerse por el ruido y recibió un golpetazo en la nariz con la bombona de un hombre que se había asustado tanto como ella.

La agente cayó al suelo. Se llevó un par de dedos a los agujeros de la nariz y al apartarlos se los encontró embadurnados de sangre. A pesar de tener la vista nublada, notó cómo varios pares de pies pasaban por encima de ella sin ningún tipo de pudor chafándole las manos, los brazos, la espinilla. Un pisotón detrás de otro, sin parar, aturdiéndola cada vez más. Movió el cuello. Entre las sombras que danzaban de un lado a otro veía el Tanque. Quizá podría arrastrarse hasta él. Intentó rotar sobre sí misma y avanzar desde el suelo, pero alguien la aplastó pisándole la espalda.

Entonces pasó algo que nadie vio venir: un enorme relámpago cruzó el cielo.

Solo que no era un relámpago en realidad.

Se dio la vuelta, quedando con la espalda pegada al asfalto y la mirada puesta en el cielo. Era precioso. Sobre todo porque no era de aquel tono blanco perlado de siempre. No, nada de eso.

Era rosado. De aquel mismo color que había bañado el firmamento el día en que viajaron al Exterior por primera vez.

Miranda dio un inevitable respingo cuando se dio cuenta de lo que aquello significaba: la enorme cúpula que protegía la Capital había desaparecido.

En cuestión de segundos, todo aquel que estuviera en la calle moriría ahogado o achicharrado.

—¡AYUDA! —gritó Miranda, pero era imposible hacerse escuchar por encima de los llantos de los demás.

Seguían aplastándola. Antes de que pudiera quedarse sin oxígeno, Miranda ya había perdido el conocimiento.

25

Miranda abrió despacio los ojos.

Todo estaba bastante oscuro, pero pudo distinguir un techo no demasiado alto por encima de su cabeza.

Parpadeó, como animándose a sí misma a volver a la tierra de los vivos. Porque, al fin y al cabo, parecía que no había muerto todavía.

Cada músculo de su cuerpo dolía. Comenzó moviendo los brazos poco a poco, llevándose una mano hasta la frente ardiente. Le pareció que notaba un leve escozor y se sorprendió al comprobar que tenía una nueva cicatriz bajo su oreja izquierda, más o menos a la altura de donde, en teoría, debería hallarse su Memoria. No tuvo que intentar conectarse a Dreamland para saber que ya nunca podría volver a hacerlo: notaba a la perfección su ausencia. Aquello hacía que respirar fuera más complicado, pero por lo menos tenía pleno control sobre sus piernas.

A duras penas consiguió incorporarse. Estaba en una especie de sala. No, una pequeña habitación, más bien. Era bastante destartalada y apenas cabía la cama sobre la que estaba recostada, una pequeña mesita y un par de pilas de papeles, archivos y terminales de varios tamaños apilados en apenas unos pocos metros cuadrados. La única luz la daba una pequeña vela a la que le quedaban dos dedos de cera para consumirse.

Entendió por fin dónde se encontraba: era una habitación secreta. Más de una vez, en alguna redada, habían dado con domicilios en los que, tras algún aparador o armario aparentemente inamovible, se encontraba una pequeña salita donde se cometían toda clase de fechorías. Fabricación ilegal de ácidos, comercio de inyectables... A cada cual tenía un negocio más ingenioso que el anterior con el que ganarse algunos créditos extra. Miranda estiró el cuello para observar qué era lo que escondían allí y le pareció que no se trataba más que de algún tipo de comercio de información y terminales robados. Nada demasiado sorprendente.

Algo se movió al otro lado de la pared —el mueble que alguien debía estar apartando— y la pequeña portezuela se abrió hacia dentro. Miranda entrecerró los ojos para intentar distinguir a la figura que se asomaba portando consigo una bandeja de comida. No pudo evitar abrir los ojos como platos al reconocer el cabello cobrizo de la madre de Lizzy.

—¡Señora Schwartz! —exclamó Miranda, mientras esta se arrodillaba.

—Por favor, llámame Eva —pidió. La luz de la vela se reflejaba en su pierna mecánica.

—Eva... —murmuró Miranda, mientras se hacía al nombre. Un montón de preguntas se amontonaban en su cabeza, pero al fin y al cabo no dejaba de ser una policía—. ¿Eso son terminales robados?

Eva sonrió.

—¿Es así como quieres comenzar la conversación? —preguntó—. Sí, lo son. Mi marido, Jax, los roba en el trabajo cuando nadie mira. Está haciendo más horas para poder justificar que estemos ganando más dinero gracias a nuestros compradores. Los documentos son cosa mía: los saco de Dreamland. Trabajo allí, aunque como limpiadora. Nada que nos pueda acarrear muchos lujos o títulos, pero sí lo suficiente cerca de todo lo interesante.

Miranda iba a preguntar quiénes eran sus compradores, pero un pinchazo tras la oreja la hizo encogerse.

—Sí, ten cuidado —dijo Eva—. Tu herida es bastante reciente. Jax es buen técnico, pero no deja de ser un electricista. Es un poco manazas. Si hubiera manipulado mejor la Memoria cuando se la insertamos a Lizzy, lo más seguro es que no hubiéramos tenido aquel encontronazo con tu droide. Aunque da por hecho que aquel día aprendimos la lección. —Suspiró. Miranda tuvo que callarse que, gracias a la torpeza de Jax, la hija de ambos estaba viva—. Puede que te deje cicatriz.

—¿Por qué me habéis quitado mi Memoria?

—No querrás que te encuentren, ¿verdad?

Todavía no se había parado a pensar en ello, pero Eva tenía razón. Lo más seguro era que, en aquel momento, se hubiera convertido en una de las más buscadas del Estado. Tanto ella como...

Miranda dio un respingo.

—¡Hugo! ¡Suki! —exclamó, girándose rápido hacia Eva para interrogarla con la mirada.

Ella negó con la cabeza.

—Solo estabas tú cuando te encontré —comenzó a explicar—. Estaba trabajando cuando llegó el mensaje. Lo viste, ¿verdad? Todo aquello de la carne —preguntó, sin darle margen para responder. Era una suerte que en aquella grabación no aparecieran ni Hugo, ni Suki, ni ella; lo que menos le apetecía era que la relacionaran con el suceso—. Estuvimos comentándolo varias compañeras hasta que de pronto saltó una alarma. Nos quedamos estupefactas al enterarnos de que se había abierto la Cámara del Sueño.

»Todos los trabajadores fuimos desalojados, pero la calle no era mejor alternativa. La gente estaba demasiado enturbiada como para pensar con claridad. Y entonces cayó la Cúpula. —Miranda se irguió, escuchando con atención lo que venía a continuación—.

Aquello se convirtió en un absoluto descontrol. Las personas se derribaban unas a otras con tal de llegar a algún lugar seguro. Yo le arrebaté una bombona de oxígeno a una que había muerto acribillada a balazos.

»Y entonces fue cuanto te vi: inconsciente, tumbada de cara al cielo. —Eva se encogió de hombros—. Te saqué de allí y te arrastré hasta mi deslizador. Bendita suerte que el *parking* estuviera justo al lado. Pudimos llegar a tiempo; el sol estaba ya muy bajo y las quemaduras que nos salieron a ambas fueron muy leves. Te las he estado curando con bandas de gel mientras te recuperabas.

—¿Por qué? ¿Por qué lo hiciste?

—Tú nos salvaste a nosotros una vez. Era justo que te devolviéramos el favor.

Miranda apartó la vista. No tenía del todo claro que se mereciera aquello.

—¿No se sabe quién ha causado el alboroto?

Eva negó con la cabeza.

—Si el Estado o Dreamland lo saben, no han lanzado ningún comunicado al respecto desde que ocurrió. Pero, si me preguntas a mí, yo diría que ha sido cosa de los Desechos.

—¿Los Desechos?

—No todo el mundo está de acuerdo con las decisiones que toma el Estado. Aquellos que luchan en la sombra se hacen llamar los Desechos. Nosotros… les vendemos algunas cosas.

Miranda alzó una ceja.

—¿Cuánto tiempo hace de esto?

—Una semana.

—¡¿Una semana?!

Eva asintió.

—Estuviste en estado crítico varios días. Temíamos por tu vida. Por suerte, has logrado salir adelante.

Una semana. Hugo ya debería haberse desangrado y Suki ya habría sido ejecutada por los droides.

—Tengo que salir de aquí.

Intentó ponerse de pie, pero todo su cuerpo le llevó la contraria. Cada movimiento era terrible y apenas pudo incorporarse un poco más.

—Necesitas descansar —le recomendó Eva—. Y, aunque quisieras salir de aquí, no creo que sea buena idea.

—¿Y eso por qué?

Eva suspiró.

—Por dos motivos: el primero, que toda la Capital está en cuarentena. Está prohibido salir a la calle salvo para algunos trabajadores, que están obligados a acudir a sus puestos. Está habiendo repartos racionados de comida a domicilio. La excusa que han puesto es que todavía están limpiando las calles de cuerpos, pero yo creo que es porque así es la mejor forma que tienen de mantenernos a todos controlados.

—¿Cuántos han muerto?

Eva negó con la cabeza, pero Miranda insistió de todas formas.

—¿Cuántos han muerto, Eva?

La mujer agachó la cabeza para contestar.

—No han salido todavía las cifras oficiales, pero se calcula que cerca de dos mil millones de personas entre la Capital, la Meseta y los Confines.

Miranda se hundió en el cojín. Eva siguió explicando.

—Allí también cayeron las Cúpulas. Han dicho que debió ser por culpa del fallo informático generalizado que hizo abrirse la Cámara del Sueño.

Miranda no lo tenía tan claro, pero no se veía capaz de entrar en detalles.

—¿Y el segundo motivo para no salir?

Eva se mordió el interior de la mejilla.

—Están empezando a salir bastantes historias muy... perturbadoras acerca de la Cámara del Sueño. Y se habla también de otras Cámaras. Algunos Ascendidos han podido pronunciarse antes de ser abatidos.

—Espera, ¿los están persiguiendo?

Eva asintió.

—Todos los Ascendidos están en búsqueda y captura. Por eso te digo que no me creo que la cuarentena se deba solo a que estén limpiando las calles.

Así que así estaban las cosas. Todo aquello que habían vivido, todas esas muertes, Suki y Hugo fuera del mapa... para nada.

—¿Qué tiene eso que ver conmigo?

Eva apretó los labios. Estaba claro que no sabía cómo pronunciar aquello.

—Tu cara sale en los informativos, Miranda. Estás entre los más buscados. No sé qué habrás hecho, pero te han marcado. Están removiendo todas las piedras posibles para dar contigo.

—¿Y los chicos que estaban conmigo cuando vinimos a ver a Lizzy? El rubio y la chica de ojos rasgados. ¿Aparecen también? ¿Les están buscando?

Eva se encogió de hombros.

—No lo sé, Miranda. Apenas les recuerdo y hay... miles de millones de caras. Además, están emitiendo órdenes de búsqueda por cuadrantes. Quizá ni siquiera están en el nuestro.

A Miranda se le aceleró el pulso.

—Entonces, tengo que irme. No es seguro para vosotros que me quede aquí. Si me cogieran escondida en vuestra casa, Jax, Lizzy y tú...

Eva negó con la cabeza.

—No te preocupes. Lo tenemos controlado.

Eva rebuscó bajo su camisón y le mostró una Memoria, que iba colgando de su cuello como un collar estrafalario. Miranda se fijó en que Eva también tenía una segunda cicatriz reciente debajo de su oreja izquierda.

—Después de lo que pasó con Lizzy, decidimos cortar nuestra conexión con Dreamland —explicó—, pero Jax ha configurado nuestras Memorias para que parezca que seguimos conectados a la red. Así estamos a salvo de *ellos* sin que sepan que ya no somos favorables a su régimen. No darán contigo a través de nosotros.

Y los droides son demasiado tontos como para pensar que puedas estar escondida en el fondo de un armario.

Miranda suspiró. Aquello no parecía nada seguro, pero, si Eva tenía tanta confianza en sí misma y en su marido, era porque aquello se trataba de un riesgo calculado.

—No sé qué decir.

—No digas nada. Limítate a descansar. Y come un poco. Debes tener hambre.

Lo cierto era que el estómago le rugía. Se lanzó como un ave rapaz sobre la bandeja, devorando la ración de sopa de trigo con un hambre voraz. Una vez hubo terminado, Eva sonrió, se despidió dándole las buenas noches y la dejó sola.

Miranda se volvió a tumbar, despacio. Llevó la mano a su bolsillo y se alegró de notar que el núcleo de Red seguía ahí. Aún llevaba la misma ropa de hacía una semana, así que la próxima vez que Eva le visitase le pediría una muda limpia. Y le haría muchas más preguntas sobre cómo estaba todo ahí fuera. Sin embargo, solo era capaz de pensar una cosa por el momento: había perdido a sus tres compañeros en aquella locura. Sus amigos. Había jurado protegerles y se le habían escapado de entre los dedos uno a uno, sin poder hacer otra cosa.

Pero algo le había enseñado la experiencia y era que, si quería que las cosas salieran de una determinada manera, tenía que ser ella la que las pusiera en práctica.

Cerró los ojos, mentalizándose.

Hugo estaba vivo y a salvo. Tenía que ser así.

Suki también. Había encontrado a Dana y estaban las dos escondidas en algún lugar seguro.

Red estaba desconectado, pero, si su núcleo todavía funcionaba, podría traerlo de vuelta.

Muchas vidas se habían perdido en muy poco tiempo, pero en su mano estaba encontrar a aquellos a los que más quería y salvarles de la ejecución.

Y que todo el Estado se echase a temblar como alguien intentara impedírselo.

Zeke se colocó sobre la lengua la tableta de ácido y esperó, impaciente, a que hiciera efecto.

Vaya situación. Vaya desastre. Vaya ridiculez estaban haciendo Dreamland, el Estado y todos los altos cargos que trabajaban para ellos. Incluso para él, un miembro activo de la Brigada Oscura, resultaba bochornoso pensar en cómo se habían desarrollado los acontecimientos. Ni el Estado ni Dreamland habían dado explicaciones sobre por qué habían caído las Cúpulas ni tampoco parecía que fueran a hacerlo. Ni siquiera a aquellos como Zeke, que trabajaban directamente bajo su mandato.

El chico suspiró echándose el largo cabello negruzco hacia atrás para apartarlo de la cetrina piel de su rostro. Se dedicó a observar sus facciones cuadrangulares y el espesor de sus cejas en el reflejo de la pulida superficie de su mesa mientras notaba cómo el ácido comenzaba a afectarle. ¿Qué hora sería?

Un suave bufido llegó de su izquierda. Se dio la vuelta para contemplar los tubos de aire presurizado. Zeke esperó con paciencia, apostando consigo mismo cuál sería el que traería su próximo encargo. El tubo de color morado fluorescente fue el que dejó caer un buen manojo de papeles sobre la bandeja. Zeke recogió el expediente, cuya carpeta era del mismo color que el tubo del que acababa de brotar. La dejó sobre la mesa y contempló su alias escrito sobre la portada de la misma.

AGENTE Z

—Ese soy yo —murmuró el chico, dejando salir una risa ronca después. Sin duda, cosa del ácido. Pero, en el momento en el que abrió la carpeta, tuvo que frotarse varias veces los ojos para asegurarse de que lo que tenía delante no era una alucinación.

Miranda Rodríguez. Su expediente venía acompañado de una fotografía de la chica con el uniforme de la Policía de la Capital. Su pelo estaba recogido en una coleta y su mirada era mucho más adulta de lo que Zeke recordaba.

Un enorme estampado de tinta rojizo cruzaba su expediente:

ASCENDIDA

Zeke sonrió. Se relamió al pensar que le hubieran dado ese rango de forma tan abrupta. Sabía por los informativos que Miranda había sido una chica muy mala, pero no esperaba que fueran a ordenar a la Brigada Oscura su ejecución. Aquello iba muchísimo más allá de sus expectativas para aquella lúgubre tarde.

Retiró el expediente de Miranda y encontró dos más dentro de la carpeta. Se trataban de un chico paliducho con el pelo hecho un desastre y una joven de ojos rasgados con pinta de ser algo petulante. Zeke los reconoció de los informativos. Ambos tenían también el estampado de la Ascensión, lo que colocaba a aquellos tres infelices como objetivos de máxima prioridad.

Zeke entrecruzó los pies sobre la mesa y se repantigó en el asiento mientras contemplaba el expediente de Miranda. Su gabardina oscura colgaba hasta tocar el suelo, pero el joven estaba absorto en toda aquella información.

Muy bien. Pues así sería. Tan pronto como cayera la noche, la cacería habría empezado.

Y Zeke estaba ansioso por volver a jugar al gato y al ratón.

Era la quinta vez que sonaba *Sunflower*, de Post Malone y Swae Lee, aquella noche. Aunque, claro..., en el espacio siempre era de noche, así que usaba el horario de la Tierra para poder seguir una rutina aceptable y ponerle nombre a las horas que pasaba navegando aquella oscuridad infinita.

La chica que se encontraba surcando el firmamento era incapaz de apreciar en aquel momento los suaves destellos de las estrellas. Tenía los ojos cerrados y meditaba en silencio. Su cuerpo flotaba alrededor de la nave de seis metros cuadrados que se había convertido en su hogar desde que había cumplido los dieciocho. En ese momento, cinco años después, su familia solo podría reconocerla por su característico cabello afro, que siempre anudaba en gruesas trenzas. Su oscuro rostro había adquirido una complexión propia de una adulta a pesar de la enorme pérdida de peso que había sufrido. También se había dejado crecer las cejas y, en general, su forma de mirar era muy diferente a la que sus seres queridos debían recordar. Mucho más analítica y desconfiada, por lo menos.

Un piloto de la nave parpadeó. La joven abrió un ojo para ver de cuál se trataba y casi le dio un infarto al ver que era el de color verde.

Se impulsó hasta la mesa de mandos, flotando a través de la nave hasta llegar a ella.

—¡Ordenador! —bramó.

La enorme esfera de luz parpadeó.

—¿Sí, mi capitana? —Así era como había pedido a aquella máquina que se le dirigiera.

—Cuéntame qué hemos encontrado.

—Los escáneres confirman que estamos próximas a la órbita de... dos planetas con características que los señalan como habitables.

—Empieza el análisis —ordenó con tono decidido—. Esperemos tener más suerte esta vez.

—Analizando —confirmó el ordenador—. Planeta BD14-32400d. Comenzando el análisis de compatibilidad.

Ante sus ojos apareció una enorme barra que comenzó a moverse de izquierda a derecha. En ella estaba marcado el porcentaje mínimo al que debía llegar cualquier planeta analizado: un 87,3 %. El BD14-32400d se detuvo en el 66,2.

—Planeta BD14-32400d: no compatible —anunció el ordenador.

No es que le quedase demasiada esperanza; esa había sido su tarea desde que había despertado en aquella cápsula espacial y hasta el momento ningún planeta había traspasado el umbral. Muchas veces se había planteado la posibilidad de ignorar el piloto verde y pasar de largo, solo por llevarle la contraria al Estado. Sin embargo, ¿qué otra cosa iba a poder hacer allá arriba? Aquellos cinco minutos de escáneres y dudas eran lo más interesante que podría pasarle en las próximas semanas.

—Ve a por el siguiente.

—Planeta BD14-32400e. Comenzando análisis —anunció la máquina.

El escáner volvió a aparecer en pantalla. El número pasó el 66,2 del anterior planeta. Y seguía subiendo. 73,1. 77,5. 80...

Contra todo pronóstico, la aguja se detuvo en nada más y nada menos que en el 89,05 %.

—Planeta compatible con la vida humana... encontrado —anunció el ordenador.

La chica tuvo que agarrarse al cuadro de mandos para no desmayarse.

—No puede ser... —musitó, pegando la nariz a la pantalla.

—BD14-32400e presenta una atmósfera propia con una rica variedad de gases, entre ellos, oxígeno. También dispone de zonas acuáticas y su propia flora y fauna.

No era real. No podía ser. Se notaba el rostro lleno de lágrimas.

—Protocolos de regreso a la Tierra desbloqueados —anunció con alegría la máquina—. Bienvenida de nuevo al Estado, Aisha Molving.

Aisha se pasó las manos por las mejillas para limpiarlas. Notaba cómo le chorreaba la nariz.

—Entonces..., ¿podemos regresar?

—Afirmativo, mi capitana.

No se lo pensó dos veces: se colocó el cinto de seguridad y comenzó a presionar los botones de ignición.

—Ordenador, pon rumbo a la Tierra —ordenó con la voz más alta de lo normal.

—Rumbo a la Tierra... confirmado. Iniciando el lanzamiento.

Aisha sonreía como no lo había hecho en mucho tiempo.

—Qué ganas tengo de ver la cara de Hugo cuando me vea aparecer por la puerta.

Accionó una serie de palancas, se colocó el casco y se acomodó sobre el asiento.

—Prepárate, hermanito. Por fin vuelvo a casa.

AGRADECIMIENTOS

Dreamland nació como un relato breve para un concurso de escritura. Aunque, por supuesto, por aquel entonces no se llamaba Dreamland y no pasaban ni la mitad de las cosas que ocurren aquí. Aun así, la esencia de ese cuento sigue entre estas páginas. Estoy muy feliz de la manera en la que ha germinado, pero no puedo terminar sin antes dedicarle unas palabras a una serie de personas.

Gracias a Héctor, que fue el primero en escuchar esta historia mientras hacíamos aquel viaje por carretera. La primera vez que pones en palabras una idea es la más importante y tú la trataste con mucho cariño y me señalaste cosas muy interesantes que han acabado formando parte de este libro. Eres brillante y te adoro.

Gracias a mis padres, Amparo y José, que siempre me regalan alegrías y que se han convertido en mis lectores cero favoritos. Soy quien soy a día de hoy gracias a vosotros y os admiro mucho. Gracias por haberme inculcado la pasión por los libros desde tan pequeñita.

Gracias también a Sonia, Javi y Mariano, que fueron de las primeras personas a las que les expliqué esta historia en nuestro *pub* de siempre, cerveza en mano. Me hicisteis sentir que era algo que merecía la pena contar y me llenó de ilusión ver cómo empezabais a teorizar sobre una historia que ni siquiera había escrito todavía. Mil gracias por echarle gasolina.

Gracias a Sara, por darle esa chispa tan tuya a mis días y llevar caminando a mi lado más de una década. A mi hermana Rosa, por ser esa fuente de energía caótica que tanto adoro. A Bárbara, que da los mejores abrazos. A Ximo, Cris y Justo; sois geniales.

Gracias a Bea, que tiene un corazón enorme y que ha inspirado muchas más historias de las que recuerdo. Ojalá pudiera abrazarte más a menudo.

Gracias a mis Malvarrachos: Carla y Víctor. Os quiero un montón y adoro leeros. A Marta, porque es imposible no reírse contigo. A Noe, por ser tan increíble. A mi gato Dante, porque lo adoro.

Gracias a mis amigos de siempre, a todas las personas que me habéis apoyado desde que comencé a escribir, a los que siempre preguntáis por mis historias y a los que habéis llegado después. También a esa comunidad lectora, vengáis de donde vengáis, que me lee y me hace sentir tan arropada. ¡Sois lo mejor!

Muchísimas gracias a la editorial Kiwi, por haber decidido apostar por esta historia y hacerme un huequito en su colección de juvenil. ¡Gracias por todo!

Y como no podía ser de otra manera, gracias a ti, que sostienes este libro en tus manos. Gracias por haberle dado una oportunidad a mi historia y haberte quedado hasta el final.

Nos vemos en el siguiente libro.

Miranda y sus amigos regresarán en la segunda parte de la bilogía Dreamland: